古典詩歌研究彙刊

第十二輯

龔鵬程 主編

第 10 冊

姚合詩研究

蔡柏盈 著

馮延巳研究

林文寶 著

國家圖書館出版品預行編目資料

姚合詩研究　蔡柏盈 著／馮延巳研究　林文寶 著 ── 初版 ──
新北市：花木蘭文化出版社，2012〔民 101〕
目 2+132 面／目 2+96 面；17×24 公分
（古典詩歌研究彙刊 第十二輯；第 10 冊）
ISBN　978-986-254-906-3（精裝）
1.（唐）姚合 2.（南唐）馮延巳 3. 唐詩 4. 詩評 5. 唐五代詞
6. 詞論
820.91　　　　　　　　　　　　　　　　101014408

ISBN-978-986-254-906-3

9 789862 549063

古典詩歌研究彙刊
第十二輯　第 十 冊
　　　　　　　　　ISBN：978-986-254-906-3

姚合詩研究／馮延巳研究

作　　　者　蔡柏盈／林文寶
主　　　編　龔鵬程
總 編 輯　杜潔祥
出　　　版　花木蘭文化出版社
發 行 所　花木蘭文化出版社
發 行 人　高小娟
聯絡地址　新北市永和區中正路五九五號七樓
　　　　　　電話：02-2923-1455／傳眞：02-2923-1452
網　　　址　http://www.huamulan.tw　信箱　sut81518@gmail.com
印　　　刷　普羅文化出版廣告事業
初　　　版　2012 年 9 月
定　　　價　第十二輯 24 冊（精裝）新台幣 33,600 元

姚合詩研究

蔡柏盈 著

作者簡介

蔡柏盈，台北市人，清華大學中國文學系博士。研究領域為唐詩及古典文學批評，著有碩士論文《姚合詩研究》、博士論文《中晚唐綺豔詩中的豔色與抒情》等。另著有寫作教學書籍《大學中文寫作》（合著）、《從字句到結構：學術論文寫作指引》等。曾任清華大學中文系兼任助理教授、清華大學寫作中心教師，現任台灣大學寫作教學中心博士後研究員，並於該校教授學術寫作課程。

提　　要

　　中唐詩人姚合（約 781 ～ 847）與賈島（779 ～ 843）兩人關係深厚，詩歌風格相近。他們為中晚唐詩壇開創一條新的詩歌路線，在唐詩史中可說有其特殊意義。相較於對賈島的研究，前人對姚合的研究與討論不但少得多，同時也不夠深入。本論文便以姚合為中心，詳細討論他的詩作及詩觀，並延伸討論姚合詩與中晚唐詩的連繫。論文共分五章。第一章 姚合生平概述。本章整理姚合的生平背景，尤其是他的政治生涯，並論及姚合對政治及人生的態度。第二章、姚合與元和詩人——兼論姚合、賈島詩人群的形成。前半部份大致釐清姚合、賈島與元和時期韓孟、元白兩派詩人的關係，後半部份則以姚、賈在當時為一小型詩人群體的中心，討論這一群詩人的詩作特色。第三章、姚合詩在內容情意及表現方式上的特色。本章特別著重在姚合詩影響到晚唐詩歌的三個情意類型，並分析其語言風格與其詩作情意的關係。整體而言，姚合詩的題材選擇偏窄，著重日常生活的細部描寫。第四章、姚合的詩觀。以姚合詩作及其所編的唐詩選集《極玄集》為本，理出姚合對詩歌功能的看法、「苦吟」的作詩態度及詩歌的審美標準。尤其由《極玄集》，可看到姚合對大曆詩歌的接受與學習。第五章、姚合、賈島對晚唐五代詩人的影響。晚唐前期有一些學習姚、賈詩風的詩人，透過他們，姚、賈的影響力得以進一步延伸到唐末五代。姚、賈一派詩人以「苦吟」為標誌，尊崇賈島，而到了唐末五代，這些詩人則不論在內容情意或語言手法上都比較貼近姚合。這批追隨姚、賈腳步的詩人可說為晚唐開發了詩歌寫作的新層面，他們不再認為表現傳統士人關懷人世的精神是必要的，生活中的偶然感覺、片刻幽思都可以是詩歌的素材。在這方面，姚合的首開風氣是值得重視的。

目

次

前　言

　　在討論中唐元和時期的詩歌發展時，一般文學史常以「詩派」的概念去劃分詩人，把當時最突出的詩人分為韓、孟和元、白兩個詩派。就實際情形而言，當時被歸為同一派的詩人，的確會因彼此的交遊關係而相互影響詩歌創作（或者反過來因詩歌創作彼此交往），構成一個詩人群體。這些派別的劃分，頗方便我們去理解當時詩人的文學活動及詩歌趨向。然而在上述兩大派之外，劉禹錫、柳宗元等詩人也以其詩歌成就受到重視或研究，可見這兩大派別並不能涵括當時所有的重要詩人。還有一個問題是，即使是被歸為這兩派之下的詩人，詩歌風格與引起後人重視的特色也不同，不能一概而論。比如說，被歸入韓、孟詩派的李賀對晚唐詩人的影響跟韓愈就應有所區分。另外，同樣被歸為韓孟一派的賈島，其詩歌跟韓、孟二人也有顯著的不同，他被劃入韓孟一派顯然主要與他們之間的交誼關係較大。賈島以其獨特的「苦吟」形象，博得注意，成為早先文學史經常關注的對象。〔註 1〕在提及賈島的同時，還有一個詩人是值得注意的，就是與其同時的姚合。若與前述詩人相比，姚合（約 781～847）詩數量雖多，在此以前卻不特別引人注目。他與賈島的交誼深厚，詩歌風格也相近，因此就以「苦吟」一點，使他有

〔註 1〕如劉大杰《中國文學發展史》（台北：華正書局，1995 版）頁 525～527。

－1－

時被歸爲韓孟一派，或附論於賈島之下。〔註2〕他的詩歌成就本身評
價並不很高，擺置在元和時期容易被韓孟元白諸家的光芒所掩蓋，但
若將他與賈島置於韓孟之外來討論，則他們二人的特色不但異於韓
孟，而且實爲晚唐詩開創了一條新的詩歌路線，影響不下於韓孟元白
諸人。

　　就晚唐詩的研究而言，歷來學者多集中於討論杜牧、李商隱、溫
庭筠等獨樹一格的詩人，或稍晚的皮日休、陸龜蒙等以反映民生疾苦
的詩作受注目的詩人，而忽略其餘風格較不具特色或詩歌成就較低的
詩人。然除了這些獨樹一格的詩人之外，晚唐詩人其實盛行寫作以
姚、賈爲代表之「清苦」詩歌，儘管佳作不多，但以數量而言，卻是
晚唐詩史中不可忽略的現象。以生活時代來說，姚、賈正好橫跨了中
唐到晚唐時期，稍後於韓孟元白等元和詩人，而稍前於杜牧、李商隱、
溫庭筠等著名晚唐詩人，這對於他們發展自己的詩歌方向恰有助益。
姚、賈二人，以詩歌而言，不論詩歌題材或語言風格都很相近。若以
對晚唐五代的影響而論，賈島的知名度雖高，但姚、賈實可並驅。因
此，不應以賈島知名度高於姚合，而將姚合附於其下，甚至視其爲賈
島的追隨者。所以，本文便嘗試以姚合爲中心，詳細討論他的詩作與
詩觀，並延伸討論姚合詩與中晚唐詩的連繫。由於姚合和賈島關係密
切，對晚唐的影響又頗有雷同之處，本文將不特別避開賈島，而會在
適當的地方對二人均作論述。

　　正文前兩章將先討論姚合的的生平背景，整理賈島、姚合與元和
兩派主要詩人及其他一些相關詩人的關係，借用前述「詩派」的概念，
以姚、賈等人實爲一小型詩人群體，將他們與元和主要詩派區別開
來，也爲他們的詩歌路線尋找起點。第三章則以姚合詩的特色爲重
點。但筆者不打算對姚合所有的詩歌作歸納與分析，而將著重在其特
別影響到晚唐詩人的三個情意類型。這是因爲姚合詩對當時某些普遍

〔註2〕如蕭占鵬《韓孟詩派研究》（台北：文津出版社，1994）頁231～237
　　就將姚合視爲受賈島影響者的韓孟成員。

的題材碰觸不多，如果作全面的討論，反而會模糊其詩作的重點所在。所以，採用這種方式，不但較能描繪出其詩的獨特面貌，也可凸顯其詩作最能引起晚唐詩人注意的一面。同時，本章也將特別分析姚合詩語言風格與其詩作情意的關係，並以之爲區別賈島、姚合異同的基礎。第四章要更進一步討論姚合的詩歌觀念，以尋求他的詩歌觀點與其詩作風格的形成的關連。姚合對詩歌「功能」的看法影響到其題材上的選擇，並進一步影響其詩風。他的「苦吟」態度，可視爲晚唐苦吟風潮的先聲之一，其內涵究竟爲何，跟賈島的苦吟有否異同，亦是值得探討的。另外，姚合曾編《極玄集》，從這本唐詩選集之中，可理出姚合對大曆詩歌的接受及學習，這點對他發展特有的詩歌路線不無助益。第五章的重點在姚合、賈島對晚唐五代詩人的影響。最先受到姚、賈影響的晚唐前期詩人，如方干、李頻、周賀等，曾直接向姚合、賈島學習請益，詩歌寫作上也兼具姚、賈二人的特色。方干、李頻之後，那些加入姚、賈詩歌路線的詩人，則多半以「苦吟」爲標誌，尊崇賈島，然而實際上的詩歌寫作，卻跟賈島有一段落差。這種現象並不令人意外，詩人對前代某個詩人的學習或嚮往不一定使他們的詩歌全然像某個詩人，更何況姚合、賈島的詩歌原本相近，結果是：唐末五代的詩人不論在內容情意或語言手法上都比較貼近於姚合。因此，姚合詩的文學價值雖不很高，但作爲唐代文學史的一環，卻有其特殊意義。

第一章　姚合生平概述

　　姚合，字不詳，約生於唐德宗建中年間，死於唐武宗會昌年間（781〜847〜）。〔註1〕正史有關姚合的記載不多，但均以其爲武則天、唐玄宗時名相姚崇之後。〔註2〕根據前人的考證，姚合應爲姚崇的曾姪孫，其系屬則爲姚懿（高祖）—姚元素（曾祖，姚崇弟）—姚算（祖）—姚閜（父）—姚合。〔註3〕正史載姚合的里籍爲陝州硤石（今河南

〔註1〕有關姚合的生年，郭文鎬〈姚合佐魏博幕及賈島東遊考〉（《江海學刊》1987，4，頁49〜53）有詳細考證，主要由姚詩定之。姚合詩〈武功縣中作・其二十三〉云：「白髮誰能鑷，年來四十餘。」，《姚少監詩集》（台北：商務出版社據《四部叢刊》本影印，1965）5／23；以下簡稱《姚集》）郭文提及姚合任職武功縣約在長慶元年（821）至三年（823）之間，以長慶元年四十一歲而言，約生於建中二年（781）（按，郭筆誤爲建中元年）。筆者則以爲「四十餘」一句實在難以判定到底爲幾歲，以語氣而言似乎也有可能是四十三、四歲，因此採大約定年。關於姚合的卒年，近人王達津說，姚合的集子中有穆宗、文宗的挽辭，而沒有留下武宗挽辭，那麼他大約死於會昌末年，見其〈古詩雜考・姚合的詩及其生平〉，《南開學報》，1979，2。這個說法應不至於脫離事實太遠。或根據姚合〈寄李頻〉（《姚集》3／19）中的「新登甲乙科，珍重君名字」認爲此詩作於李頻及第時，即大中八年（854）（見清・徐松《登科記考》（北京：中華書局，1984）22／822），認爲姚合死於本年之後。但從會昌中起，姚合行蹤無考，這個說法值得懷疑。

〔註2〕《舊唐書・姚崇傳》96／3029：「崇長子彝⋯玄孫合」；《新唐書・姚崇傳》124／4388：「子閜⋯曾孫合、勗」，見兩《唐書》點校本（北京：中華書局，1975）。

〔註3〕羅振玉，〈李公夫人吳興姚氏墓誌跋〉，見《羅雪堂先生全集》（臺北：

陝縣東），近來則有部份研究者認爲姚合應爲浙江吳興人，不過證據
不很充分。就筆者所見資料，應爲陝州硤石人，而浙江吳興爲其祖籍
（或爲郡望）較爲合適。〔註4〕

<hr>

文華出版社，1969）續編一，《松翁近稿・丁戍稿》，頁349。

〔註4〕《新唐書・宰相世系表》74下／3169、3171，載陝郡姚氏一系早居
吳興武康，隋時移居陝州硤石。因此，傳統說法均以姚合爲陝州人，
如徐玉美《姚合及其詩研究》（台北：台灣師範大學國文研究所碩士
論文，1985）。持「吳興」說者主要有二，爲吳企明，《全唐詩》姚
合傳訂補〉（《杭州大學學報》，1979，第4期，頁45〜49）及王夢鷗，
〈唐「武功體」詩試探〉，收於其《傳統文學論衡》（台北：時報文
化出版社，1987，頁179〜188）。王氏說法和吳氏大約相同，二者所
持理由大約有三，一是〈李公夫人吳興姚氏墓誌〉（見注3）：墓主爲
姚合之妹，而載爲「吳興姚氏」，則姚合爲吳興人。二爲與姚合同時
代文人沈亞之的一篇文章〈異夢錄〉（見《全唐文及拾遺》737／3417
（清・董誥等奉敕編，清・陸心源補輯拾遺；台北：大化書局，1987；
以下簡稱《全唐文》）；文中有「渤海高允中，京兆韋諒，晉昌唐炎，
廣漢李瑤，吳興姚合」，據此認爲姚合爲吳興人。三以姚詩爲證；姚
合有〈九日憶硯山舊居〉一詩（《姚集》6／38），硯，詩題下一作峴，
吳氏引乾隆刻本《湖州府志》卷四云：「峴山，在府城南二里」而認
爲姚合舊居在吳興峴山下。姚合另有一首詩爲〈哭硯山孫道士〉（《姚
集》10／62），「硯山」應即前硯山舊居，可見以硯山爲峴山也不一
定正確。吳說還有一個疑問，就是唐時有幾個地方有「峴山」，在陝
州陝縣也有一座山名爲峴山，據《新唐書・地理志》38／985，陝縣
內「有峴山」，位置見《中國歷史地圖集》（譚其驤主編：上海：地
圖出版社，1982）冊五，頁44〜45。而姚合確實居住過陝縣（今河
南陝縣）附近（詳下文），因此姚合的「峴山舊居」可能非處吳興而
在陝縣。姚合還有二首詩提到吳越的居處：「鄉里有吾廬」（〈送朱慶
餘及第後歸越〉，《姚集》2／12），「吾亦家吳者」（〈送喻鳧校書歸毗
陵〉，《姚集》1／10）。有關吳氏所舉姚合詩的例證，最有可能的解
釋是一、姚合仍以「吳興」爲郡望，因此，沈亞之稱「吳興姚合」
便也沒有什麼不對，而姚合妹稱「吳興姚氏」亦爲同理；二、姚合
對吳越一帶確實有懷念之情。姚合三十多歲以前的行蹤並不明確，
我們甚至無法詳細列出他生於何處，長於何處，亦不清楚他的隱居、
漫遊路線。姚詩可提供的線索是他幼時可能曾在吳、越一帶居住過。
姚合的父祖筆不顯，或許曾遷回吳越一帶也不定。但他和河朔一帶
亦甚有淵源，得科名後，便往陝州探視親人（亦見下文）。此外，姚
合年長後曾任杭州刺史，對杭州甚有情感，詩間偶提吳越有住處並
不奇怪。關於這一點，亦可參考信應舉，〈關於姚合的籍貫問題〉（《鄭

　　由於史料未詳，我們對青年時期的姚合所知不多，但可由他的詩作得出蛛絲馬跡。姚合〈寄狄拾遺時為魏州從事〉云：「少在兵馬間，長還繫戎職」，〔註5〕這首詩乃姚合寫於任職魏博幕府（治所在魏州，今河北大名縣東北）時，說他自己長在兵馬之間，長大了「還」繫戎職，由「還」字可推測，或許他的「兵馬間」是指魏博一帶。而其父姚闓又曾任相州臨河縣令（今河南浚縣東北），〔註6〕相州在魏博之旁，因此，可推測姚合因父親任職所在，曾在河朔一帶居住。姚合另有一詩提及自己的早年生活，即〈寄陝府內兄郭冏端公〉，〔註7〕這首詩可以提供較為明確的資料。據詩題，可以得知郭冏為姚妻之兄，而此詩乃姚合進士及第歸覲後所作，所述均為自己的早年經歷，甚為可信。〔註8〕詩中敘述其成家後的行蹤：「……家寄河朔間，道路出陝城。暌違逾十年，一會豁素誠。……」由此我們知道青年時期的姚合寄家河朔，娶妻郭氏。

　　姚合可能在河朔一帶漫遊了好一陣子，並有過躬耕山中的生活。〔註9〕這種漫遊躬耕的生活，一直持續到了元和年間。〔註10〕元和八

州大學學報》，1988，3：頁56～59）。筆者認為，姚氏既已在姚合的四世祖以上遷到陝州，由姚懿（姚合高祖）一系傳下來，里籍可定為陝州無疑，何以到姚合時籍貫又復為吳興？因姚合居住過吳越而斷言他是吳興人，不甚恰當。因此，這裡還是以姚合為陝州硤石人，郡望（或祖籍）為吳興較為適合。

〔註5〕《姚集》3／20。
〔註6〕《新唐書・宰相世系表》74下／3178：「闓，臨河令。」。
〔註7〕《姚集》4／24。
〔註8〕詩的開頭寫自己投考科舉乃至上榜的過程，中段從「家寄河朔間，道路出陝城」開始，講自己回家省親，而後「暌違逾十年，一會豁素誠」說的是與郭冏久別會面，又後段還有「家遠歸思切，風雨甚亦行。到茲戀仁賢，淹滯一月程，新詩忽見示，氣意言縱橫」，知此詩乃省親後回應郭冏之作。
〔註9〕由姚合詩無法明確指出其隱居處，但可知有過這段經歷。〈成名後留別從兄〉（《姚集》10／63）云：「一辭山舍廢躬耕，無事悠悠往帝城。」依詩題知作於登進士科之後，可知姚合是離開山居赴京進舉。另有〈寄舊山隱者〉（《姚集》4／26）說：「別君須史間，曆日兩度新。……名在進士場，筆毫爭等倫。我性本朴直，詞理安得文。……」顯然

年（813），姚合得到鄉里的薦舉，赴長安應進士試，〔註11〕不過，他並未順利取得功名。接連兩次的落第，使得他表現出患得患失的心緒，如〈下第〉詩說：

> 枉爲鄉里舉，射鵠藝渾踈。歸路羞人問，春城賃舍居。閉門辭雜客，開匣讀生書。以此投知己，還因勝自餘。〔註12〕

由這首落第詩，可以看出他非常在意這次考試，落第後也因而極其失落。他的〈寄楊茂卿校書〉詩說：

> 到京就省試，落籍先有名。慚辱鄉薦書，忽欲自受刑。還家豈無路，羞爲路人輕。決心住城中，百敗望一成。腐草眾所棄，猶能化爲螢。豈我愚暗身，終久不發明。〔註13〕

可看到和〈下第〉詩的論調相同。這種閉門讀書，爲求一第，然未能如願而「愧對鄉里」的哀嘆，原是落第士子常有的心態，且姚合落榜

是姚合在京應試時寫給從前隱居的山友。中舉後從軍魏博幕府，有「幾時得歸去，依舊作山夫」及「深慚山友棄，膽賴酒杯扶」之語（〈從軍樂〉二首，《姚集》10／61），可見其確有隱居生活。其〈客遊旅懷〉（《姚集》6／35）說：「舊業嵩陽下，三年未得還。」徐希平的〈姚合雜考〉（《南充師院學報》，1985，2：頁92～95）據此認爲姚合可能在據洛陽未遠的登封縣嵩山隱居，但資料似不夠充分。

〔註10〕從登進士第之後的〈寄陝府郭同內兄〉所說的「睽違逾十年」，再加上下面的資料來看，姚合可能於陝城娶妻，而在河朔一帶待了幾年。〈寄楊茂卿校書〉（《姚集》3／17）說：「去年別君時，同宿黎陽城。黃河凍欲合，船路冰蟬行。君爲使滑州，我來西入京。……到京就省試，落籍先有名。」〈答實知言〉（《姚集》9／55）則說：「獨我赴省期，冒此馳轂轅。陝城城西邊，逢此亦且奔。」則姚合大約在元和七年（因姚合元和八年入京，「去年」即元和七年；入京時間詳下文）從某處至黎陽（今河南浚縣東北）、往陝城後再入京。

〔註11〕姚合入京時間，可由其詩證之。前文所引的〈寄陝府內兄郭同端公〉有「爲文性不高，三年住西京」；〈武功縣中作・其六〉（《姚集》5／30）有「三考千餘日，低腰不擬休。」可見姚合在長安考了三次進士試。姚合進士及第，在元和十一年，見《登科記考》18／663，及姚詩〈贈任士曹〉（《姚集》4／27）：「憲皇十一祀，共得春闈書。」逆推之，當在元和八年受鄉里薦舉入京，元和九年首度應試。

〔註12〕《姚集》10／63。

〔註13〕《姚集》3／17。

兩次實在也不算多，這裡之所以特意提出姚合下第之作，是因爲它可
以和下面中舉後的詩作爲比較。元和十一年（816），姚合第三次應舉，
終於得以登第，當年，座主爲李逢吉，所取包括他在內共三十三人，
均出身寒門。〔註14〕姚合在一連串新科進士的活動，包括拜謝座主，
杏園宴集之後，〔註15〕心情沈澱下來，作〈及第後夜中書事〉：

> 夜睡常驚起，春光屬野夫。新銜添一字，舊友遞前途。喜
> 過還疑夢，狂來不似儒。愛花持燭看，憶酒泛街沽。天上
> 名應定，人間盛更無。報恩丞相閣，何啻殺微軀。〔註16〕

這首詩充分的表達了姚合喜極復疑的的複雜心情。詩的開頭便說「驚
起」，可見此事帶給他的震撼。雖是又「喜」又「狂」，忘記了一介儒
生該有的分際，隨後憶起成名前的閒適生活。詩末略帶消極地說「報
恩丞相閣，何啻殺微軀」，丞相即指座主李逢吉，〔註17〕意思是說登
科成名實在不是區區己身能承受得起的。姚合這種複雜的情緒，在稍
後的〈寄陝府內兄郭冏端公〉，亦曾提及：

> 蹇鈍無大計，酷嗜進士名。爲文性不高，三年住西京。相
> 府執文柄，念其心專精。簿藝不退辱，特立爲門生。事出
> 非自意，喜常少於驚。春榜四散飛，數日遍八紘。眼始見
> 花發，耳得聞鳥鳴。免同去年春，兀兀聾與盲。

上引乃本詩的前半段，詩的開頭沒有什麼特別之處，只不過重申當年
求得功名的決心。但是，寫到獲得科名之後，卻是「事出非自意，喜
常少於驚」，非意料中之事，因此驚大於喜。其後更形容自己未中進

〔註14〕見《登科記考》18／663 引《唐摭言》7／74（五代・王定保撰，清・
　　　　蔣光煦校：台北：世界書局，1967）「好放孤寒」條：「元和十一年
　　　　歲在丙申，李涼公（逢吉）下三十三人皆取寒素。」
〔註15〕有〈杏園宴上謝座主〉（《姚集》9／57）：「得陪桃李植芳叢，別感生
　　　　成太昊功。今日無言春雨後，似含冷涕謝東風。」
〔註16〕《姚集》6／35。
〔註17〕《舊唐書・憲宗紀》15／455，言李逢吉在元和十一年二月，受命爲
　　　　門下侍郎、同中書門下平章事。《唐摭言》4／154「主司稱意」條則
　　　　言：「元和十一年……李逢吉下及第三十三人，試策後拜相。令禮部
　　　　尚書王播署榜，其日午後放榜。」可見李逢吉在姚合應試放榜當天
　　　　拜相，因此他在詩中稱座主李逢吉爲「丞相」。

士前，彷若「聾與盲」的狀態，直到春榜發放，賀喜之聲不斷傳出，方才感受到世上有著鳥鳴花開的律動。這首詩和前詩所說的「驚起」，有著同樣的困惑，好像得到科名是出乎其意料之外。如果和之前落第時的失意及抱慚鄉里的心態對照，這種反應似乎有點奇怪。為什麼姚合會有這種驚疑多於欣喜的心情，我們不多做臆測，不過，卻顯示出姚合在初中舉時，便不太適應可能隨之而來的功名前途，並且從內心萌生某種幽微排拒的意識，這種情形此時已見端倪，在其往後的政治生涯更加明顯。

新科進士的活動結束後不久，姚合即回陝縣附近省親。〔註18〕之後，姚合並沒有回到長安，也並未由應吏部試的管道在朝廷求官，而是在元和十二年（817）應方鎮的辟召，佐魏博幕。〔註19〕進士應方鎮辟召，原是中晚唐時期常見的一種情況。〔註20〕姚合之所以到魏博幕府，可能由於經濟拮据，再加上他和河朔一帶的地緣關係。〔註21〕魏

〔註18〕 姚詩〈成名後留別從兄〉（《姚集》10／63）：「…昨日春闈偶有名。卻出關東悲復喜，歸尋弟妹別仁兄。」關東泛指函谷關或今潼關以東地區。前所引的〈寄陝府內兄郭冏端公〉則說：「寄家河朔間，道路出陝城」及「家遠歸思切，風雨甚亦行。到茲戀仁賢，淹滯一月程。」可見姚合回家經過陝府，居處則大概在附近。

〔註19〕 兩《唐書》均以為姚合登進士第後不久即授武功職，郭文鎬〈姚合佐魏博幕及賈島東遊魏博考〉一文以姚合〈從軍行〉及〈寄狄拾遺時為魏州從事〉詩為證，考姚合及第後確曾佐魏博軍幕（二首詩下面會詳細列出）。郭文鎬所考時間在元和十二年，原因如下：姚合於元和十一年秋返家（因十一年秋尚有〈和座主相公西亭秋日即事〉（《姚集》9／52），知其時仍在京），返家後滯留一段時間，大約在十二年入幕。

〔註20〕 見戴偉華，《唐代幕府與文學》（北京：現代出版社，1990）頁67～70，87～88。

〔註21〕 姚合中年以前的經濟狀況拮据，如〈送王求〉（《姚集》2／12）說：「士有經世籌，自無活身策……我身與子同，日被饑寒迫。」觀詩中語氣，似在未及第前所作。他在寄賈島的詩中也曾多次提及自己的窮困，如〈寄賈島浪仙〉（《姚集》4／23）說：「悄悄掩門扉，窮窘自維繫。世途以昧履，生計復乖緝」，〈喜賈島至〉（《姚集》9／57）則說：「布囊懸寒驢，千里到貧居。」一直到他任武功縣主簿之時，還是沒有多大的改善。

博屬邊地重鎮，安史之亂時，田承嗣以平亂有功，爲魏博節度使，從此此地均爲田氏一族把持，勢力之大，有威脅朝廷之虞。直到元和七年，田弘正（承嗣之姪）向憲宗輸誠，乃授魏博節度使。元和十年，田氏先率兵助朝廷討吳元濟；十三年，奉命與其他四鎮共討淄青節度使李師道，十四年平，益獲憲宗重視。〔註22〕姚合在這時候入魏博幕府，一方面是他第一份官職，另一方面則受到軍情急迫的激發，表現出少有的報效國家之情，同時，從軍幕府的這一段經歷，似乎是姚合的仕履生涯中，唯一表現出積極立功意願的時期。不過，姚合的滿腔熱情，似乎不久後便受到打擊，轉爲苦惱。我們且看〈從軍行〉：

> 濫得進士名，才用苦不長。性僻藝亦獨，十年作詩章。六藝雖粗成，名字猶未揚。將軍俯招引，遣脫儒衣裳。常恐虛受恩，不慣把刀槍。又無遠籌略，坐使虜滅亡。昨來發兵師，各各赴戰場。顧我同老弱，不得隨戎行。丈夫生世間，職分貴所當。從軍不出門，豈異病在床。誰不戀其家，其家無風霜。鷹鶻念搏擊，豈貴食蒲腸。〔註23〕

這首詩的前半段記錄了姚合從登進士第到受田弘正辟招入幕一事。可以看出，姚合的確有立功邊地的打算。「昨來發兵師」一句，指的應該是元和十三年田弘正領軍討吳元濟一事，姚合並沒有隨軍出征，而是留在府裡。雖然詩的前段謙稱自己「不慣把刀槍」，又是「無遠略」，但他對自己未能隨同出征仍然耿耿於懷。因此，詩末甚至以「鷹」爲譬喻，表明自己願隨軍征戰的心志。姚合另有一詩〈寄狄拾遺時爲魏州從事〉，亦一抒未能立功之概：

> 少在兵馬間，長還繫戎職。雞飛不得遠，豈要生羽翼。三年城中遊，與君最相識。應知我衷腸，不苟念衣食。主人樹勛名，欲滅天下賊。余雖乏智謀，願陳一夫力。人生氣須健，飢凍縛不得。睡當一席寬，覺乃千里窄。古人不懼

〔註22〕見《舊唐書・田承嗣、田弘正傳》141／3837～3581。
〔註23〕此詩《姚集》未見，但劉衍的《姚合詩集校考》（長沙：岳麓書社，1997）頁151據《文苑英華》（宋・李昉等奉敕編撰；台北：新文豐出版公司，1979）冊二，卷199，頁986收爲集外詩。

死，所懼死無益。至交不可合，一合難離坼。君嘗相勸勉，
苦語毒胸臆。百年心知聞，誰限河南北。〔註24〕

狄拾遺，即狄兼謨，由「三年城中遊」一語，知是姚合在長安城的舊
交。〔註25〕狄兼謨任拾遺，在元和十四年末。〔註26〕如此看來，雖然
又經過一年餘，姚合似乎沒有改變內心的嚮往。但是，以上兩首詩，
均只是姚合自覺沒有得到重用所反射出來的激昂之語。實際上，姚合
長期在邊疆掌管文書之職，他的生活早已變得乏善可陳，如〈從軍樂〉
二首所言：

每日尋兵籍，經年別酒徒。眼疼長不校，肺病且還無。僮
僕驚衣窄，親情覺語麤。幾時得歸去，依舊歸山夫。

朝朝十指痛，為署點兵符。貧賤依前在，癲狂一半無。身
慚山友棄，膽賴酒盃扶。誰道從軍樂，年來鑷白鬚。〔註27〕

雖名為「從軍樂」，其實為從軍幕府以來，力不從心的感嘆。看來，
姚合在府中的工作極為單調，不但沒辦法立軍功，連替幕主寫寫章奏
文字的機會都沒有，只能做機械性的文書工作，甚而身體狀況也愈來
愈差。不過，在不得重用又不能一展文才的情形下，姚合也有數首邊
地之作反而激發出邊塞豪情，充滿慷慨激昂的語調。例如〈劍器詞〉：

〔註24〕《姚集》3／20。

〔註25〕姚合有〈送狄兼譽下第歸故山〉（《姚集》2／14），「譽」疑「謨」之
誤（《全唐詩》作謨），即在長安時贈狄之作。另有〈送狄尚書鎮太
原〉，狄尚書亦為狄兼謨。《舊唐書・狄兼謨傳》89／2896：「兼謨，
元和末，解褐襄陽推官，言行剛正，使府知名。憲宗召為左拾遺，
累上書言事，歷尚書郎。……開成初……兼謨轉任兵部侍郎。明年，
檢校工部尚書、太原尹，充河東節度使。」姚合三首詩題和狄之經
歷均無扞格，應同為贈狄之作。

〔註26〕見上注引《舊唐書・狄兼謨傳》。另據《資治通鑑》（宋・司馬光撰：
北京：古籍出版社，1956）241／7776，狄兼謨於元和十四年十二月
任左拾遺。魏州從事指姚合自己。除此之外，姚合有〈聞魏州破賊〉
（《姚集》10／63）詩，所述符合時事，〈送崔中丞赴鄭州〉（《姚集》
1／9）詩中也可見其十三、四年仍在魏博的線索，詳見郭文鎬〈姚
合佐魏博幕〉一文。

〔註27〕《姚集》10／61。

聖朝能用將，破敵速如神。掉劍龍纏臂，開旗火滿身。
積屍川有岸，流血野無塵。今日當場舞，應知是戰人。

晝渡黃河水，將軍險用師。雪光偏著甲，風力不禁旗。
陣變龍蛇活，軍雄鼓角知。今朝重起舞，記得戰酣時。

破虜行千里，三軍意氣麤。展旗遮日黑，驅馬飲河枯。
鄰境求兵略，皇恩索陣圖。元和太平樂，自古恐應無。

〔註28〕

由「元和太平樂」一語知此詩約寫於田弘正元和十四年破李師道軍之
後。詩中不僅只是歌頌軍隊破敵神速，也描寫了將軍詭譎的布陣及戰
況的慘烈。值得注意的是，這幾首幕府時期的作品在姚合集子中算是
較為早期的詩，且迥異於日後「僻縣風光」風格之作。〔註29〕在這之
後，姚合不僅較少有這類色彩較為豐富的詩作，連帶的也不在詩中表
現出一展長才的企圖心了。

　　元和十五年（820），姚合離開了魏博幕府，回到了長安。〔註30〕
他在長安閒居了一陣子後，至武功縣任主簿一職。〔註31〕武功縣雖屬
京畿道，但是靠近山邊，不甚繁華，姚合每稱之為「僻縣」；主簿的

〔註28〕《姚集》10／61。
〔註29〕「僻縣風光」的作品指姚合任縣吏時的詩作，詳下文。
〔註30〕姚合在元和十五年前後罷職返京，徐希平〈姚合雜考〉謂其有〈和
　　　　李補闕曲江看蓮花〉（《姚集》10／58），李補闕為李紳，本年二月邊
　　　　右補闕，明年改任。長慶元年姚合已在武功任職，則此詩當為元和
　　　　十五年在長安作。
〔註31〕兩《唐書》均說姚合在武功縣任縣尉一職，有誤。姚合在武功縣時，
　　　　賈島有〈寄武功姚主簿〉，朱慶餘則有〈夏日題姚武功主簿〉一詩，
　　　　姚主簿均指姚合，見《全唐詩》（清‧彭定求等編：北京：中華書
　　　　局，1960）572／6643，514／5868。姚合在〈送張齊物主簿赴內鄉〉
　　　　（《姚集》2／16）說：「曾為主簿與君同」，〈武功縣中作〉（《姚集》
　　　　5／29～32）第十七首說：「簿籍誰能問，風寒趁早眠。」第二十七
　　　　首說「主印三年坐」，第二十八首則說自己：「今朝知縣印」可知
　　　　姚合的工作是掌管印鑑、簿籍的。《通典》（唐‧杜佑編：北京：中
　　　　華書局，1984）33／191：「主簿……掌付事句稽，省署鈔目，糾正
　　　　縣內非違，監印紙筆。」和姚合詩中所述工作相類，可見姚合乃任
　　　　武功主簿。

工作則爲抄寫文書，監印等瑣碎雜事，再加上他的健康狀況又不甚良好，因此不是很滿意武功縣的生活。長慶三年（823），武功職任滿三年，即回到長安。〔註32〕之後，大約在長慶三年末到寶曆元年（823～825）之間，任萬年縣尉。〔註33〕對姚合來說，這樣的職位眞是聊勝於無，不過，以其在長安城南不遠，他可以繼續和之前在長安交遊的友人如賈島、朱慶餘等人聯繫，眾人還曾會宿於姚宅。〔註34〕姚合在萬年縣的職務，似乎以患病爲由而辭去。〔註35〕在任武功、萬年職時期，姚合陸續寫了一系列的詩，最著名者爲〈武功縣中作〉三十首和〈遊春〉十二首，〔註36〕詩中夾雜了卑職閒官、荒山僻縣的喟嘆及慕道尚隱的氣息，這種僻縣卑官的詩風，甚至成爲姚合詩的主要特色之一，以致於詩家稱之爲「姚武功」。〔註37〕

　　寶曆二年（826）四月，於長安轉任監察御史，大和元年（827）分司東都，在洛陽。〔註38〕在洛陽，姚合還曾經和白居易及劉禹錫會

〔註32〕有詩〈罷武功縣將入城〉（《姚集》5／32），知其罷官後回長安。

〔註33〕姚合有〈萬年縣中夜雨寄皇甫荀〉（《姚集》4／26）說：「縣齋還寂寞，夕雨洗蒼苔。」說自己在萬年縣任職。朱慶餘則有〈與賈島顧非熊無可上人宿萬年姚少府宅〉（《全唐詩》514／5868），姚少府即姚合，可見姚合任萬年縣尉。時間大約在長慶末至寶曆元年，因姚合在此二年有辭「赤縣」職之舉（見註35），按，《新唐書‧地理志》37／962 記載，萬年爲赤縣，寶曆二年姚合即爲監察御史（詳後），官位高於縣尉。亦可參照郭文鎬〈姚合仕履考略〉（《浙江學刊》，1988，3：頁 43～49）。

〔註34〕這幾人的交遊關係將在第二章說明。

〔註35〕姚合〈寄主客張郎中〉（《姚集》3／18）詩說：「年長方慕道，金丹事參差。故田歸未得，秋風思難持。蹇拙公府棄，朴靜高人知。」主客張郎中即張籍，張籍於長慶四年以後任主客郎中，見羅聯添《張籍年譜》，收於其《唐代詩文六家年譜》（台北：學海，1986），頁 218。所以此詩說的「蹇拙公府棄」指的應該是辭萬年尉一事。張籍則有〈贈姚合少府〉（《全唐詩》384／4314）云：「病來辭赤縣，案上有丹經」，「病來」應是說姚合因病辭職之事。

〔註36〕〈遊春〉詩見《姚集》6／36，由詩中「塵中主印吏」及「悠悠小縣吏」等語，知必是縣吏時期所作。

〔註37〕《新唐書》本傳說：「善詩，世號姚武功者。」

〔註38〕雖各書記載姚合在官萬年尉後曾官富平尉，尤其《冊府元龜‧帝王

面過。〔註39〕大和二年（828）十月之前，姚合已回到長安，並轉任殿中侍御史。十一月，宮中昭德寺失火，其時御史臺中丞溫造及兩巡使姚合、崔蠡因火滅方到，以「事涉乖儀」爲由各罰一月俸。〔註40〕

　　大和四年（830），轉侍御史，後遷戶部員外郎。〔註41〕大和六年出守金州（治所在今陝西安康），後爲刑、戶部郎中，八年出守杭州（今浙江杭州）。〔註42〕姚合守金、杭時期的生活，似乎較以往的

<hr/>

〔　　〕部・延賞二》131／1580（宋・王欽若等編：北京：中華書局，1960）有：「寶曆二年四月，以姚元崇玄孫，前京兆府富平縣尉合爲監察御史。」則姚合在萬年尉之後似曾歷富平尉。但據〈姚合仕履考略〉所言，「富平縣尉」一語可能爲後文所衍而添，又查姚合本人的詩作或其交往詩亦無任富平尉的蹤跡，故而本文不將富平尉列入姚合生平經歷。

〔註39〕姚合以監察御史分司東都，馬戴有〈雒中寒夜姚侍御宅懷賈島〉（《全唐詩》556／6442），姚合同時有詩〈雒下夜會寄賈島〉（《姚集》3／21）說：「烏府偶爲吏，滄江常在心。」烏府即御史臺，見《漢語大詞典》（漢語大詞典編委會；上海：漢語大詞典出版社，1989～1994）冊7，頁68～69；加上姚合與此時在洛陽的白居易、劉禹錫均有詩來往（詳第二章），可見此時在洛陽。

〔註40〕《舊唐書・溫造傳》165／4316。

〔註41〕關於姚合大和年間的仕履，吳企明在《唐才子傳校箋》（傅璇琮主編；北京：中華書局，1990）卷六，冊三，頁119～122，據《唐才子傳》卷6、《唐詩紀事》49／749～750（宋・計有功撰；北京：中華書局，1965）及《郡齋讀書志》18／7（宋・晁公武；京都：中文出版社，1984再版）所述，列出大約有監察御史、殿中御史、戶部員外郎、刑、戶二部郎中及金、杭二州刺史等官職，吳氏整理姚合這幾年間的仕履大約如下：無可〈冬中與諸公會宿姚端公宅懷永樂殷侍御〉、〈秋暮與諸文士急宿姚端公所居〉（《全唐詩》814／9162、9263）呼姚合爲端公，《通典》24／144：「侍御史之職有四……臺內之事悉主之，號爲臺端，他人稱之曰端公。」據李肇《國史補》（台北：世界書局，1962）卷下，頁49及趙璘《因話錄》（台北：世界書局，1962）卷5，頁35～36，殿中侍御史與侍御史爲兩職，姚合曾任侍御史當無疑。方干有〈送姚合員外赴金州〉（《全唐詩》649／7460），則姚合由侍御史轉戶部員外郎，再出守金州。

〔註42〕姚合以「郎中」出杭州，劉得仁有〈送姚合郎中任杭州〉（《全唐詩》544／6283），周賀也以杭州姚合郎中稱之（《全唐詩》503／5716、5718、5731）。（清）勞格、趙鉞著《唐郎官石柱題名考》（徐敏霞、王桂珍點校；北京：中華書局，1992）卷11，頁568，戶部郎中下

「僻縣」生活豐富多了。一是遊歷了多處山水勝景，集子中有十數首題詠遊覽之作即此時所作，例如〈題金州西園〉九首、〈杏溪〉十首、〈杭州觀潮〉、〈題杭州南亭〉〔註43〕等。二是向他請謁的詩人開始增多，尤其是在杭州時期。金州期間，姚合在長安結交的舊友如賈島、僧人無可皆曾來訪。杭州時期，由於離長安較遠，舊交不便往返，相反地，則有許多後輩詩人如周賀、方干、鄭巢等前去謁見。〔註44〕姚合在生活已有改善之下，依然有些許感嘆。如〈金州書事寄山中舊友〉：

> 安康雖好郡，刺史是憨翁。買酒終朝飲，吟詩一室空。自
> 知為政拙，眾亦覺心公。親事星河在，憂人骨肉同。〔註45〕

安康為金州舊稱，姚合以這個「好郡」和刺史（自己）是「憨翁」為對比，謙虛地說自己不善政事，但詩末則寫他將這裡的人民視同親人的心思，可見其表面上雖然一派輕鬆，對於政務實則不敢怠慢。又〈杭州官舍偶書〉說：

> 錢塘刺史謾題詩，貧褊無恩懦少威。春盡酒盃花影在，潮
> 迴畫檻水聲微。閒吟山際邀僧上，暮入林中看鶴歸。無術
> 理人人自理，朝朝漸覺簿書稀。〔註46〕

姚合職位已居中等，杭州刺史不能再以「僻縣卑官」稱之，但他依舊

有姚合，另馬戴則有〈酬刑部姚郎中〉（《全唐詩》556／6453），可能曾任二部郎中。鄺健行，〈姚合初考〉（徐玉美《姚合及其詩研究》多從其說），認為姚合出守杭州在大和七年，所據為白居易詩〈送姚杭州赴任因思舊遊二首〉。白居易曾任杭州刺史，贈姚詩中云：「舍人雖健無多興，老校當時八九年。」鄺以為此詩作於大和七年，因之定年。但朱金城《〈送姚杭州赴任因思舊遊二首〉詩考辨》（中國唐代學會與西北大學中文系合編，《唐代文學論叢》，西安：陝西人民出版社，1986。第7集，頁298～302）考此詩作於大和八年，郭文鎬〈姚合仕履考略〉則有進一步的補正，因此定姚合於大和八年任杭州刺史。

〔註43〕《姚集》7／40～41，7／41～42，7／43，7／44。
〔註44〕詳第二章及第五章第一節。
〔註45〕《姚集》3／20。
〔註46〕《姚集》8／50。

重提自己不適於任官，是個缺乏威儀的官吏，詩中所寫的杭州生活似乎總以遊賞爲樂。姚合在這幾首詩中的心境，顯然較縣吏時期來得寬鬆，有時候，他也不諱言，終年嚮往的山林隱居生活，在這裡得到初步實現。如〈題杭州南亭〉中說：

舊隱即雲林，思歸日日深。如今來此地，無復有前心。〔註47〕

而〈杭州官舍即事〉也說：

臨江府署清，閑坐復閑行。苔蘚疎塵色，梧桐出雨聲。漸除身外事，暗作道家名。更喜仙山近，庭前藥自生。〔註48〕

雖然是「閑坐復閑行」，但已經沒有武功時期「閑而悶」的心態，甚至認爲在這裡逐漸達到除卻身外事的境地。開成元年（836），姚合解杭州職返京。卸任之時，對杭州有依依不捨之情，其〈別杭州詩〉云：

醉與江濤別，江濤惜我游。他年婚嫁了，終到此江頭。〔註49〕

姚合本來在杭州找到了相當適合自己的生活方式，又年過五十，以致於有終老杭州的念頭。無奈官職的調動，使得他不得不踏上回京的路程，因此有這番話語。離杭之後，姚合還曾遊越，然後方返長安。〔註50〕

姚合回長安後，任諫議大夫。〔註51〕開成二年五月，李德裕代牛僧孺任淮南節度使，牛離去時府錢有八十萬，李到任後，卻奏止四十萬。牛僧孺訴於帝，姚合又和另一諫官一起上奏，說李德裕挾私怨沮傷牛僧孺。經過一番周旋，最後文宗沒有辦法判決，「有詔釋之」，李德裕安然無事。〔註52〕任諫議大夫時期，除處理政事之外，還編了一本唐詩選集，名爲《極玄集》。〔註53〕這本集子收了二十三個詩人

〔註47〕《姚集》7／44。
〔註48〕《姚集》8／50。
〔註49〕《姚集》2／17。
〔註50〕鄭巢有〈送姚郎中罷郡遊越〉，《全唐詩》504／5735。
〔註51〕賈島〈喜姚郎中自杭州迴〉中說：「東省期司諫，雲門悔不尋。」東省即門下省，姚合掌諫職爲諫議大夫。
〔註52〕事見《新唐書・李德裕傳》180／5334。
〔註53〕《極玄集》前有一短記，云「諫議大夫姚合纂」。見傅璇琮編，《唐人選唐詩新編》（西安：陝西人民出版社，1996），頁532。

共一百多首詩，除王維等大部分爲大曆詩人，所選的詩則以寄贈遊覽詩爲主，展現了姚合個人對詩的品味與審美標準。

之後，轉給事中，開成四年（839）八月，以給事中出使陝虢觀察使（治所在今河南陝縣）。〔註54〕在陝城時有〈陝城即事〉：

> 左右分京關，黃河與宅連。何功來此地，竊位已經年。天
> 下才彌小，關中鎮最先。隴山可望見，惆悵是窮邊。〔註55〕

從「竊位」一句知姚合來此已滿一年。在此詩中，姚合體認到，自己僥倖能在陝城這個重鎮任官，但這個地方畢竟是「窮邊」，言語中頗有無奈之意。〈酬光祿田卿六韻見寄〉又說：

> 以病辭朝謁，迂踈種藥翁。心彌念魚鳥，召遣理兵戎。遠
> 戶旌旗影，吹人鼓角風。雪晴嵩岳頂，樹老陝城宮。蒞職
> 才微薄，歸山路未通。名卿詩句峭，誚我在關東。〔註56〕

由詩中說「詔遣理兵戎」一事及「陝城」、「關東」等地點，知於赴任之後所寫。姚合以病爲由辭諫議大夫職，但不久又受任命，並赴陝虢。他不太樂意，又重提歸隱山林的念頭。自杭回京以後，他的政治地位更加提高，在詩中卻時常以這種無奈而不甚積極的語氣說話，反而欠缺在杭州時安適的心境。開成五年（840），姚合回到長安，可能爲右諫議大夫。〔註57〕會昌年間（841～846），移秘書監。〔註58〕再次回

〔註54〕《舊唐書·文宗紀》17／578：「（開成）四年，八月庚戌朔，以給事中姚合爲陝虢觀察使。」可見姚合先轉給事中後出陝虢任觀察使。

〔註55〕《姚集》9／51。

〔註56〕《姚集》9／56。

〔註57〕姚合有〈省直書事〉（詳下）說：「官分右掖榮」。又有詩題爲〈西掖寓直春曉聞漏殘〉（《姚集》8／50，49）。其中「右掖」、「西掖」，應指同一處，爲中書省別稱，見《漢語大詞典》冊3，頁43及冊8，頁747。由詩中語氣來看，應不是太小的官，唯不詳何職。〈姚合仕履考略〉以爲應爲右諫議大夫（正四品下），姑列於此。

〔註58〕《新唐書》本傳稱其終秘書監。雖然方干有〈哭秘書姚少監〉（《全唐詩》650／7467），《文苑英華》冊二，卷304，頁1556作〈哭秘書姚監〉，「少」字可能衍誤。〈李公夫人吳興姚氏墓志跋〉稱姚合死後贈禮部尚書，謚爲懿，《唐會要》（宋·王溥撰：台北：世界書局，1974）79／1455：「舊制：諸職事官三品以上，散官二品以上，身亡者……於都堂及內省議謚，然後奏聞。」如果官終秘書少監（四品

到長安，姚合爲官的態度顯得更加保守。其〈省直書事〉說：

> 默默滄江老，官分右掖榮。立朝班近殿，奏直上知名。曉
> 霧和香氣，晴樓下樂聲。蜀牋金屑膩，月兔筆毫精。……
> 孱懦難封詔，疎愚但擲䴏。素餐終日足，寧免眾人輕。

姚合從杭州回到長安任諫議大夫之後的數年，正是黨爭逐漸趨於激烈的時候。我們沒有辦法說姚合可能捲入了官場黨派的鬥爭，因爲沒有充足的證據顯示他曾受了何人的壓迫。不過，由前面他不太樂意出使陝虢來看，又總是說自己「孱懦」、「疎愚」，我們可推測，他實際感受到在這種情況下任官的困難，比如上面所舉的彈劾李德裕的事可能就是一個例子。在另一方面，則他官場間的事務似乎又處理得還不錯，在這種情況下，唱和來往的對象也不再多爲沈淪下僚的小官吏。這首詩說自己個性懦弱而「難封詔」，只好說「素餐終日足，寧免眾人輕」，無非是一種自保的心態，言下之意，爲官只爲了謀生，不會有什麼作爲。姚合任秘書監時的〈酬光祿田卿伏末見寄〉也說：「貴寺雖同秩，閑曹只管書。朝朝廊下食，相庇在肴菹。」〔註59〕也是同樣的說法，可見其官位愈高，愈加表現出散淡的態度。

　　此後，我們無法確知姚合的仕履。會昌三年（843），賈島死時，姚合還曾作〈哭賈島詩〉，那麼，他至少活到本年。〔註60〕姚合可能卒於會昌末年，〔註61〕死後，贈禮部尚書，諡曰懿。〔註62〕

　　綜觀姚合的政治生涯，可概括如下：姚合出身貧寒士人，應進士試三次便得到科名，雖然四十歲方得到正式的小官職，但這是因爲他追求功名的起步較晚。之後，他的官宦生涯還算頗爲順遂，即使是處

上）而非秘書監（從三品），按唐制並無資格請諡。《唐會要》79／
　　1456並說「懿，贈秘書監姚合。」或以「贈」字爲衍文，〈姚合仕履
　　考略〉以爲秘書監爲禮部尚書（正三品）之誤，因贈官必高於原官。
　　姚合官終秘書監應無疑問。
〔註59〕《姚集》9／55。光祿卿爲從三品，和秘書監同秩。
〔註60〕見蘇絳，〈賈司倉墓誌銘〉，《全唐文》763／3562～3563。
〔註61〕見註1。
〔註62〕見註58。

在混亂的政局，也沒有確實被打壓的記錄，而是逐步的升遷。雖然他沒有眞正位居高位，但也沒有處於終生窮困的境地；雖然屢在詩歌中嚮往悠閒的山林生活，但終究沒有實現。

第二章 姚合與元和詩人——兼論姚合、賈島詩人群的形成

　　元和年間，中唐主要的詩人集團已大致形成，甚至主要人物已開始凋零或趨近隱退狀態，或被貶調外地。我們一般所熟知的兩個較主要的的詩人群：韓孟詩派的孟郊（751～814）死於元和九年，韓愈（768～824）則在世至長慶末。元白詩派的元稹（779～831）於元和五年被貶，白居易（772～846）原爲長安詩壇領袖之一，元和十年（815）貶爲江州司馬，以後雖稍有進退，但退隱之心漸生，最後乾脆退居洛陽，和舊友以詩贈答。和韓孟元白均有特殊交情的張籍（766～830），則自永貞元年（805）任太常寺太祝以後，一直待在長安。另外，柳宗元（773～819）則在永貞革新後被貶，元和十年雖曾被召回長安，旋出爲柳州刺史，不久卒於柳州。和柳宗元、白居易先後有交誼，同在元和時期有詩名的劉禹錫（772～842）因永貞革新事敗，連年在外。
〔註1〕

〔註 1〕 以上各人事蹟主要參考見錢仲聯編，《韓昌黎詩繫年集釋》（上海：上海古籍出版社，1984）；華忱之，《孟郊年譜》（收入華忱之、喻學才校注，《孟郊詩集校注》，北京：人民文學出版社，1995）附錄，頁 520～593；朱金城，《白居易年譜簡編》（收入其《白居易集箋校》，上海：上海古籍出版社，1988）附錄三，頁 3996～4046 及羅聯添《張籍年譜》。

　　姚合於元和八年（813）入長安之後，除了數年時間在外任官，主要活動區域均在長安及其附近；因此，他的交遊對象也以在京城活動的士人爲主。姚合初入長安詩壇時，並未和上述主要詩人有所往來，他最早認識的是被視爲「韓門弟子」的賈島〔註2〕，時間大約就在他入長安應試之時。〔註3〕但姚合並未成爲韓孟集團的一員，這或許和姚合入京較晚有關；不管怎樣，並沒有姚合在元和年間與韓、孟二人交往的跡象。〔註4〕元和十一年（816）姚合及第後，便自長安返家，入魏博幕府。待元和十五年（820），姚合回到長安之後，才和幾位詩人有較爲密切的往來〔註5〕。姚合或許是透過賈島，認識元和時期主要詩人之一的張籍；〔註6〕元和末到長慶年間（821～824），他便和張籍、賈島及朱慶餘等人展開酬唱關係。其中，朱慶餘在長慶二至三年（822～823）以〈上張水部〉、〈近試上張水部〉等詩投張籍，〔註7〕據唐末范攄《雲溪友議》記載，他很受張籍的賞識。〔註8〕賈島初入京時也曾謁張籍，而姚合雖然沒有留下詩題爲上張籍的詩作，但由其〈贈張籍太祝〉，也能看到姚合有將張籍尊爲前輩詩人的意思。〔註9〕

〔註2〕《新唐書·韓愈傳》176／5268：「時又有賈島、劉乂，皆韓門弟子。」
〔註3〕雖然我們無法查考姚、賈二人初識的確實時間，但根據郭文鎬〈姚合從軍魏博〉一文，知賈島在元和十四年的邠州之行曾順往魏博探視姚合，由此推測兩人或許相識於姚合元和十一年登進士前，地點則以長安較爲可能。
〔註4〕元和年間孟郊長期居住洛陽，又元和九年去世，以姚合的行履來看，自無緣見之；姚合和韓愈則僅於長慶四年有過一次會面（見註10），不久韓愈即去世。
〔註5〕大和二年以後，姚合和白居易、劉禹錫間有交往，詳見後文。
〔註6〕由三人交往情形來看，賈、張結識最早（其時姚合尚未入京），姚、賈其後，姚、張最後，而姚合結識張籍的時間（元和八到十年），張與賈比鄰而居；長慶三年，姚合便加入張籍、賈島的詩歌酬唱（見註10），因而作此推測。三人交往情形下文將詳述之。
〔註7〕分見《全唐詩》，514／5866、515／5892；〈近試上張籍水部〉一作〈閨意獻張水部〉514／5866、515／5892。張籍任水部員外郎在長慶二、三年，見羅聯添《張籍年譜》，頁211，217。
〔註8〕收於《古今詩話叢編》（台北：廣文書局，1971），頁22。
〔註9〕此詩見下文詳述。

長慶年間，這幾個人常在酬酢送別的場合和韻作詩，張籍顯然是這些人的中心。〔註10〕在此同時，還有無可、馬戴、顧非熊等人，先是偶然加入張、賈、姚、朱等人的詩歌酬唱，後來他們與姚、賈的關係愈加密切，到了大和年間，便與姚、賈等同輩詩人形成一個以寄贈酬唱關係爲主的詩人群。〔註11〕可以說，張籍固然在長慶年間扮演這個團

〔註10〕爲了能清楚地看到他們彼此間的關係，以下大略列出元和末到寶曆年間這幾個人的交遊：

元和十五年到長慶三年間（820～823）：姚合任武功主簿，賈島、朱慶餘均有詩贈之（見第一章註31）。在這期間，周元範赴浙東判官任，賈島、張籍、朱慶餘各有詩送之，《全唐詩》574／6684、385／4342、515／5885，時間見羅聯添《張籍年譜》，頁217。

長慶三年（823）：姚合罷武功職，在長安。本年李餘進士及第（見《登科記考》卷19，頁715），賈島、張籍、姚合、朱慶餘均有〈送李餘及第後歸蜀詩〉《全唐詩》540／6640、385／4332、496／5625、514／5875），四人用同一詩題。同年，韓湘（韓愈的姪孫）赴江西幕府任從事，姚合有〈送韓湘赴江西從事〉（《姚集》2／13），同時賈島、朱慶餘、無可、馬戴均有詩送之，見《全唐詩》572／6639、514／5870、814／9165、556／6444。送韓湘詩因用同韻，可知是同一場合作的詩。

長慶四年（824）：張籍、賈島數度和韓愈泛南溪，姚合有〈和前吏部韓侍郎夜泛南溪〉（《姚集》9／54）。按，當時姚合雖在萬年縣任職，但治所就在長安城南不遠，得以和數人共遊。另，林蘊約本年出刺邵州，張籍、朱慶餘、姚合有詩送之，見《全唐詩》385／4342、515／5884 及《姚集》1／12；林蘊出刺年份參考《唐五代文學編年史》（傅璇琮主編、陶敏、李一飛、傅璇琮著；遼海出版社，1999）中唐卷，頁863。

寶曆元年（825）：賈島、顧非熊、無可、朱慶餘會宿於姚合宅。朱慶餘有〈與賈島顧非熊無可上人宿萬年姚少府宅〉，《全唐詩》514／5868。

寶曆二年（826）：朱慶餘進士及第歸越（《登科記考》卷20，頁733），幾人再度集合。姚合、賈島、張籍各有詩送之，見《全唐詩》496／5626、572／6632、384／4314。

〔註11〕到了大和前期（827～830），姚合宅已成爲諸文士經常匯集的地方。一、馬戴有〈雒中寒夜姚侍御宅懷賈島〉，姚合〈洛下夜會寄賈島〉，可見馬戴曾宿洛陽姚合處（詳見第一章註39）；二、馬戴有〈集宿姚殿中宅期僧無可至〉、賈島〈夜集姚合宅期可公不至〉（《全唐詩》556／6445，573／6674）姚合有〈喜馬戴冬夜見過期無可上人不至〉

體的主要人物，而姚合、賈島也漸漸地發揮他們的影響力。〔註12〕以下針對其中三個關鍵人物——張籍、賈島、姚合間的關係詳述之，以便於理解姚合和前輩詩人的淵源及其與同輩詩人結爲詩友的情形。

由於賈島和韓愈、孟郊、張籍等元和詩人的關係匪淺，因此，這裡還必須花費部份篇幅敘述一下賈島及其與韓孟詩派的關係。賈島（779～843），范陽人，早歲爲僧，後還俗。〔註13〕元和五年（810），賈島攜文赴長安，打算開始應舉求官的生涯。賈島最先投詩於張籍，張籍當時雖非位居要職，但以其和韓愈關係密切，加上年紀較長，詩名累積已久，因此成爲賈島最先請益的對象之一。〔註14〕張籍對賈島的詩頗爲賞識。次年，賈島往洛陽謁韓愈，由於韓愈對賈島詩讚許有嘉，使得賈島的詩名迅速傳播。賈島在同年亦結識孟郊；韓、孟二人，再加上先前與張籍的關係，使得賈島被視爲韓孟詩派的一員。

賈島受到韓、孟二人的賞識，但他們的詩歌並非一系相傳。賈島於元和六年見到韓愈時，韓愈對詩歌創作的關注焦點正好處於一個轉折時期。在這之前，韓愈對詩歌的創作一向勇於多方嘗試，不但題材不限，有時則運用大量的神話奇想式的意象，或以異於一般詩歌的結

（《姚集》9／57）知馬、賈會集姚合宅等候無可；三、馬戴有〈集宿姚侍御宅懷永樂宰殷侍御〉，同時無可有詩題爲〈冬中與諸公會宿姚端公宅懷永樂宰殷侍御〉，見《全唐詩》556／6451、814／9162；四、無可〈秋暮與諸文士集宿姚端公所居〉，《全唐詩》814／9163，由詩題中姚合的官銜，可知時間在大和元年到四年之間。由此可見諸文士在姚宅集會的情形。

〔註12〕關於姚合、賈島與張籍的關係，呂正惠的《元和詩人研究》（東吳大學中文所博士論文，1983），第三章第二節〈賈島、姚合集團〉，頁133～140中已指出張籍實爲姚、賈集團早期的核心，而姚、賈後來漸漸建立自己的圈子。不過，受限於其題旨爲元和詩人之故，僅點到爲止。

〔註13〕本節所述賈島事蹟，如無特別注明，主要參考李嘉言的《賈島年譜》，收錄於《長江集新校》（上海：上海古籍出版社，1983），附錄一，頁137～176。

〔註14〕李嘉言《賈島年譜》，頁139～140指出，賈島元和五年先至洛陽欲謁孟郊未果，乃轉往長安，有詩〈攜新文謁張籍韓愈途中成〉，顯示賈島原先打算投詩予二人，不過本年只見到張籍。

構語法來寫作，以至於寫出像〈陸渾山火〉一類的詩。〔註15〕但是，到了元和後期，韓愈注意到創作詩歌除了要有「膽大」的一面，勇於去嘗試新的構思與語法之外，還可以有一種「歸於平淡」的境界。這是韓愈在儘可能地嘗試以「奇」、「僻」的方式去寫作詩歌，而達到極致之後，所領悟出來的另一種詩歌方向。尤其是到了元和末年及長慶年間，韓愈的詩歌漸漸顯露平淡的氣息；所以，韓愈才會注意到賈島的詩是「狂詞肆滂葩，低昂見舒慘。姦窮怪變得，往往造平淡」〔註16〕，剛好預示著賈島的詩會漸漸朝這個方向走。另一方面，賈島雖然也得到孟郊的的注意，賈島的〈客喜〉有模仿孟郊「怪異」風格的意味，〔註17〕給孟郊的詩〈寄孟協律〉，〔註18〕則強調自己對「古風」的喜好，正投合了孟郊對古體詩的偏好。但賈、孟二人相識時間僅三年，賈島詩受孟郊詩風的影響終究不深，孟郊死後，賈島的詩逐漸朝向不同的方向發展，不僅弔孟郊詩用了孟少用的五律體，詩風也少奇險詭怪而轉為清奇幽淡，唯有苦吟精神是一致的。這並不是說，賈島早年的詩有刻意迎合韓、孟的嫌疑，應該說賈島後來建立了自己的詩歌創作路線。此外，我們目前所能看到的幾個和韓愈關係較深且較知名的後輩詩人，除了賈島尚有：李賀、盧仝、劉叉。〔註19〕其中，李賀以獨創「長吉體」著稱，但在元和年間即以二十七歲之齡死去，〔註20〕劉叉則在元和十四年（819）以後不知所終。盧仝最著

〔註15〕以下有關韓愈、孟郊兩人詩歌及其與賈島詩連繫的論述，主要參考 Stephen Owen，*The poetry of Meng Chiao and Han Yü*（New Haven and London：Yale University Press，1975），pp.224～225，及"The Cult Hermetic"一節，pp.226～245；〈陸渾〉一詩見《韓昌黎詩繫年集釋》6／684，685。

〔註16〕〈送無本師歸范陽〉，《韓昌黎詩繫年集釋》7／820。

〔註17〕《唐賈浪仙長江集》（臺北：商務印書館據《四部叢刊》本影印，1965；以下簡稱《長江集》）1／9。

〔註18〕《長江集》2／10。

〔註19〕這裡以《新唐書‧韓愈傳》所列為準。

〔註20〕這裡主要是以詩人生活年代而言，李賀死後，「長吉體」對晚唐詩人的影響姑且不論。

名的〈月蝕詩〉,韓愈還曾仿效;〔註21〕他和馬異的交往詩也素以奇險怪異著稱,但他在元和末就沒有活躍於詩壇的跡象。這幾人之中只有賈島,雖然屢敗於名場,但仍長期居住長安,持續詩歌的鑽研創作達二十年之久。因此,賈島才能在早年經過韓愈的獎掖之後,還能開展自己的詩歌路線。所以,賈島早年雖與韓、孟二人交好,但我們所看到的賈島詩,和韓、孟二人並不相類。不過,我們也不能說賈島完全沒有受到韓、孟二人的啟發。他用心苦吟及選字練句的作詩方式,可能即在韓愈的肯定下,持續下去並用力愈深;而孟郊詩常見的奇詭風格,賈島將之轉而運用在刻劃物象上,其五律便形成「清奇僻苦」的特色。〔註22〕

如果說韓、孟二人對於賈島而言是知遇恩師,那麼張籍和賈島之間,就比較像是由「師友」關係轉向「詩友」關係。元和六年（811）賈島作〈投張太祝〉說他「風骨高更老,何春初陽葩。泠泠月下韻,一一落海涯」,〔註23〕又說自己「有子不敢和,一聽千嗟歎」,可見賈島極度稱揚張籍的詩,並且自覺不能及。元和七年,賈島定居長安延壽里,和張籍所居的延康里比鄰,賈島作〈延康吟〉詩說:

> 寄居延壽里,爲與延康鄰。不愛延康里,愛此里中人。人
> 非十年故,人非九族親。人有不朽語,得之煙山春。〔註24〕

這首詩的「愛此里中人」、「人非十年故,人非九族親」、「人有不朽語」四句,連用四個「人」,均指張籍,自己與張籍非親非故,但張籍的詩歌成就高(「不朽語」),與這樣的詩人爲鄰使他倍感欣喜。賈島和張籍兩人不但共同參與許多士人集會與送別的場合,也時而互訪,或一同出遊。〔註25〕賈島也因張籍之故結識王建,並曾赴光州謁王建。

〔註21〕有〈月蝕詩效玉川子作〉,《韓昌黎詩繫年集釋》7／745～747。
〔註22〕賈島的〈弔孟協律〉(《長江集》3／17)有「集詩應萬首,物象曾遍題」之語,賈島會注意到孟郊這個特色,可說是基於自身興趣。
〔註23〕《長江集》2／10～11。
〔註24〕《長江集》2／12。
〔註25〕賈島有〈題張博士新居〉(《長江集》5／10,11)。張籍有〈過賈島野居〉、〈與賈島閒遊〉,《全唐詩》384／4314、386／4351。

〔註26〕賈、張兩人的交往詩以清新平和的五律爲主，和賈島所致力的五律風格較爲接近。張籍死後，賈島尚有〈哭張籍〉詩，〔註27〕但他和韓愈等元和詩人的交往也就告一段落了。

　　和賈、張相比，姚合和張籍的關係較淺，兩人的情誼多半建立於詩歌的唱和之上。姚合寫給張籍的第一首詩〈贈張籍太祝〉說：

　　妙絕江南曲，淒涼懋女詩。古風無手敵，新語是人知。飛動應由格，功夫過卻奇。麟臺添集卷，樂府換歌詞。李白應先拜，劉槓必自疑。貧須君子救，病合國家醫。野客開山借，鄰僧與米炊。甘貧辭聘幣，依選受官資。多見愁連曉，稀聞債盡時。聖朝文物盛，太祝獨低眉。〔註28〕

由詩題知此詩乃作於張籍官太常寺太祝時。張籍任太祝的時間在永貞元年（806）到元和十年（815），則姚合此詩寫作時間當在元和八到十年之間，即姚合入京之時。詩的開頭是讚揚張籍的詩，尤其盛讚他的樂府詩和古風（按，應指古體詩）。此詩的後半，描寫張籍平日生活的貧困，和姚合後來描寫自己貧寒生活的用語頗爲相似。結語則刻劃出張籍長期擔任太祝一職的悲苦。由此可知張籍引起姚合注意的有兩點，一是張籍詩歌卓然有成，尤以古風與樂府詩見長；二是張籍以一個著名詩人，卻過著貧窮的下層官吏生活。姚合雖然盛讚張籍的樂府詩，但兩人對詩專注的地方畢竟是不一樣的，最大的差異，在於他們所使用的體裁。張籍所擅長並著名的是樂府詩體裁，他的樂府詩和王建、白居易一樣，多反映社會現實和民間疾苦。姚合的樂府詩極少，他努力於寫五言律詩（就這點而言，他和賈島是有志一同的），因此，姚合後來對張籍的私心嚮往，應是著眼於他五律的清新風格，再看姚合後來的〈寄主客張郎中〉及〈酬張籍司業見寄〉：

　　年長方慕道，金丹事參差。故園歸未得，秋風思難持。寒拙公府棄，朴靜高人知。以我齊杖屨，昏旭詎相離。吟詩

〔註26〕有〈酬張籍王建〉（《長江集》9／37），謂王建在大和五年。
〔註27〕《長江集》8／33，34。
〔註28〕《姚集》4／27，劉槓的「槓」原作「禎」，當作「槓」。

　　紅葉寺，對酒黃菊籬。所賞未及畢，後遊良有期。粲粲華
省步，屑屑旅客姿。未同山中去，固當歧路知。

　　日日在心中，青山青桂叢。高人多愛靜，歸路不應同。罷
吏方無病，因僧欲解空。新詩勞見問，吟對竹間風。〔註29〕

第一首詩是姚合罷萬年職時所作。〔註30〕所謂的「高人」，是以張籍爲
高人逸士，同時表現對這個長輩的尊敬。「以我」到「良有期」六句，
回想長慶年間，跟張籍在長安朝夕不離，吟詩唱和的時光。〔註31〕詩
末四句，則以張籍升任主客郎中，而姚合方罷職，「華省」與「旅客」
形成對比，因此說「未同山中去，固當歧路知」。第二首則作於大和
二年張籍任國子司業之後，由於這幾年中張、姚兩人官位升高，因說
「高人多愛靜，歸路不應同」，感嘆兩人雖喜好清靜生活，卻同時走
向宦途。最後，姚合對張籍關心其詩歌創作表示感謝，並以「吟對竹
間風」留下一個清新的尾聲。至於張籍寫給姚合的詩，則稱姚合爲「貧
官野人」，〔註32〕並說姚合的生活是「作酒和山藥，教兒寫道書」和
「爲客燒茶竈，教兒掃竹亭」，〔註33〕描述姚合近於隱士生活的一面。
本來，從元和八年左右姚合寫給張籍的第一首詩起算，到長慶三年
止，有將近九、十年的時間，張、姚兩人並沒有更加接近的跡象，而
姚合早在長慶中武功縣時期便已奠定其五律的基本風格，因此，長慶
三年間張、姚聚首之時，雖然多了親近的機會，但姚合主要詩歌風格
已成熟，這時的詩歌「應和」的成分居多。後來姚合的官位和詩名漸
高，又喜歡招攬眾詩人於宅中會宿，再加上張籍於大和四年去世，〔註
34〕姚合便自然地成爲這群詩人的中心。附帶一提，同樣的情形也可
見於姚合與白居易、劉禹錫的關係上。姚合在洛陽時，曾和白、劉二

〔註29〕《姚集》3／18，9／56。
〔註30〕見第一章，註35。
〔註31〕關於兩人共同參與詩歌酬唱的情形，註10已有提及。
〔註32〕〈寒食夜寄姚侍御〉：「貧官多寂寞，不異野人居」，《全唐詩》384／
　　　　4320。
〔註33〕見上註引〈寒食夜寄姚侍御〉及〈贈姚合少府〉(《全唐詩》384／4314)。
〔註34〕《張籍年譜》，頁229。

人有過會面，之後也偶有寄贈，〔註35〕但只能算是士人之間很平常的
應酬贈答，跟姚、張的關係比起來，更不親近；而他們之間的交往詩，
則跟白居易、元稹及白居易、劉禹錫以律體唱和的內容很像，多為官
吏閒適生活的抒寫，和姚合自己的風格有些差異，但由姚合跟白、劉
交往詩來看，正得見姚合身為在朝官員，不免對官吏閒淡生活著墨較
多之情形。〔註36〕

　　在討論過姚合、賈島和上一輩詩人的關係之後，可以得出一個印
象，那就是賈島和上一輩詩人的淵源較深，姚合則沒有那麼明顯。以
下將轉而詳述二人交往情形。姚合在元和八年（813）入京後即結識
賈島。姚、賈兩人年紀相當，賈島早歲為僧，三十多歲才展開求官生
涯；姚合經過十年遊歷，亦年過三十才赴京應考。兩人在長安建立交
誼，姚合元和十二年赴魏博幕府之後，賈島還曾前往探視，姚合有〈喜
賈島至〉：

　　　布囊懸寒驢，千里到貧居。飲酒誰堪伴，留詩自與書。愛
　　　眠不知醉，省語似相踈。軍吏衣裳窄，還應暗笑余。〔註37〕

姚合在魏博幕府過得不很順遂，賈島的拜訪帶來幾分安慰。兩人在姚
合處飲酒作詩，直到昏沈睡去。詩末「軍吏衣裳窄」說身上的的軍裝
過於窄小，似乎也暗示自己以進士及第的資格在幕府任卑職的窘境。
兩人分別後，賈島經過黎陽，作〈黎陽寄姚合〉：

　　　魏都城裡曾遊熟，才子齋中止泊多。去日綠楊垂紫陌，歸

〔註35〕姚合有〈寄主客劉郎中〉、〈和劉禹錫主客冬初拜表懷上都故人〉、〈送
　　　劉禹錫郎中赴蘇州〉（《姚集》4／24，9／53，1／7～8）等詩給劉禹
　　　錫，劉禹錫僅有〈寄陝州姚中丞〉（《全唐詩》354／3972）給姚合，
　　　兩人在大和年間偶有同題詩作，詳見卞孝萱《劉禹錫叢考》（成都：
　　　巴蜀書社，1988）頁251～252；對白居易則有〈寄東都白賓客〉（《姚
　　　集》3／20），白居易則有〈姚侍御見過戲贈〉、〈送姚杭州赴任因思
　　　舊遊二首〉（《全唐詩》448／5046、455／5157～58）。
〔註36〕白居易在〈劉白唱和集解〉（《白居易集箋校》69／3711）對自己與
　　　元、劉這一類的唱和詩就歸為「官吏閒適生活」；至於姚合與白居易
　　　這一類詩歌的差異，在第三章會有較為詳細的說明。
〔註37〕《姚集》9／57。

時白草夾黃河。新詩不覺千迴詠，古鏡曾經幾度磨。惆悵
心思滑臺北，滿盃濃酒與愁和。〔註38〕

詩中稱姚合為「才子」，懷念在魏都姚合居處作詩的時光。這兩首交往詩的內容大約是姚、賈交往詩的基本情調，姚合後來官位漸有升高，對賈島窮困潦倒的境遇感到不平，賈島則視姚合為知音，姚合不論是在京或到外地任官，賈島都會前往訪宿。〔註39〕兩人集子中各有多首寫給對方的詩，均占集中交往詩之冠。〔註40〕姚合給賈島的交往詩，多半環繞在自身或對方的窮愁生活之上，如「無事在山中，漸老病難理」、「衣巾半僧施，蔬藥常自拾」。〔註41〕他也像賈島一樣，著力於語句的推敲及景物的細部刻劃。如賈島有「柴門掩寒雨，蟲響出秋蔬」、「空地苔連井，孤村火隔溪。捲簾黃葉落，鎖印子規啼」等詩句，而姚合則有「風淒林葉萎，苔糝行徑澀」的句子。〔註42〕可以說，他們是是藉著交往詩切磋琢磨詩藝。姚合對賈島的詩極其推崇，說他「家貧為我並，詩好復誰知」、「吟寒齒搖落，才峭自名重」，〔註43〕並說「狂發吟如哭，愁來坐似禪。新詩有幾首，旋被世人傳」、「野客狂無過，詩仙瘦始真。秋風千里去，誰與我相親。」〔註44〕由形容賈島的樣貌暗含對賈島詩的評價，具稱揚意味，更可見姚、賈詩歌品味相近。兩人均用心在五言律詩上，而姚、賈兩人又有如此友好的情誼，很自然地交遊圈有所重疊，兩人最終成

〔註38〕《長江集》10／39。
〔註39〕賈島有〈宿姚少府北齋〉、〈宿姚合宅寄張司業籍〉、〈夜集姚合宅期可公不至〉，《長江集》6／28，8／33，8／34。另姚合在金州時，賈島曾前往拜訪（喻鳧有〈送賈島往金州謁姚員外〉，《全唐詩》543／6268），姚合除上引〈喜賈島至〉外還有〈喜賈島雨中訪宿〉（《姚集》9／57），可見賈島訪姚合次數頻繁。
〔註40〕《長江集》中有八首寄姚詩，《姚集》中則有十二首寄賈詩。
〔註41〕分見〈寄賈島〉、〈寄賈島浪仙〉，《姚集》4／25、4／23。
〔註42〕見賈島〈酬姚少府〉、〈寄武功姚主簿〉，《長江集》3／15、4／20及上引姚合〈寄賈島浪仙〉。
〔註43〕分見〈寄賈島〉、〈寄賈島時任普州司倉〉，《姚集》3／21，3／21。
〔註44〕〈寄賈島〉、〈別賈島〉，《姚集》3／17、2／16。

爲一個小型詩人群體的中心。以下對較早加入姚、賈圈子的詩人稍作敘述。

首先是僧人無可。無可於元和後期居長安，賈島爲僧時法號爲「無本」，後來還俗，和無可同居青龍寺，無可便稱賈島爲從兄。〔註45〕無可雖是僧人，不過他和唐代許多僧侶一樣，經常出現在士人聚會的場合，和韻作詩。無可和賈島、姚合均有密切的往來，長慶三年和賈、姚及朱慶餘一起作詩送韓湘，寶曆元年與諸文士會宿姚合宅。姚合任金州刺史時，無可還去金州拜訪，與姚合遊覽山水。〔註46〕賈島本爲僧人，而姚合對佛教深感興趣，加上無可，三人經常與共同認識的僧人往來。無可便以詩僧的身分，橫跨詩壇與佛壇，成爲姚、賈詩人群的基本成員。他的詩歌，多爲五律，且如《唐才子傳》所說，大致上是「律調謹嚴，屬興清越」。〔註47〕

朱慶餘，名可久，以字行。上文已提及他和張籍的關係。寶曆二年（826）進士，一生仕途並不順遂。〔註48〕長慶年間和姚、賈、張來往。〔註49〕後人論朱慶餘的詩，均以他「得張水部詩旨」，多半是受《雲溪友議》中，張籍稱讚朱慶餘〈閨怨〉詩之事的影響，不過也算是所言不遠。

馬戴，字虞臣。生卒年不詳，大約在長慶、寶曆年間入京活動，曾多次應舉不第，其間曾漫遊各地並隱居山中。後於會昌四年（844）登進士第。〔註50〕他和賈島、姚合等人的往來可能始於長慶年間。大和二年，姚合在洛陽任監察御史，馬戴曾宿姚合宅，兩人同有詩寄賈

〔註45〕見《唐才子傳校箋》冊三，卷6，頁75。

〔註46〕無可有〈陪姚合遊金州南池〉、〈金州別姚合〉，《全唐詩》813／9155。

〔註47〕《唐才子傳校箋》冊三，卷6，頁75。

〔註48〕朱慶餘事蹟參見景凱旋，〈朱慶餘生平考索〉，收入《程千帆先生八十壽辰紀念文集》（編委會：南京：江蘇古籍出版社，1992）。

〔註49〕參考註10。

〔註50〕馬戴事蹟參見譚優學，〈馬戴生平考論〉，收入其《唐詩人行年考（續編）》（成都：巴蜀書社，1987），頁207～244。

島。他也曾訪宿賈島在長安昇道坊的居所，與無可亦有交誼，〔註51〕
除此之外，他還參與了兩次姚合居處的詩人會宿。〔註52〕馬戴善五
律，姚合曾讚揚馬戴「新詩此處得，清峭比應稀。」〔註53〕後世有對
馬戴的五律評價很高，但也有和姚合評語類似，特別注意到他「思苦
幽清」的特色。〔註54〕

　　顧非熊（約795～854），顧況之後。屢應進士不第，達三十年之
久。會昌五年（845）登第，後來歸隱茅山，和前述諸人均有來往。
〔註55〕顧非熊存詩僅一卷，亦以五律爲主，長於寫景，以清苦爲尚，
和姚賈相近。

　　以上是和姚合、賈島交遊的幾個主要詩人，其他還有一些存詩
較少的詩人，諸如李廓、殷堯藩等人，這裡且略而不談。這一群人
有幾個共同的特點：一、仕途不順。除姚合壯年以後的仕途較爲順
遂之外，其餘的人多半屢試不第，即使登第也已達暮年。潦倒終生，
歸隱山林者亦有之。二、除明顯的投刺之作之外，這些人寄贈往來
的對象亦大多爲下層官吏或山人、僧人。三、他們所作詩歌多以五
律爲主，除個別較爲突出的特色之外，風格可歸於「清新」、「清峭」

〔註51〕有〈宿賈島原居〉、〈旅次寄賈島兼簡無可上人〉、〈寄賈島〉、〈長安
　　　　寓居寄贈賈島〉等詩，《全唐詩》556／6445，6441，555／6436，6429。
〔註52〕見註10。
〔註53〕〈寄馬戴〉，《姚集》3／21。
〔註54〕對馬戴詩評價很高的如（宋）嚴羽《滄浪詩話・詩評》，收於《歷代
　　　　詩話》（清・何文煥輯；台北：木鐸出版社，1982）下冊，頁696：「馬
　　　　戴在晚唐詩人之上。」（清）翁方綱《石州詩話》（收《古今詩話叢
　　　　編》，（台北：廣文書局，1971））卷2，頁15b：「馬戴五律又在許丁
　　　　卯（許渾）之上，直可與盛唐諸賢齊伍，不當以晚唐論矣。」認爲
　　　　馬戴「思苦幽清」者以（清）賀裳《載酒園詩話又編》（收於《清詩
　　　　話續編》（郭紹虞輯；台北：藝文印書館，1985）），頁379爲代表：
　　　　「晚唐詩，今昔咸推馬戴。……其詩惟寫景爲工，……大率體澀而
　　　　思苦，致極清幽，亦近於島也。」
〔註55〕顧非熊事蹟詳見《唐才子傳校箋》冊三，卷7，頁351～356。姚合
　　　　〈送顧非熊下第歸越〉、朱慶餘〈送顧非熊下第歸〉、馬戴〈送顧非
　　　　熊下第歸江南〉（《姚集》1／8及《全唐詩》514／5869、555／6429）
　　　　應是顧非熊某年下第歸江南時所作。

或者「清苦」。如此看來，我們就不難理解姚、賈爲何能成爲這群人的中心了。賈島早受韓愈、孟郊的賞識，又得到張籍青睞，雖然未能在科場上有所斬獲，詩名早已建立。姚合詩名建立較賈島略晚，但他每與同輩詩人贈答，主導聚會，在各人之中際遇算是較佳的，也樂於與貧寒詩人往來，甚至提攜後進詩人。姚合和賈島大量創作五律，在張籍之後走出一條自己的詩路，和這些詩人也交互影響，形成一個風格相近的詩人群。不過，姚、賈這個小團體，和元和時期詩人集團的性質畢竟不相類。首先，他們並沒有像韓孟元白一樣，動輒吟唱巨幅「聯句」或長篇詩歌，而是以輕薄短小的律詩取勝。其次，他們雖然均專營詩歌，但並沒有明白地提出有力而震撼人心的詩歌主張；詩中對時事或社會、現實生活的書寫很少，而多抒寫寄贈送別、遊覽即事的題材或個人日常生活的偶然感想。再者，這個團體大部分的成員均遠離政治核心，所以，很少有互相提攜拉拔的關係，不像元和詩人團體總有一點「休戚與共」的意味。

　　總之，姚、賈這一個詩人群的成員是以「酬答寄贈」爲主，因此，能不斷地增加成員，大凡不遇士子、下層官僚、山僧野客，均容易被他們的詩歌創作方式所吸引。這些詩人將詩歌作爲人生的寄託方式之一，加入姚、賈別樹一格的詩歌創作路線，雖然只是一個小團體，但他們與姚合以詩歌寄酬，對姚合詩風的形成不無助益。

第三章 姚合詩在內容情意及
表現方式上的特色

　　《姚少監詩集》共十卷，約五百三十多首詩。其中以五言律詩最多，約佔集中五分之三以上，七律次之，其餘的體裁僅佔少數。以內容而言，除第一章所提及，在幕府所寫的一些邊塞豪情的詩，及任官後一些明顯爲官場酬唱，表達浮泛情意的作品之外；其餘的詩，包括半數的寄贈交往詩，及閒適詠懷、遊覽宴集及詠物的詩作，即爲理解姚合詩的基本材料。姚合詩最主要的特色，在於其題材多偏向於個人平日生活的抒寫，並以自我爲中心，在詩中展現自己某一面向的生活情調。本章根據姚合在詩中運用的題材及表現的情意，分成三個主題討論。另外，第四節則討論姚合詩的語言風格及其與詩作情意主題的關係。

第一節　現實生活與淡漠人生觀之間的矛盾

　　姚合詩的主題之一是關於自身處境的感嘆。做爲一個出仕的士人，面對外在環境的人事紛擾，如煩瑣的官務、俗務等，時而引發他的不耐。除此之外，他對自身的貧、病、老、窮也時有感慨，以〈武功縣中作〉第三首爲例：

　　　微官如馬足，只是在泥塵。到處貧隨我，終年老趁人。簿

　　書銷眼力，盃酒耗心神。早作歸休計，深居養此身。〔註1〕
這首詩是姚合任職武功縣主簿時所作。武功縣位處長安西南，是個靠
山的小縣，而姚合所任的主簿一職又是個九品小官，因此詩中表達卑
官的無奈，認為自己的地位如同馬足，鎮日踩在泥塵之中，貧窮依然，
年歲漸老，因此感嘆不如棄官歸去，養身全性。這很明顯地是一首為
官職卑微、事務繁擾而感嘆的詩。姚合在其他詩中還曾形容做官的煩
悶是：「一官無限日，愁悶欲何如」、「作吏荒城裡，窮愁欲不勝」，「及
聽鳴唱天門曉，吏事相牽西復東」。〔註2〕誠然，姚合有許多「卑官」
之嘆是寫於他擔任主簿、縣尉時期。〔註3〕但是，他寫這一類的詩不
單是因為官途蹭蹬。在許多詩中，他並不真正為官職本身高低或官務
的煩擾而嘆，而是標榜自己性格上「疏散」的一面，並認為以自己這
樣的性格，投身充滿複雜人事關係的官場，不免有無法勝任之慨。〈武
功〉的第二首是這樣子說的：

　　　方拙天然性，為官是事疏。唯尋向山路，不寄入城書。因
　　病多收藥，緣浪學釣魚。養身成好事，此外更空虛。〔註4〕
詩中所說的「拙」，應該不是說自己沒有才能，而是指自身性情的疏
散淡慢。〔註5〕自己本身性情為「拙」，官務生疏也是理所當然的，所
以只好就在武功這個山城居住，和城裡（按：當指長安）也不通音信。
「因病」二句是詩人平日生活的景況，採藥、釣魚，儼然一副「山人」

〔註1〕《姚集》5／29。〈武功縣中作〉5／29～32一系列共有三十首詩，以
　　　　下均簡稱〈武功〉詩。
〔註2〕《姚集》，5／31〈武功〉第二十三首，5／30〈武功〉第十四首，8
　　　　／49〈同諸公會太府韓卿宅〉。
〔註3〕筆者能確定的除〈武功〉三十首之外、還有〈遊春〉十二首，參見
　　　　第一章註36。兩組詩寫到自己為「卑官」、「微官」等官職卑小的嗟
　　　　怨不下十數次。
〔註4〕《姚集》5／29。「疏」字《姚集》原作「踈」，《四庫全書》本的《姚
　　　　少監詩集》（《四庫》唐人文集叢刊：上海：上海古籍出版社，1994）
　　　　作「踈」，《全唐詩》卷496～502姚合部份則作「疏」，其實均為「疏」
　　　　的異體字，應是刻本時代不同所致，為免釋義及打字上的困擾，以
　　　　下均改用通用的「疏」字。
〔註5〕有關拙的意含，詳見下文解析。

的行徑。最後做個結論說，在這裡只能說適合養身，此外也沒有什麼好說的了。詩中並未陳述官職本身帶來的困擾，而是乾脆以個性上的「拙」、「疏」帶過。姚合另有一首〈寄賈島〉詩說：

疏拙只如此，此身與誰同。高情向酒上，無事在山中。漸老病難理，久貧吟亦空。賴君時訪宿，不避北齋風。〔註6〕

這首詩的意思其實也很簡單，只不過向友人訴說自身景況，嘆嘆貧病罷了。值得注意的是詩的開頭他也以「疏拙」來描述自己，並以為這種性格上的特色是異於他人的。那麼，姚合既然強調自己的疏拙，這對他的處世態度到底有什麼影響呢？他在〈閑居遣懷〉第十首中，自有一番解釋：

拙直難和洽，從人笑掩關。不能行戶外，寧解走塵間。被酒長酣思，無愁可上顏。何言歸去事，著處是青山。〔註7〕

這一首詩以較為灑脫的語氣來陳述，詩人認為自己性格上的「拙直」，使得他沒有辦法和人相處，乾脆就關起門來不與人來往了，也不太在乎外人的嘲笑，甚至覺得和外界接觸就如同暴露在塵土中，因此乾脆飲酒長醉，便覺得無憂無愁，並說「何言歸去事，著處是青山」：何必再說歸隱呢？這裡已像是青山了，大有就地悠游之意。這首詩和前面厭煩官務的嗟歎有所不同，詩人並不敘述外在環境帶給他的困擾，而是故意地迴避世俗，不與外界往來，將自己沈浸在飲酒長醉的生活中（即使自知非隱居狀態）。由此也可以得知，姚合所說的拙，不僅僅是不擅官務，還有不精人事，難以和世人作送往迎來工夫的意味。所以他就會說「自憐疏懶性，無事出門稀」，因為疏懶，最好是少出門與外面接觸；說「不自識疏鄙，終年住在城」，認為自己以疏鄙之性，卻勉強處在人聲雜沓的城裡；或者說「朝朝眉不展，多病怕逢迎」，每天愁眉苦臉的，就因為要送往迎來；或者跟友人說「君去九衢須說我，病成疏懶嬾趨朝」，以疾病在身來規避朝覲的責任了。〔註8〕姚合

〔註6〕《姚集》4／25。
〔註7〕《姚集》5／29。
〔註8〕四句詩分見《姚集》5／32，〈秋日閑居〉，5／33〈閑居〉，5／31〈武

自覺性格上的「疏」，或者說「疏拙」、「疏鄙」，或說「疏懶」、「疏散」，都有粗疏散漫的意思，有時更用「狂僻」二字來形容，不但指自己本性開放，更有不精人事、與世俗乖離的意味。抱持「狂僻」的性格，〈武功〉第二十九首中所描述的官吏生活是：

　　自知狂僻性，吏事固相疏。只是看山立，無因出縣居。印朱沾墨硯，戶籍雜經書。月俸尋常請，無妨乏斗儲。〔註9〕

詩的開頭便說自知「狂僻」，理所當然地不純熟於官務。在這裡只能鎮日看著群山，也沒有理由離開縣中所居。詩的下半段說自己的工作，不外乎蓋蓋印章，查查戶籍等工作。最後則說自己按月領官俸，但生活依然匱乏。這首詩很簡單地勾勒出一個小官吏的乏味生活，詩中透露了一點：儘管詩人的個性狂僻，也還是要處理公務，只因為薪俸雖不多，總還是生活所需。

　　至此，筆者要提出一個問題：在中國傳統的文化認知裡，所謂的「狂僻」、「疏散」等等，這種冷漠散淡的處世態度，多半會被拿來描述山林野客或者是隱士。姚合當然不會不知道這點，但是他依然使用這樣的字眼來描述自己的心態。在另一方面，則在現實生活中，他並不是如隱士般悠閒地過著山居生活，而是一個被吏事羈絆著的官員。於是，我們可以很明顯地看到他擺盪在兩者之間。雖然姚合眼中的自己常是「疏散」的，但他無法真正順著這種性情去生活，因為那和他現實生活中官吏的身分根本是兩極。於是，我們會從上面的詩中看到下述這種矛盾。有時候，他不斷感嘆做官違反他的本性，嚷著歸隱青山，如〈寄崔之仁山人〉：「官職卑微從客笑，性靈閑野向錢疏。幾時身計渾無事，揀取深山一處居」。但是另一方面又嘆窮，嘆老，如〈獨居〉說「生計如雲無定所，窮愁似影巧相隨。到頭歸向青山是，塵路茫茫欲告誰」；〈早春閑居〉說「寂寞日何為，貧居春色遲。……此生仍且在，難與老相離」；〈憶山〉則說：「別來愁欲老，虛負出山名」。

　　　　功〉第十六首，2／13〈送盛秀才赴舉〉。
〔註9〕《姚集》5／32。

〔註10〕顯然他對自己的貧苦有所疑慮，懷疑是否能放下一切回到山
中，難怪要說「一生能幾日，愁恨也無端」了。〔註11〕或者，他乾脆
拋開這些，將自己沈入短暫的悠然自在之中，以〈武功〉第一首爲例：

　　縣去帝城遠，爲官與隱齊。馬隨山鹿放，雞雜野禽棲。遠
　　舍惟藤架，侵堦是藥畦。更師嵇叔夜，不擬作書題。〔註12〕

這首詩所表現的便是一個閒散小官吏的心情。詩的開頭說自己任職的
武功縣距離京城很遠，所以在這裡作官好似沒有人可以管得著，就如
隱居一般。「馬隨山鹿放，雞雜野禽棲」說詩人居住的地方是在偏僻
罕有人居之處，所以他所飼養的馬和雞都和山中的野鹿及原野上的鳥
禽們雜混在一起了。接下來講詩人住所四周是圍繞著藤蔓，還種了些
藥草，都長到階梯上來了，似乎暗示此人住家少人拜訪。詩末二句，
說自己打算學習嵇康，並用嵇康〈與山巨源絕交書〉中說的「素不便
書，又不喜作書」來表示自己像嵇康一樣不善於和人酬答。〔註13〕姚
合這裡提到嵇康，是作爲一種標榜，在他的其他詩作中，也有提及劉
伶、阮籍等人，不過是藉魏晉名士來表示自己的閒放性情。〔註14〕看
起來，這雖是很普通的一首詩，卻可提示我們詩人內心的若干想法。
以地理位置而言，武功縣就在長安城西南，屬京畿管轄的範圍，離京
城並不很遠。當然，武功縣靠山，景象荒涼，又是一個小縣，詩人要
說它遠也是可以的；不過，詩人所說的「遠」，多半還夾雜著詩人自
覺的「遠」。既然是「作官」，就算不得隱，他卻硬說「爲官」與「隱」
兩者是一樣的，這兩句詩結合起來，可見詩人自放於外的心態，而這

〔註10〕四首詩見《姚集》4／25及6／34。姚合寫這一類情感的詩，除了上
　　　　面引的詩以外，還有一些詩可參看，例如：〈武功〉的第二十三、二
　　　　十五、二十六、二十八首，《姚集》5／31、32。
〔註11〕《姚集》5／28，〈閒居遣懷〉第六首。
〔註12〕《姚集》5／29。
〔註13〕嵇康文見《文選》43／613（梁・蕭統編，唐・李善注：台北：藝文
　　　　印書館，1991十二版）。
〔註14〕例如〈寄王度居士〉說：「唯應尋阮籍，心事遠相知」，〈武功〉第五
　　　　首說：「常羨劉伶輩，高眠出世間」（《姚集》3／17，5／30），都是
　　　　同樣的用意。

首詩通篇所寫的就是此種心態的延伸。抱持著這種心態面對生活，我們會看到姚合著重非官吏生活的一面，書寫公餘之時的片刻寧靜，將自己置身於超然的物外世界，以這樣的眼光看去，口中荒僻的武功縣搖身變為山居生活的實踐處，縣吏的庭園則變成供其徜徉的山水景色，如〈武功〉第二十二首：

　　門外青山路，因循自不歸。養生宜縣僻，說品喜官微。淨愛山僧飯，閒披野客衣。誰憐幽谷鳥，不解入城飛。〔註15〕

首句的「因循」當解為悠游閒散之意。〔註16〕居住之處放眼就是青山，詩人覺得優游在此是很理想的，不必談歸去事。《養一齋詩話》曾引鮑溶（和姚合時代相近）詩句：「門前青山路，眼見歸不得。」認為二者憤婉各盡其妙。〔註17〕的確，姚合這句話是有就地悠游的意思。他很委婉地說武功縣地僻，自己的官又小，在這種情況下，正好適合養生，還可以和山僧、居士往來，最後以「誰憐幽谷鳥」提出一個反詰問句：誰會去憐惜幽谷中的鳥（山中人）不能體會入城飛行（居住）的經歷呢？〔註18〕

　　姚合的寄贈詩，也提起這種生活方式。如〈送劉禹錫郎中赴蘇州〉中說：「太守吟詩人自理，小齋閑臥白蘋風。」〈送王建祕書往渭南莊〉：「莊僻難尋路，官閑易出城。」〔註19〕都是在強調這種一面做官一面過著閒逸生活的方式。如此說來，不免令人聯想到士人間所流行的「吏隱」形式，或者是中晚唐時期，白居易所說的「中

〔註15〕《姚集》5／31。

〔註16〕王瑛，《詩詞曲語詞例釋》（增訂本：北京：中華書局，1986 二版）頁 287～289 釋「因循」有三個用法，其中以「悠游閒散」和「蹉跎」較為可能。從這首詩來看，筆者以為解為「悠游閒散」較符合詩意。

〔註17〕（清）潘德輿撰，見《清詩話續編》冊三，卷 5，頁 2080。鮑溶詩見《全唐詩》485／5505，〈感懷〉。

〔註18〕姚合另有「野人時寄宿，谷鳥自相逢」句（〈題屬玄侍御所居〉，《姚集》7／44），此處「野人」應指姚合自己，「谷鳥」指屬玄，「谷鳥相逢」指姚合和屬玄兩人的相聚。可見姚合之「谷鳥」跟「野人」（山人）是類似的用法。

〔註19〕《姚集》1／7，1／10。

隱」方式。〔註20〕白居易晚年先後任太子賓客、河南尹及太子少傅等官，均居住或分司洛陽，其間與劉禹錫唱和，寫了很多詩表達悠然閒適的心情。〔註21〕關於自己的閒適詩，他曾說「或退公獨處，或移病閒居，知足保和，吟玩情性者一百首，謂之『閑適詩』。」〔註22〕白居易曾有一段積極追求政治成就的生活歷程，並且經歷了宦途挫折，最後轉而退居洛陽，並不時在詩中透露出滿足自適的的心態。姚合對「中隱」方式顯然是熟悉的，他曾稱友人「故人爲吏隱，高臥簿書間」直接點出「吏隱」二字，也說白居易「賓客分司眞是隱」，說他以太子賓客一官分司洛陽，其生活型態就如同隱居一般。〔註23〕

　　姚合早年有過隱居生活，中年以後才展開仕宦生涯，後來在朝中官位逐步升遷，卻也意味著他必須久居京城。在他擔任小官的時候，自然會因卑職微俸而嘆不如歸去，〈武功〉一系列詩即是明證。之後，卻因爲長久任官，漸漸背離了心中所嚮往的山居生活，而產生另一種心態。他轉而退縮在自我囿限的個人世界之中，呈現出淡漠而疏離的人生觀，如第一章所引的〈杭州書事寄山中舊友〉、〈杭州官舍偶書〉、〈酬光祿田卿六韻見寄〉、〈省直書事〉等任官後的詩均有這個傾向。雖然我們偶而會看到姚合詩中閑適自得的一面，大半時候，他只有藉著詩歌得到「片刻」、「短暫」的悠閒，同時，這種閒情建立在迴避官吏生活（亦即現世的一面）之上，因此，有些詩像是〈題郭侍郎親仁里幽居〉說：「帝城唯此靜，朝客更誰閑」，強調要在城中劃出自己的一塊靜地，〈題厲玄侍御所居〉也說：「幽

〔註20〕白居易有一首詩名爲〈中隱〉（《白居易集箋校》22／1493），說「大隱住朝市，小隱入丘樊。不如作中隱，隱在留司官。似出復似處，非忙亦非閒。不勞心與力，又免飢與寒。中歲無公事，隨時有俸錢。……」詩中認爲「中隱」者能一邊享受官餘閒暇的遊賞之樂，又不會墮入貧窮，是一種理想的生活方式。

〔註21〕朱金城《白居易年譜簡編》，頁4043～4064。

〔註22〕見〈與元九書〉，《白居易集箋校》45／2794。

〔註23〕兩句見《姚集》3／18，〈寄永樂長官殷堯藩〉，3／20〈寄東都白賓客〉，詩題下姚合自注「居易」兩字，因知是寫給白居易的。

棲一畝官,清峭似山峰。鄰里不通徑,俸錢唯買松」,即使身為一個
官員,所居之處還是強調「幽棲」,並且和鄰里是「不通徑」的,隔
絕開來的。〔註24〕他還說「疏散永無事,不眠常夜分」(〈秋中夜坐〉),
如果真是以疏散的態度處世,何以還會夜中難眠?可見內心的擾動
不安了。〔註25〕

　　後人評姚合〈武功〉三十首詩,或認為「不能免重複之累」,
〔註26〕這句話說得沒有錯。〈武功〉三十首其實就是貧、病、老、
窮等小官吏生活的嗟歎,加上個人愛閒、散、疏懶的情致所結合而
成的一組詩,有時候嗟歎不已,有時候則又表現出超然的一面。這
一組詩的情調其實就是姚合詩的基本特色,只是有時候多寫一點嗟
歎,有時多寫一點疏散的心情,無論如何,總是圍繞在自己的情緒
上,沒有辦法跳脫。姚合後來的許多詩便是順著〈武功〉一系列詩
的主題發展的,「姚武功」之名或即由此而來。

第二節　精緻幽絕的生活情致

　　上面我們提到姚合自認個性「疏散」,不精人事,由於現實生活
上遭遇的愁苦及人世的羈絆,他頗有抱怨,並對現實人世表現出疏離
的心態。然而,他的生活可不是淡漠而對任何事物不感興趣的。元代
詩評家方回在批評永嘉四靈時,認為他們所學的姚合詩的主題是:「所
用料不過花、竹、鶴、僧、琴、藥、茶、酒,於此幾物,無一步不可
離,而氣象小矣。」雖然帶有貶意,卻適巧指出了姚合詩的另一個主
題。〔註27〕相對於書寫內心的嗟歎,他有好一部份的詩歌轉向寫生活

〔註24〕二詩同見《姚集》7／44。

〔註25〕《姚集》6／38。

〔註26〕（清）余成教《石園詩話》,見《清詩話續編》冊三,卷2,頁1770;
　　　　余成教在文中說〈武功〉詩「多至二十七首」,顯然是他筆誤或所見
　　　　版本不同。

〔註27〕見（元）方回《瀛奎律髓》（四庫善本叢書初編集部,出版資料不詳）
　　　　10／8b～9a。

中種種雅好，以紓解這些情緒，例如〈閑居遣懷〉第三首：

> 白日逍遙過，看山復遶池。尋書展古事，翻卷改新詩。賒
> 酒風前酌，留僧竹裏棋。同人笑相問，羨我足閒時。〔註28〕

這首詩表現的是閒適自得的心情。形成詩人感到閒適的因素有「看山」、「遶池」，悠然投身自然，還有翻書、修改詩作的士人雅興，再加上飲酒、和僧人下棋等活動，就使他獲得「閒」的情致了。我們再看姚合詩中寫的一些閒情雅好：

> 聽鶴向風立，捕魚乘月歸。（〈寄鄠縣尉李廓少府〉）
> 聽琴知道性，尋藥得詩題。（〈武功〉第十八首）
> 酒熟聽琴酌，詩成削樹題。（〈過楊處士幽居〉）
> 攜詩就竹寫，取酒對花傾。（〈和裴令公新成綠野堂即事〉）
> 酒用林花釀，茶將野水煎。（〈和元八郎中秋居〉）
> 摘花浸酒春愁盡，燒竹煎茶夜臥遲。（〈送別友人〉）
> 就林燒嫩筍，遶樹揀香梅。（〈喜胡遇至〉）〔註29〕

上述的這些都是姚合詩中常提起的種種生活雅趣。吟詩、飲酒、彈琴、奕棋、賞花，都是所謂的文人雅事，值得注意的是，他會將這些飲酒吟詩的活動書寫成看似獨特的生活情趣，並且趨向於精緻化，比如「詩成削樹題」，「攜詩就竹寫」，做成一首詩，削了樹皮下來書寫，旨在強調作詩的即興；同樣的，「酒用」及「摘花」二句，其實就只是「釀酒」、「煮茶」的動作而已，但加入了「林花」、「野水」、「摘花」、「燒竹」等，就將整個感覺提升到「別緻」的層次。

　　姚合詩中所寫的這些生活情趣不但雅緻而有情味，同時在書寫的過程，我們也可以很明顯地看到他摻入散淡而疏離人世的情緒，如〈閑居遣懷〉第五首：

> 永日廚煙絕，何曾暫廢吟。閑詩隨思緝，小酒恣情斟。看
> 月嫌松密，垂綸愛水深。世間多少事，無事可關心。〔註30〕

〔註28〕《姚集》5／28。
〔註29〕見《姚集》3／18，5／31，8／46，9／52，9／53，1／12，9／57。
〔註30〕《姚集》5／28。

從這首詩能看到詩人將自己與外界隔絕的心情。「廚煙」是人世生活在所難免的一部份，詩人卻說「廚煙絕」，再加上「永日」二字，表現一種漫長而緩慢的感覺，相較之下，不曾廢止的則是詩人的「吟」。吟詩度日，飲酒縱情，賞愛松間月色，垂綸深水，最後說「世間多少事，無事可關心」凸顯了遺世而獨立的自我。從吟詩飲酒等活動將自己提升到淡離人世的境界，同時也塑造出詩中人如同「林泉雅士」的身影，這些生活雅趣已不只是培養情性，還讓他藉此忘離人世。

除了上面所舉的士人雅事之外，姚合還喜歡在詩中描寫自然景物，這些景物往往取材於山水園林之中，同時他也特別著重蒔花弄草、移山引水的園林情趣。在〈武功〉第二十一首中，我們可以看到他在造弄園林景致的過程中，暫時紓解了官吏生活的煩悶：

　　假日多無事，誰知我獨忙。移山入縣宅，種竹上城牆。驚
　　蝶移花蕊，遊蜂帶蜜香。唯愁明早出，端坐吏人旁。〔註31〕

「假日」一句說這天是官員們的休假日，照理說應該是很清閒的，哪裡知道「我」卻獨自忙著一些活動。從第三句開始，詩人告訴我們，他所忙碌的事情是造園活動：「移山」、「種竹」。「驚蝶」二句，似乎給人驚喜的意味，也讓我們意會到這個地方一定栽有為數不少的花卉，所以詩人才能見到蜂蝶穿梭在其中。詩寫至此，詩人已享受著園中悠然景致，但是，詩的結尾跌宕一筆，轉想到明日又要早早出門，必須在官廳中規矩的辦公，令人愁悶。除了能紓解煩悶外，造弄庭園，往往能使他沈浸在一個美好的情境中，如〈武功〉第十六首：

　　朝朝眉不展，多病怕逢迎。引水通山澗，壘山高過城。秋
　　燈照樹色，寒雨落池聲。好是吟詩夜，披衣坐到明。〔註32〕

此詩的一、二句以「眉不展」開始，訴說詩人長日不快，因他多病且「怕逢迎」，不善於處理官場間送往迎來的人際關係。從第三句開始，詩人跳出了這些煩擾的事，寫自己在庭園中引水、造山的過程。而後以「秋燈」二句暗示時間已到了晚上，詩人看到秋夜的樹被燈火照射

〔註31〕《姚集》5／31。
〔註32〕《姚集》5／31。

著的樣貌，聽到雨水滴落池子裡的聲響，心有所感，便決定了這是一個適合吟詩的夜晚，打算披上衣服在這景致中吟詩到天明。這首詩的首聯和後三聯形成一個對照，一個白日愁眉不展的官吏，從投入園景的修整中得到滿足，並進一步引發詩興，渡過一個和白日成對比的詩意夜晚。我們又一次看到了詩人自尋樂趣，而跳出了愁悶的情緒。在〈題家園新池〉中，他則沈迷於園中景物，到難以忘懷的地步：

> 數日自穿池，引泉來近陂。尋渠通咽處，遠岸待清時。深
> 好求魚養，閑堪與鶴期。幽聲聽難盡，入夜睡常遲。〔註33〕

這首詩寫了姚合的造園活動：鑿池、引水。在為自家新池尋得清流之後，也按照一般士人造園的風氣，養養魚、鶴等動物。最後，他被園中的「幽聲」（可能是泉聲，也可能是魚游水的聲音）所吸引，竟捨不得入眠了。

　　由此可知，流連庭園之中，姚合經常表現出獨自享受、沈溺其中的心態。他很喜歡在詩中強調這種著迷的情思，有時更甚於他對景物本身的描寫，比如〈遊春〉第七首：

> 悠悠小縣吏，憔悴入新年。遠思遭詩惱，閑情被酒邊。戀
> 花林下飲，愛草野中眠。疏懶今成性，誰人更肯憐。〔註34〕

這首詩的中間兩聯很明顯地昭示著沈迷的心態。「遠思」兩句表面上的意思好像是被詩、酒所牽擾，實際上是一種「自得其中」的狀態，就如姚合還有「酒戶愁偏長，詩情病不開」、「詩酒相牽引，朝朝思不窮」的句子一般，〔註35〕雖然心思被詩酒所絆，卻甘於沈浸其中，雖說是「病」、「惱」，卻令他樂此不疲。「戀花」兩句則更描摹了詩人迷戀園林的具體動作：因為愛戀著花草，竟不捨得離開了，而要在林下飲酒、在草野中酣眠而去。最後不忘說自己「疏懶成性」，雖說「誰人憐」，其實頗有自己沈醉其中，別人無法體會的意味。這組詩的詩題雖是「遊春」，然而重點不在「春」的種種美景，卻在「遊人」賞

〔註33〕《姚集》7／42。
〔註34〕《姚集》6／36。
〔註35〕《姚集》5／30，〈武功〉第十一首，6／36〈遊春〉第十一首。

春的表現了。〈遊春〉中的第九、十一首,也有同樣的情形:

> 朝朝看春色,春色似相憐。酒醒鶯啼裏,詩成蝶舞前。摘花盈手露,折竹滿亭煙。親故多相笑,疏狂似少年。

> 身被春光引,經時更不歸。嚼花香滿口,書竹粉黏衣。弄日鶯狂語,迎風蝶倒飛。自知疏懶性,得事亦應稀。〔註36〕

這兩首詩的意思相近,都是講詩中人在遊賞春色之中表現出「疏狂」的一面。值得注意的是它們的中間兩聯,或是「摘花盈手露,折竹滿亭煙」,或「嚼花香滿口,書竹粉黏衣」,作者不但觀賞春色,而且還要「品嚐」花香、「體驗」竹的青翠,以致於流連忘返,「經時不歸」。與其說詩人在享受春光,不如說他是享受這種獨絕的情境。因此,他會由情境中得到「醉時眠石上,肢體自婆娑」的自在瀟灑。〔註37〕

姚合還有〈題金州西園九首〉和〈杏溪十首〉兩組詩,〔註38〕這兩組詩都是五言六句的形式,寫的就是姚合喜愛的園林景致,每一首詩前都以園林中的一景作爲詩題。這些寫景的詩,同時也兼具上述「遊春」詩的特色,以〈題金州西園·菱徑〉爲例:

> 藥院徑亦高,往來踏菱影。方當繁暑日,草屩微微冷。愛此不能行,折薪作煎茗。〔註39〕

詩題「菱徑」,但重點不在菱徑的景色,而寫詩人踏在此徑的感受。在暑熱的天氣中,詩人被「微冷」的感覺吸引,當下即不捨此感,就在此折起柴薪,煮茶品茗。另一首〈杏溪·渚上竹〉也是如此:

> 葉葉新春筠,下復清淺流。微風屢來此,決決復脩脩。詩人月下吟,月墮吟不休。

這首詩中的景物很吸引人,但最後映入讀者眼簾的還是「詩人月下吟,月墮吟不休」的影像,可以說景與人的結合加強了詩中餘韻無窮的情境。

〔註36〕《姚集》6／36。
〔註37〕《姚集》8／48,〈遊陽河岸〉。
〔註38〕見《姚集》7／40～42。
〔註39〕本詩的「冷」字不合韻,但各版本均作此字,從之。

　　姚合詩中寫庭園景色時，詩中人如何去造弄園景往往是重點之一，而遊覽山林景色的詩中，詩中人的身影也隨時可見，比如說「幽人長屨此，月下屧齒鳴」（〈題金州西園·石庭〉）、「我來持茗甌，日屢來此嘗」（〈杏溪·杏水〉）、「我多獨來賞，九衢人不知」（〈題鄭駙馬林亭〉）。〔註40〕詩中的景致經過他的抽繹，不論是自稱「幽人」或是「我」，「我」的成份都相當的重。儘管詩中人抱持著投身山光水色的心情，卻不是和自然形成融合的關係，而是努力地在他所處的空間裏尋得可供流連的幽絕景光。所以，姚合一方面會有「莫喚遊人住，遊人困不眠」、「身被春光引，經時更不歸」的情況〔註41〕，顯示詩人受到景物的牽引；另一方面卻又是「微徑嬋娟裏，唯聞靜者知」、「尋芳愁路盡，逢景畏人多」、「寂寂青陰裏，幽人舉步遲。慇勤念此徑，我去復來誰」，〔註42〕除了詩人之外，大概也沒人（或是作者不欲他人）來欣賞詩人所體驗到的景致。姚合在這些詩中書寫的「別趣」，並非大異於日常美景，而是他被某些景物所勾起的片刻感動及隨想。所以，當他強調某些景致特別和詩人的情性相合時，讀者就更需追隨他的主觀感受，方能領略他所體會到的情境。

第三節　佛教與道教思想的啓發

　　姚合的詩還有一部分是寫有關佛、道等宗教題材的。唐代的士人似乎不可避免地對佛、道思想有所浸染，所以，詩歌中這方面的題材也爲數不少。以姚合來說，他的交往對象裡，就有不少僧、道人士。姚合與這些人來往，不免要作一些寄贈詩，寄贈詩有時使用佛教術語，或者帶有宗教沈思的意味。另外，姚合遊歷或住宿僧院的詩，或日常閒適詠懷的作品，也常有宗教或哲學方面的體悟及感想。在道教

〔註40〕〈題鄭駙馬林亭〉見《姚集》7／44。
〔註41〕《姚集》6／37，〈揚州春詞〉第三首，6／36〈遊春〉第十一首。
〔註42〕《姚集》7／42，〈陝下屬玄侍御宅五題·竹裏徑〉，8／48〈遊陽河岸〉，7／41〈杏溪·杏溪〉。

思想方面，姚合和許多唐人一樣，對成仙、服食丹藥兩種活動最感興趣。

　　唐代的僧人雖然經常參與社交活動，但一般來說，他們畢竟是居住在寺廟或僧院之中，以清修爲主業。因此，即使在繁華的城市中，僧院給人的感覺是較爲寧靜而和俗世有些隔絕的。對於嚮往脫離塵俗的人來說，僧侶的身分更是吸引人。在這種意識影響之下，姚合往往把僧人或寺廟寫入他理想中的山居生活，如〈送王龜處士〉說：「古寺隨僧飯，空林共鳥歸」，〈寄王度居士〉說：「靜窗留客話，古寺覓僧棋」，就將隱士的生活和僧寺連結起來。〔註43〕除了只把寺廟當作幽棲之所，有一些詩則添入了佛教術語，但並沒有什麼深意，如〈送清靜闍梨歸浙西〉一詩中有「自翻貝葉偈，人施福田衣」的句子，〔註44〕貝葉即貝多羅葉，用以書寫經文，「偈」則是佛經中一種「頌」的體式，因此「貝葉偈」應即佛經的代稱，而「福田衣」即袈裟之德名，所以，這兩句詩寫的不過就是僧人翻經文、穿袈裟的生活。〔註45〕另外像〈秋夜寄默然上人〉說：「賴師方便語，漸得識眞如」中的「方便」、「眞如」等原爲術語，但姚合可能只是拿來詩中套用，謂默然上人以靈活的方式因人施教，使他悟得佛法眞義，未必有什麼深意。〔註46〕這些詩就像唐人一般的使用佛教術語詩，成就並不很高。〔註47〕反倒是有幾首沒有使用佛語的詩，有一點宗教思維，讀來頗有意思，如〈訪僧法通不遇〉：

〔註43〕《姚集》1／11，3／17。
〔註44〕《姚集》2／15。
〔註45〕佛教名詞釋義參考丁福保編，《佛學大辭典》（上海：上海書店據1922年版影印，1991）頁2501。
〔註46〕詩見《姚集》4／24。
〔註47〕郭紹林在《唐代士大夫與佛教》（臺北：文史哲出版社，1993），頁278～280論這些宗教類的詩，說：「大量的詩中，不過運用一些繩床、錫杖、眞如、因緣、實相、虛心……之類的佛教語彙。……這類詩，語言貧乏，思想枯竭，缺少藝術的美感和魅力，是詩歌中的糟粕。」話說的很重，不過卻指出有一部分以佛教術語入詩的詩歌，成就不高的事實。姚合這一類摻雜佛語的詩，很明顯地也不甚可觀。

　　　　訪師師不遇，禮佛佛無言。依舊將煩惱，黃昏入宅門。〔註48〕

這首詩以「師不遇」、「佛無言」道出詩中人沒能得到任何的回應，而將煩惱依舊放在心裏。雖然沒有說煩惱是什麼，不過卻可以點出詩中人處在一種困惑纏擾的思緒當中。

　　在姚合詩作中，他對佛教的興趣主要集中在「禪」上。「禪」原指佛教中一種靜心思慮的修為。一般所認可的禪宗核心理論不外是達摩〈悟性論〉的「直指人心，見性成佛。教外別傳，不立文字。」和姚合往來密切詩友賈島、無可均通禪。〔註49〕另外，在好幾首詩中，姚合都講到學禪的事或表達禪的理念：

　　　　帶病吟雖苦，休官夢已清。何當學禪觀，依止古先生。

　　　　（〈閑居〉）

　　　　自悲年已長，漸覺事難親。不向禪門去，他年無了因。

　　　　（〈寄郁上人〉）

　　　　勞詩相借問，知我亦通禪。（〈送僧栖貞歸杭州天竺寺〉）

　　　　隨緣嫌寺著，見性覺經繁。（〈寄不疑上人〉）〔註50〕

〈閑居〉詩直接提及「學禪觀」，「禪觀」是指坐禪而觀念真理，「古先生」則是佛的代稱。〔註51〕〈寄不疑上人〉中用了「見性」這個禪

〔註48〕《姚集》9／57。

〔註49〕賈島曾為僧人是不爭之事實。他有「欲向南宗理，將歸北岳修」及「三更兩鬢幾枝雪，一念雙峰四祖禪」等說法，分見〈青門裡坐〉、〈夜坐〉，《長江集》6／27、9／38。

〔註50〕《姚集》5／33、3／20、2／15、4／23～24。姚合〈書懷寄友人〉（《姚集》4／23）曾說「精心奉北宗，為官在南宮」，「南宮」是尚書省的別稱，這裡以北宗和南宮雖然是作對句，不過若姚合對北宗的教義沒有一些理解，應該也不會以「精心奉北宗」自居。但是他也有詩說「嘗聞南北教，所得比師難」（〈寄白閬默然〉，《姚集》3／22），〈寄無可上人〉（《姚集》4／23）則有「終須執瓶澡，相送入牛頭」之句，牛頭，即牛頭禪，可見姚合對於禪宗的宗派之分並不很嚴，大約稍有涉獵。

〔註51〕「禪觀」義見《佛學大詞典》，頁2782；「古先生」一詞，《老子化胡經》、《西升經》等道經，曾根據東漢末的傳說，衍化出老子西遊化胡成佛，並以佛為其弟子，自號「古先生」，後世因以古先生借稱佛及佛像。見《漢語大詞典》冊三，頁20。

家常語，並且以「經繁」表示禪宗不立文字的概念。但我們看不出姚合對禪理有什麼深刻的體悟，他大概只參與一般性的活動，最多是和唐代士人一樣夜坐學禪而已。〔註52〕大致來說，姚合最常以沈寂而略為孤涼的景象，配合悠遠的「鐘」、「磬」之聲，以表現自己「向禪」的心意，間或引發心中悠遠的情思，如〈送僧栖眞歸杭州天竺寺〉：

> 吏事日紛然，無因到佛前。勞師相借問，知我亦通禪。古寺杉松出，殘陽鐘磬連。草庵盤石上，歸此是因緣。〔註53〕

這首詩寫送僧人歸佛寺，詩人在後半段寫了一連串的寺院景色：杉松長在古老的寺院裏，鐘磬聲伴著夕陽殘照，詩末則點出草庵、盤石是這些僧人的「因緣」所歸，意爲在此處可通佛法，其實即指他們在庵中或石上盤坐修行。這首詩用了些寺廟常見的景象，可以說是切合主題，不過卻沒有什麼特別之處。〔註54〕另一首〈過靈泉寺〉則不那麼明顯地描寫佛寺的風光，而是在遊覽之中探尋一種情境：

> 偶尋靈跡去，幽徑入氳氣。轉壑驚飛鳥，穿山踏亂雲。水從岩下落，溪向寺前分。釋子游何處？空堂日漸曛。〔註55〕

一開始就道出詩人的目的：尋靈跡。姚合使用「靈跡」兩字有可能是詩題中「靈泉寺」所給予的靈感，從全詩來看，他其實就是寫遊山之中看到靈泉寺的過程。首先是詩人行走在幽微的小徑，視線漸漸沒入迷茫的雲氣之中。行到山壑曲折處，驚起飛鳥，詩人的內心似乎也受到干擾，想到自己此時在山徑中穿梭，應該在一團雲氣當中，他特別以「踏亂雲」來形容，彷彿要在雲氣迷濛中找尋一條路。再來，便寫寺院出現在眼前的情景，和前面比起來，寺院的景是一片開明：溪水在石間穿流，到了寺前分爲支流。然而此時作者產生一個疑問：寺裡

〔註52〕如〈送文著上人遊越〉：「夜坐學禪袈裟濕」，〈和元八郎中秋居〉：「夜坐學僧禪」，〈送無可上人遊邊〉：「夜坐喜同師」。見《姚集》1／11，9／53，1／9。

〔註53〕《姚集》2／15。

〔註54〕同樣的詩頗多，如〈贈常州院僧〉、〈送僧眞實歸杭州天竺寺〉，見《姚集》4／26，2／14。

〔註55〕《姚集》8／47。

的僧人何處去了？最後只看到落日發出的餘光照在空無一人的寺堂之上。這首詩表面上是遊覽之作，我們卻隨著作者的設想進入一個特別的情境。

最後，要特別提及的是，除了給僧人的寄送詩和遊覽僧院的詩泛泛地表現佛禪思想之外，姚合關於僧、禪的思索往往還帶著一點焦慮不安，缺乏靜適自得的氣息，如〈贈僧紹明〉：

西方清淨路，此路何出門。見說師知處，從來佛不言。今
生多病惱，自曉至黃昏。微寐方無事，那堪夢亦喧。〔註56〕

詩的開頭說往西方淨土的路，並不需要出去追尋。僧人或許知道，「佛」卻是無言的。詩的後段便以此爲轉折，寫自己此生多病痛惱亂，日夜不斷，即使入眠，暫時忘卻這些病痛，也不能承受夢境中的喧擾。詩末的「那堪夢亦喧」表面上是說自己多病惱，連夢境也不得清靜，似乎也在訴說詩人的病惱沒有辦法獲得紓解，和前面的「佛不言」相對照，更突顯詩人內心的擾嚷不安。前面所引的那首〈訪僧法通不遇〉也有類似的情境。還有〈病僧〉詩模寫僧人的苦狀：「三年病不出，苔蘚滿藤鞋。倚壁看經坐，聞鐘吃藥齋」〔註57〕，將病僧看經吃齋的生活寫得十分枯寂。姚合詩甚至以「愁」來形容「禪」，如「愁坐似僧禪」及「愁來坐似禪」等。〔註58〕就像寫生活中閒適的一面而不忘嗟歎貧病老窮一樣，寫佛、禪也不忘寫愁苦的一面。

和佛教並行，對姚合有影響的還有道教思想。如〈寄主客張郎中〉：「年長方慕道，金丹事參差」說自己中年以後才有學道之心。〔註59〕不過他詩中對道教的思考顯然更爲通俗，並沒有表現出嚴肅的態度。總的來說，姚合的道教思想，主要建立於「離世」的理想上，視之爲山間林泉生活的一部份，如〈送張齊物主簿赴內鄉〉說：

幾年山下事仙翁，名在長生錄籍中。燒得藥成須寄我，曾

〔註56〕　《姚集》4／27。
〔註57〕　《姚集》9／63。
〔註58〕　《姚集》1／11，〈送崔之仁〉，3／17〈寄賈島〉。
〔註59〕　《姚集》3／18。

爲主簿與君同。〔註60〕

對方將去「內鄉」，被他說成是「山下事仙翁」，繼而談到燒藥之事。而〈寄陸渾縣尉李景先〉也說：「地僻無驛路，藥賤管仙山」，他自己在杭州任刺史時，則說「漸除身外事，暗作道家名。更喜仙山近，庭前藥自生」（〈杭州官舍即事〉）排除了身外事，便覺得「仙山近」。〔註61〕可見對仙境的嚮往主要基於離世的理想之上。另一方面，姚合對丹藥有粗略的涉獵，他有「燒藥試仙方」、「須向山中學煮金」的詩句，〔註62〕似乎對煉丹表現興趣，但他畢竟只是口頭上說說，如「聞有長生術，將求未有因」（〈寄山中友人〉）及「練得丹砂疑不食，從茲白髮日相親」（〈偶然抒懷〉），〔註63〕可見他對丹砂之類的也比較有戒心。他所服的藥，多半還是藥草之類的，不過，他所服食的藥草可能是用來治病的，多半也只是具有「養氣」、「養身」的功效，更何況從姚合詩來看，服藥似乎是士人常事。〔註64〕姚合還有一首〈採松花〉，以嘲謔的語氣寫自己的崇道：

擬服松花無處學，嵩陽道士忽相教。今朝試上高枝採，不覺傾翻仙鶴巢。〔註65〕

歸結來說，姚合雖然在詩中屢屢使用佛、道的用語或表示向佛慕道的精神，但是，這些想法其實和姚合有意保持人世的疏離有很大的關係。他抓住各種能寄託身心的信仰或理念，以藉此達到脫出俗世的目的。因爲不論是坐禪、服藥養身或在詩中表現老莊思想，或多或少都能達到疏離俗世的理想及功效。除此之外，佛、道中注重「清靜」或「清淨」的概念，與姚合對詩歌「清」的美感要求有相合之處，這點

〔註60〕《姚集》2／16。

〔註61〕《姚集》3／18，8／50。

〔註62〕《姚集》3／18，〈寄杜師義〉，3／21〈寄陝州王司馬〉。

〔註63〕《姚集》4／24，6／35。

〔註64〕姚合庭園中的藥草多半是莎草之類的。例如〈武功〉第九首：「就架題書目，尋欄記藥窠。到官無別事，種得滿亭莎。」第十三首：「日出方能起，亭前看種莎。」（《姚集》5／30）

〔註65〕《姚集》10／59。

在第四章會有進一步的討論。

　　行文至此，我們多少可以看出，姚合詩的題材與內容其實是有點零散的，舉凡不擅官務、不精人事及個人生活的貧、病和疏懶，到閒餘的種花栽竹、移山引水的庭園之趣，彈琴奕棋、吟詩飲酒的生活情趣，乃至於歸隱青山、慕道向佛的心思都有。但這些看似凌亂的生活片段，卻讓讀者能夠認識寫作者個人的生活面貌與態度，進一步體會到詩人生活中的種種思緒。因此，這些詩就好似詩人的隨筆一般，他在做什麼、想什麼，幾乎都記錄在詩中了，所以，我們才能看到詩人起伏不定的想法。當然，詩中的姚合可能並不等於現實中的姚合。比如說，以我們對姚合生平的了解，他的政治生活絕對佔一個重要的部份，然而，我們卻很少看到姚合寫政治社會層面的題材，或曾表現較為深刻的體會，即使有，也不是姚合詩的主要特色。〔註66〕但是我們的確見識到姚合詩中所營造的「個人」世界，這個世界由詩人自己和他眼目所及的山林所構成。姚合表現了個人特殊的心態，他不想被俗世絆鎖，然於現實生活中又不得不然，於是他便追求獨特的生活情致，寄託於宗教思想。在他的注意力放在書寫自身情感及以自我為主體的生活的同時，就不太著重他人的認同，而只書寫自己的情緒起伏，所以，無論是前文方回所說的「氣象小矣」，還是今人所說的「著重個人偶然的感覺」或「狹小視界」，都指向了姚合書寫個人生活的特質。〔註67〕

第四節　清幽疏淡的語言風格

　　前面三節談的都是姚合詩的主題及內容。這些詩歌大抵均圍繞著姚合個人的日常生活，使我們看到當時的某一階層的士人生活形態。

〔註66〕如〈莊居野行〉、〈送王求〉、〈送張宗原〉（《姚集》6／34、2／12）等，比較深刻地描寫了貧下士人及民間的悲苦，但數量不多。對時事的感慨，僅元和末在魏博幕府有數首作品，見第一章。

〔註67〕見王夢鷗，〈唐「武功體」詩試探〉，頁186及許總《唐詩史》（南京：江蘇教育出版社，1994）下冊，頁349。

姚合的詩歌內容受限於題材的選擇,而呈現較為狹窄的氣象是明顯可見的。他致力於追求幽深的景致,並融入了個人主觀的情趣。他的詩中極少有狀闊的山水大景,筆下精巧的園林景致則展現了個人主觀的審美趣味。除了書寫場景經常為園林景色之外,他還以體察入微的方式去觀賞眼前之景,體會細部的趣味,使得詩中的景物往往成為全詩意趣所在。因此,詩中大量的景物摹寫,就成為構成姚合詩整體風貌的重點之一。

姚合善作景物刻劃,尤其對輕巧幽僻的小景有所偏好。以下舉出數例,為方便起見,筆者只將個別的對句挑出來:

> 露垂庭際草,螢照竹間禽。(〈縣中秋宿〉)
> 嫩雲輕似絮,新草細如毛。(〈遊春·其六〉)
> 醅滴苔紋斷,泉連石岸秋。(〈陝下厲玄侍御宅五題·泛觴泉〉)
> 苔痕雪水裏,春色竹煙中。(〈遊春·其三〉)
> 蟻行經古蘚,鶴毳落深松。(〈過無可上人院〉) 〔註68〕

其中,「露垂」二句寫庭園邊生長的草尖垂著露水,螢火蟲發出的光線照著竹林裏的禽鳥(其實竹間禽不可能由螢火的照耀而顯現,這個景象顯然經過作者的特意安排)。「嫩雲」二句以「毛」、「絮」展現春日景色的纖細。「苔痕」句則藉由融化了的雪水中顯現的苔蘚痕跡,及竹林間輕煙瀰漫來寫春色的清冷。「蟻行」句可說是這幾句中最微小的一景:螞蟻的行跡經留蘚苔,鶴的細毛落在松間深處,描寫之細微,令人匪夷所思。我們再看一首寫景的詩〈裴考功屬察院同遊昊天玄都觀〉:

> 性同相見易,紫府共閒行。陰徑紅桃落,秋壇白石生。蘚
> 文連竹色,鶴語應松聲。風定藥香細,樹聲泉氣清。垂簷
> 靈草影,繞壁古山名。園外芳無盡,歸時踏月明。 〔註69〕

〔註68〕《姚集》8/50、6/36、7/42、6/36、8/47。
〔註69〕《姚集》8/48。詩題原作〈遊昊天玄都觀〉,《姚合詩集校考》據《詩淵》((明·著者不詳;北京:書目文獻出版社,1985),冊三,頁1645)改為〈裴考功屬察院同遊昊天玄都觀〉,由首句「性同相見易,紫府共閒行」來看,《詩淵》題為是。

這首詩中間寫景的部份就幾乎全用「細微」來形容。姚合詩中寫這些小巧景物，包含苔、蘚、螢、蟻、草、萍的例子有很多，不勝枚舉，諸如「塵埃生暖色，藥草長新苗」、「嫩苔黏野色，香絮撲人衣」、「松影幽連砌，蟲聲冷到床」、「螢影明苔蘚，鴻生伴斗牛。」等等。〔註70〕有人曾指出，姚合和他的詩友賈島使用這些字眼的的次數特別的多，這裡筆者不特別對姚合使用這些字的頻率做統計，不過，姚合詩刻劃小景的特點的確很引人注意。〔註71〕清人針對姚合這一點，曾有評語：「合為詩刻意苦吟，工於點綴小景，搜求新意。而刻劃太甚，流於纖仄者，亦復不少」，說出姚合過度刻劃景色的弱點。〔註72〕雖然姚合有部份詩句環繞在細微瑣碎的景物上，平心而論，蘚苔草蟲之類並非憑空想像或目不可及之景，詩人並沒有馳騁奇想。此外，即使寫較為僻狹的景物，其形容用語反倒趨於平常，不太使用過分艱澀詭僻或濃重的字眼，所以，諸如詩中的「嫩雲」、「苔痕」、「竹煙」、「古蘚」、「香絮」、「松影」、「螢影」等詞語，不論是物件本身或是形容語，都呈現出幽微而不失清新的美感。以姚合這樣一個標榜「獨絕」生活情致的人而言，會注意到這些「小樣」的景象並不令人意外，雖然受到主觀情趣的影響，過度深入搜求物象，摹寫較為寒狹的景色，從另一方面來看，這正是因為姚合比較會去注意平常人不太會描寫的部份，所謂的「務求他人體貌所未到」，因此有時還可以博得一個「新」字。〔註73〕

姚合其實很注重對句的精巧，他也有很多不寫狹僻小景的句子，就透露出清新淡微的氣息：

　　　　斜陽通暗隙，殘雪落疏籬。（〈過城南僧院〉）

〔註70〕《姚集》，9／55〈酬田就〉，9／54〈和李舍人秋日臥疾言懷〉，9／51〈和膳部李郎中秋夕〉。

〔註71〕見許總《唐詩史》下冊，頁359。

〔註72〕紀昀評語，《四庫全書總目》（清・永瑢等撰；北京：中華書局，1965）186／1689。

〔註73〕《四庫全書總目》151／1297。

> 密樹月籠影，疏籬水隔聲。(〈夏夜〉)
> 隔屋聞泉細，和雲見鶴微。(〈寄馬戴〉)
> 落霞澄返照，孤嶼隔微煙。(〈秋晚江次〉)
> 曉泉和雨落，秋草上階生。(〈山居寄友生〉)
> 曉來山鳥散，雨過杏花稀。(〈山中述懷〉)
> 木梢穿棧出，雨勢隔江來。(〈送雍陶遊蜀〉)
> 天外浮煙遠，山根野水交。(〈遊終南山〉)
> 戲狖跳林末，高僧住石間。(〈遊杏溪蘭若〉) 〔註74〕

其中，第一、二個對句的字面予人暗沈的感覺，但營造了幽約的美感。「隔屋」句強調「隔屋」聽到泉水細流的聲音，那聲音可能是微小而斷斷續續的，在雲影間微微瞥見鶴的身影，兩者都需要作者細微的體會。後面幾個對句各自以兩個調和頗佳的意象，組成清新或清幽的畫面，尤其是「曉來山鳥散，雨過杏花稀」句，最令人讚賞。有的則不難看出精練的痕跡，像是「隔」、「穿」等字的作用，以「戲狖」對「高僧」也有點出人意表。不過，大致來說，造語平易，可見自然平淡的意蘊。當然，這裡指的都是筆者認為造意較佳的句子，姚合集中的景物對句，並不都能達此境地，如「山春煙樹眾，江遠晚帆疏」、「鳥啼三月語，蝶舞百花風」、「草色無窮處、蟲聲少盡時」、「樹帶長河水，千條弱柳風」、「山頂雨餘青到地，濤頭風起白連雲」〔註75〕，對偶工整但顯得勉強，不過意象大致仍是清淡的，這裡就不多討論了。總之，姚合詩中的景物描寫大致是「清淡」而略帶「幽微」的。

在大致看過姚合這些寫景的句子之後，我們再把上面所引過的部份詩句放入全詩來看，如〈送雍陶遊蜀〉：

> 春色三千里，愁人意未開。木梢穿棧出，雨勢隔江來。荒館因花宿，深山羨客回。相如何物在，應只有琴臺。

〔註74〕《姚集》8／47、6／38、3／21、6／38、4／25、6／35、1／8、8／47、8／47。

〔註75〕《姚集》1／10〈送喻鳧校書歸毗陵〉，3／20〈寄安陸友人〉，3／21〈寄賈島〉，8／48〈夏日登樓晚望〉，9／56〈酬薛奉禮見寄〉。

這首詩一開始就點出全詩送別的主題，以「三千里」點出距離之遙，二人即將相隔兩地，即使春色也沖不淡這個愁緒。第二聯是詩人假想遊人路途中的景象，有一個前提，是因為遊人的移動，而看到「木梢穿棧出」，樹梢突出於沿路的棧道之旁的景象，也導致「雨勢隔江來」，「江」其實也就是水路，「隔」字造成了距離感，雨彷彿追隨著行人，灑向江面而來。「荒館」二句主要在表現遊人行至偏僻地區的情致，而最後不忘呼應詩題的「遊蜀」，提到出身蜀郡的文人司馬相如，並說這一去大概只能看到傳說中的琴臺遺跡了。〔註76〕這首詩傳達的是淡淡的愁緒，但以全詩造意來說，後半段則不如前半段。由於第二聯成功地塑造了「遊」的景象，使得全詩的情味一下子提高了。由此可見，這些精思安排的景物意象，放入詩中，有時多少能予人別出心裁之感。我們再看另外一首詩〈山中述懷〉：

> 為客久未歸，寒山獨掩扉。曉來山鳥散，雨過杏花稀。天遠雲空積，溪深水自微。此情對春色，盡醉欲忘機。

首二句點出了詩人客遊他鄉的主題。中間四句寫山中之景，「曉來」二句不但透露出時間轉移而產生變化的歷程，還藉由「山鳥散」和「杏花稀」呈現散淡的美感。接下來講雲「空積」、水「自微」，蘊含了詩人投射在景中的情志，最後則表明這些景致讓他差不多體會「忘機」的境界。一首表述詩人在春色中忘卻客遊愁苦的詩，經由「曉來山鳥散」二句讓全詩的情意流暢了起來，表現出清淡自得的意味，功不可沒。

不過，有些詩放置造意不錯的對句，結果不如理想。以〈過城南僧院〉為例：

> 寺對遠山起，幽居仍是師。斜陽通暗隙，殘雪落疏籬。松靜鶴棲定，廊虛鐘盡遲。朝朝趨府吏，來此是相宜。

〔註76〕琴臺在今四川成都，相傳為司馬相如彈琴處。見《辭源》（台北：遠流出版社，1988 據北京商務印書館 1988 年版（單卷本）印行），頁1119。

此詩一開始便指出這個位於「城南」僧院面對遠山,但對僧人而言仍是幽居。接下來近一步寫其「幽」,「斜陽」、「殘雪」的意象較爲衰颯,但頗能表現出「幽」的概念,「松靜」二句雖然寫「鶴」、「鐘」一類常用的山中僧院景致,但也加強了整個僧院的幽靜。只是最後,詩人說「朝朝趨府吏,來此是相宜」,雖然只是詩人表示嚮往僧院幽居的意思,並存心以「趨府吏」表示自己乃俗世之人,多多靠近僧院這種幽棲之所是不錯的,卻因爲語意過於淺率,有點破壞了前面用心經營的情境,使得全詩情意被沖淡了。可見,沒有一個比較好的格局來安置這些意象,不但不能發揮作用,反而顯得整首詩缺乏情味。

其實,就算是上面那首〈送雍陶遊蜀〉也有這個傾向。詩的前半部提高了它的情味,反之,詩尾的陳述句則降低了它的佳處。這些例子正巧可以反應姚合詩的語言風格。大致來說,姚合工於五言短詩(絕大多數爲五言律詩,少數爲五言古詩),篇幅本身短小不說,整首詩往往也語意偏淡。語意清淡有兩個層面,一是前面所說詩中使用的景象的呈現出清幽或清新的效果,進而使全詩透露清淡的意味,關於這點我們已舉出許多對句來討論。第二個是詩中的直陳式的敘述也會加強疏淡的意味,比如〈山居寄友人〉:

　　獨在山阿裏,朝朝遂性情。曉泉和雨落,秋草上牆生。因
　　客始沽酒,借書方到城。詩情聊自遣,不是趁聲名。

這首詩採取平鋪直敘的方式,首先直接表示獨自山居得以成就修養性情的生活,中間二聯稍微鋪排了一下山居的情景,藉著「泉」、「草」的意象點出林泉生活,「因客」二句則表現出詩人近似隱士的性格,最後則聲明說作詩也是生活自遣的一部份,並不是爲了名聲。整首詩沒有什麼需要特別解釋的地方,除了三、四句使用景物的意象之外,其他的部份都採取直接陳述的方式,使得這首詩沒有甚麼曲折,一目了然。其實,我們若仔細看前面所引的〈送雍陶遊蜀〉、〈山中述懷〉、〈過城南僧院〉等詩,也會發現,這些詩往往在對句的部份著力,首尾部份則多以陳述的方式平緩地抒發作者的感受,並沒有層層的渲染

加強，於是整首詩的語言力度也就顯得疏淡而不渾厚了。雖然五言律詩本有此特點，但姚合詩有時給人只注重對句精工的情形頗為明顯。再以〈閑居晚夏〉為例：

> 閑居無事擾，舊病亦多瘥。選字詩中老，看山屋外眠。片霞侵落日，繁葉咽鳴蟬。對此心還樂，誰知乏酒錢。〔註77〕

這首詩可以明顯看出作者在二、三聯用了些心力去營造「閑居晚夏」的氣氛，尤其五、六句的景象一出現，詩人的沈浸黃昏美景的心思便隱然可見，然而結尾卻說「對此心還樂，誰知乏酒錢」並沒有近一步的開展，而是直接以「乏酒錢」透露詩人心中的缺憾。認為這樣安排很好的也有，像《瀛奎律髓匯評》引馮班說：「後四句直下，妙」。引紀昀則說：「五、六稍有致，七、八淺率。」〔註78〕兩人的評價雖是主觀認定，從好的一面看，結尾坦率的表露能使讀者乍然感受到詩人心中的缺憾，從另一面看，就覺得此詩缺乏深意。誠如翁方綱所說：「姚武功詩，恬淡近人，而太清弱，抑又太盡，此後所以漸靡靡不振也。然五律時有佳句，七律則庸軟耳。」〔註79〕若是整首詩的情意營造的不錯，就是「恬淡近人」，有清淡之致，但有時則會「太弱」或「太盡」了。

姚合素以五律著稱，前面所舉的也大多是五言詩的例子，那麼，姚合的七言詩又如何呢？大致來說，風格清淡，篇句則更為鬆散，以〈賞春〉為例：

> 閑人只是愛春光，迎得春來喜欲狂。買酒怕遲令走馬，看花嫌遠自移床。
> 嬌鶯語足方離樹，戲蝶飛高始過牆。顛倒醉眠三數日，人間百事不思量。〔註80〕

〔註77〕《姚集》5／33。
〔註78〕見《瀛奎律髓匯評》（李慶甲編：上海：上海古籍出版社，1986），頁399。
〔註79〕《石州詩話》卷2，頁12b。
〔註80〕《姚集》6／37。

仔細一看，會發現這首詩中很多詞語的作用都不大，像首二句拿掉「是」、「光」、「得」、「來」，對於詩意幾乎沒有影響，中間二聯「怕遲」、「令走馬」，「嫌遠」、「自移床」等句式雖有意加強效果，卻反而顯得有點細瑣。這首詩直念下來馬上能明白詩人的意思，卻稍覺淡薄。另一首〈題田將軍宅〉亦是如此：

焚香書院最風流，莎草緣墻綠蘚秋。近砌別穿澆藥井，鄰街新起看山樓。
栖禽戀竹明猶在，閑客觀花夜未休。好是暗移城裡宅，清涼渾得似江頭。〔註81〕

詩中描述宅中的造景和宅中人的活動，用語和對偶頗爲工整，看得出詩人致力表現園中的韻致，但依然予人乏味之感，尤其詩末「好是」二句，雖然直接地敘述詩人的感覺，但說得過分明白，則又不免落入俗套。

相反地，篇句更爲短小的五絕或七絕在姚合筆下有時頗有情致，各引〈秋中夜坐〉與〈詠盆池〉爲例：

疏散永無事，不眠常夜分。月中松露滴，風引鶴同聞。
浮萍重疊水團圓，客遶千遭屐齒痕。莫驚池裡尋常滿，一井清泉是上源。〔註82〕

〈秋中夜坐〉寫詩人夜中不眠，月夜中，松枝滴下露珠，鶴似乎也在風中聆聽秋夜之聲，以此表現詩人「夜坐」中的敏銳思覺。〈詠盆池〉則說池邊有多人足跡，仍然保持清澄滿溢，乃上源爲「清泉」之故，用「莫驚」暗中傳達自己對這個現象稱許與讚嘆。兩首詩不論在敘述語氣和景物描寫上都拿捏的不錯，有餘韻之效，姚合的絕句不多，但多維持在這個水準。相對於景物對句的精心刻劃與意象營造，姚合顯然不善於掌握整首詩的佈局，於是，篇幅、字數短小，對偶精練的五言律詩，不但是他的創作重點，也成爲最適合他的體式了。

〔註81〕《姚集》7／44～45。
〔註82〕《姚集》6／38，7／43。

　　姚合詩的內容，多寫散淡的情思和清幽的景致，這對他的詩歌語言也有所影響，他不太使用過於濃烈的字眼，而是以清淡的文字表現淡薄的感受及清靜的美感。書寫平日生活等題材，則使他過分著重個人隨想，而忽略整首詩意蘊的營造，有時造成詩意無法首尾一貫，缺乏韻致。值得一提的是，姚合詩疏散語言風格的形成，還包括了少用典故。典故的使用往往牽涉到文化的共同認知，幾個語意濃縮的字有可能代表著一大段事件及情感，然而姚合詩中幾乎不太使用典故。筆者以為，如果使用了典故，固然可以由其背後的意義達到加強或打動人心的效果，但訴說「自我」的成份便減弱了，以姚合這樣長於直抒個人情感的詩人，不太用典也是很自然的。雖然語意平近的詩不必然會流於淺率，語言清淡的詩也不盡然會流於浮泛，有時還會得到「脫灑似不作意」、「新脆可喜」的稱許。〔註83〕但姚合詩得到不少負面評價，這和前面所說的不善語句鋪排有很大的關係。同時，筆者以為，那也是受限於個人才力所表現出來的缺點，最好的證明，那就是姚合雖有佳句流傳，卻少有整篇不論在表現情致或語言鋪排上面都能博得一致喝采的好作品，嚴格來說，我以為這些批評不是沒有道理的。

〔註83〕（清）胡壽芝《東目館詩見》。此書筆者未見，引自《唐詩彙評》（陳伯海主編：杭州：浙江教育出版社，1995）中冊，頁2259。

第四章 姚合的詩觀

　　在上一章對姚合詩的特色大致分析之後，這裡擬進一步探究姚合的詩歌創作理念及審美標準，並嘗試從姚合的詩歌思想中，去看待姚合的詩作，為他的創作途徑尋求一個可能的解釋，同時將之放在當時的文學環境，說明其詩歌觀念的特色及意義所在。要事先說明的是，姚合的論詩專著《詩例》已佚，本章立論，主要從《姚少監詩集》及姚合編選的詩歌選集《極玄集》著手。〔註1〕

第一節　姚合詩中呈現的詩觀

　　姚合雖沒有專篇論詩的文字流傳下來，他詩中有一些資料卻是值得提出來討論的。第一，是關於詩歌的功能與作用的文字。首先，「詩」就是他常使用的字眼，這多少意味著詩歌在姚合的心中所佔的份量不輕。他將詩歌視為日常生活的一部份，即興吟詠，或者培養情性，消磨時光，在詩友群聚，士人聚會的社交場合中，也是不可或缺的文學活動。第二，是「苦吟」的創作態度。姚合認為「詩」是一種嚴肅的創作，在此前提之下，為了做一首詩，詩人必須放定心思，專力而為，務求詩思的充分醞釀，及詩句的錘鍊。第三，是詩中所透露的崇尚「清峭」的觀念，和姚合詩歌審美觀及詩歌方向的關連。

〔註1〕《新唐書・藝文志》60／1626：「姚合《詩例》一卷。」《唐才子傳校箋》第三冊，頁126說姚合：「撰《詩例》一卷，今並存焉。」可見在元代還可見其《詩例》，不知何時散佚。

一、詩歌的抒情遣興作用

姚合的〈山居寄友生〉說：

> 獨在山阿裏，朝朝遂性情。曉泉和雨落，秋草上墻生。因
> 客始沽酒，借書方到城。詩情聊自遣，不是趨聲名。〔註2〕

整首詩寫的是「山居生活」的景況，從所謂的「遂性情」，可看到他有意識地迴避外界，在山中過著隨順本性的生活。詩末說「詩情聊自遣，不是趨聲名」，強調詩的寫作為自我抒情遣性之用，而不是為了聲名的建立。姚合的〈閑居遣懷〉第八首亦說「業文隨日遣，不是趨聲名」，「業文」的意思是從事「文」的工作，亦即寫作。〔註3〕這兩首詩所說的名，應該均指詩名，不過，在當時詩賦取士制度之下，詩名和功名很難脫得了關係。雖然這兩首詩可能由於旨在書寫「山居」、「閑居」生活，而有意識地排除詩的實用或功利目的（建立詩名及作為應舉的項目），藉此營造作者置身「世外」的形象，由下文的討論，會發現「詩情聊自遣」其實就是他對詩歌的基本態度。

在姚合心目中，「自遣」的意義，大致是排悶遣興，抒發性情。詩歌排解愁悶的功能，以其〈武功縣中作〉三十首為最好的例子。在這組詩中，姚合寫下層官吏的日常生活，詩人在苦悶中尋求各種解脫，其中吟詩成為寄託之一：「秋涼送客遠，夜靜詠詩多」、「酒戶愁偏長，詩情病不開」、「好是吟詩夜，披衣坐到明」、「飲酒多成病，吟詩自長愁」、「詩標八病外，心落百憂中」〔註4〕，藉著吟詩抒發情緒，總之，作詩成為其縣居生活的排遣。吟詩遣興的作用，還結合了姚合的生活態度，形成其抒發情性的媒介之一。關於這一點，我們可以參照第三章。根據筆者的分類，姚合詩中的一個主題是「精緻幽絕的生活情致」，包含了吟詩、飲酒、品茶、下棋等士人階層的雅興，及栽種花藥、移山弄石等庭園趣味。因此，「詩」對於姚合而言，就是這一類的嗜好之一了。〈閑居遣懷〉第三首說：

〔註2〕《姚集》4／25。
〔註3〕《姚集》5／29。
〔註4〕《姚集》5／29～32，第九、十一、十六、二十七、三十首。

　　白日逍遙過，看山復繞池。展書尋古事，翻卷改新詩。賒
　　酒風前酌，留僧竹裏棋。同人笑相問，羨我足閒時。〔註5〕

這首詩旨在展現閒逸的生活情趣，其中，「改新詩」和看書、飲酒、下棋一樣，成為詩人閒居生活的一部份。這一類的詩句極多，茲舉數例：

　　山僧封茗寄，野客乞詩歸。(〈寄張俠〉)
　　研露題詩潔，消冰煮茗香。(〈寄元緒上人〉)
　　好酒盈杯酌，閒詩任筆酬。(〈閒居遣懷‧其九〉)
　　酒熟聽琴酌，詩成削樹題。(〈過楊處士幽居〉)
　　攜詩就竹寫，取酒對花傾。(〈賀裴令公新成綠野堂即事〉)〔註6〕

斟一杯酒，或煮一壺茶，賞愛林間景色，或者是徜徉於竹林、花叢之間，引發靈感，吟詠琢磨一番之後，一首詩便完成了，甚而不及準備紙張，就「削樹題」，即刻削下樹皮，題上新詩，如此充滿情趣的生活，是姚合所嚮往並努力實行的生活方式。因此，他大量書寫這些雅緻的活動，並且在詩中塑造自我疏野的形象，吟詠自身性情。以其詩、酒並提的詩句為例，如「詩情生酒裏，心事在山邊」、「酒思淒方罷，詩情耿始抽」、「物外詩情遠，人間酒味高」，在飲酒作詩之中，個人的情緒也在其中醞釀，形成了「詩情」，而後完成一首首的詩。〔註7〕在這個時候，「詩情」幾乎即「性情」的展現。

　　關於詩歌的抒情遣興作用，在當時並不罕見。較早如杜甫曾說過「陶冶性靈存底物，新詩改罷自長吟」，並且在入蜀後寫了不少這一類的詩。和姚合在大和年間往來的白居易，更發展出「閒適詩」的類型，表現「知足保和、吟玩情性」的旨趣。〔註8〕他說過「新篇日日

〔註5〕《姚集》5／28、29。
〔註6〕《姚集》3／19，3／22，5／29，8／47，9／52。
〔註7〕分見〈秋日有懷〉、〈酬任疇協律夏中苦雨見寄〉、《姚集》6／38、6／39。
〔註8〕杜詩見〈解悶〉十二首之七，《杜詩詳注》(清‧仇兆鰲注，北京：中華書局，1979)17／1515。白居易文見其〈與元九書〉，《白居易集箋校》45／2794。白居易詩論參見王運熙，顧易生主編，《中國文學批評通史》隋唐五代卷（本卷由王運熙、楊明著，上海，上海古

成，不是愛聲名。舊句時時改，無妨悅性情。」和姚合的「詩情聊自遣，不是趨聲名」意義相似。〔註9〕不過，白居易雖然在理論上有具體的闡述，但這一類的詩畢竟只是白居易詩的其中一個類型，真正將注意力放在抒情遣興作用上的，是像姚合這樣的詩人。姚合開始寫這些詩的時間，和白居易退居洛陽大量寫閒適詩的時間差不多，但是，除了比例之高，姚合顯然也不像白居易多寫生活上的「閒適自得」，而寫了更多日常生活的情緒起伏，同樣的情形也見於賈島。〔註10〕姚合以詩作為闡述自身「情性」的一種方式，在這樣的情形下，「為己而作」的成份是很大的，這是姚合詩觀中頗引人注目的一部份，對其詩歌創作態度和詩歌路線都有影響。

二、「苦吟」的創作態度

儘管視詩為抒情遣興的工具之一，甚或偶以「閒詩」稱之，姚合卻不輕忽詩歌創作。姚合的〈寄陸渾縣尉李景先〉曾說：「吟詩復飲酒，何事更相關。」〔註11〕就如其琴、棋、茶、酒的雅好一般，詩歌的吟作使他自覺達到離世的境地，沈醉於詩酒中，世事彷彿與己無關。他並不以為這些嗜好只是在閒暇時用以消遣，而是藉由從事這些活動，將自己提升到淡離人世的境地。詩雖然可以自遣，有時是「閒而賦詩」，但是，就如姚合經常在詩裡強調自己生活上的「別趣」一般，他把「作詩」連同「飲酒」視為一種「癖」、「病」、「魔」，甚至覺得世上除此之外別無可觀。如〈罷武功縣將入城〉第一首說：「野客相逢添酒病，春山暫上著詩魔」以犯了「酒病」、「詩魔」來形容自己，〈武功縣中作〉則說「還往嫌詩僻，親情怪酒顛」、「酒戶愁偏長，詩情病不開」、「飲酒多成病，吟詩易長愁」，〈遊春〉詩中甚至說「詩酒相牽引，朝朝思不窮」、「遠思遭詩惱，閑情被酒遷」。

籍出版社，1996），頁185～186。
〔註9〕白居易詩句見〈詩解〉，《白居易集箋校》23／1555。
〔註10〕有關這段討論，請同時參考3-1。
〔註11〕《姚集》3／18。

〔註12〕由以上幾個例子，可知詩的創作對姚合而言是一種特殊的狀態，它會牽起詩人的情思，就像飲酒會使身體產生另一種狀態一樣，在詩的醞釀過程當中，創作者邁入另一個精神世界，詩的寫作牽動了詩人的心思，如病的折磨纏繞不去。既是一種「癖好」，自然是沈迷其中，有時候姚合簡直將吟詩作爲生活中的寄託了。〈閑居遣懷〉第五首說：

> 永日廚煙絕，何曾暫廢吟。閑詩隨詩緝，小酒恣情斟。看
> 月嫌松密，垂綸愛水深。世間多少事，無事可關心。〔註13〕

即使是「廚煙絕」，日常生活中的吃食都成了問題，詩人也不曾廢止吟詩，而在吟詩、飲酒之中，世事便於己無關。姚合還表現出專力創作詩歌、營造詩思的精神，如〈杏溪・渚上竹〉：「葉葉新春筠，下復清淺流。微風屢此來，決決復脩脩。詩人月下吟，月墮吟不休。」〔註14〕在舒服怡人的環境裡，月色的浸染之下，詩人不覺吟詠新詩，直至深夜月已下沈，兀自不停。夜的寂靜是適合吟作詩歌的，如〈武功〉詩第十六首說：「好是吟詩夜，披衣坐到明。」一個吟詩之夜，寧願披上衣服，致力創作，直至天明。〔註15〕

　　姚合這些嗜詩成癖、病，月下長吟、夜中精思作詩等表現，可以稱之爲「苦吟」。「苦吟」這個名詞是後人針對某些詩人（尤其是中唐以後）的特質而稱。苦吟可以歸納爲兩個層面，一是以字面上的「苦」字，泛指詩人本身困頓的處境和詩中所表現的愁苦窮困，換言之，即吟「苦」；二是從創作精神及態度來看，詩人以「詩」爲人生中重要的一環，並秉持著以專力吟詠、長時間去凝聚一首詩的精神。〔註16〕

〔註12〕《姚集》5／32，〈罷武功縣將入城〉，5／32〈武功縣中作〉第十七、二十七首，6／36〈遊春〉第三、第七首。

〔註13〕《姚集》5／28、29。

〔註14〕《姚集》7／42。

〔註15〕《姚集》5／31。

〔註16〕黃奕珍在《宋代詩學中的晚唐觀》（台北：文津出版社，1998）頁34～59中，分析五代至北宋中期時人談論唐後期詩人「苦吟」資料，將之分爲三個層面，大致是一、詩人對作品的態度、創作過程是辛

中唐時期首位知名的苦吟詩人孟郊，曾有詩云：「夜學曉未休，苦吟神鬼愁」，描寫的是自己努力鑽研詩歌的景象。〔註17〕孟郊不論在詩歌內容或詩歌創作態度上大致都符合了「苦吟」的意義：詩歌內容寫的是生活的窮慘愁苦，並且戮力刻苦的經營寫作，尤其以詩歌內容的窮慘引人注意。〔註18〕和韓愈、孟郊有關連的一群詩人，包含李賀、盧仝、劉乂、賈島等詩人，也都有苦吟的情形。其中特別需要在此摘出討論的是姚合的詩友賈島。賈島苦吟的形象一直深植人心，尤其以專力作詩的態度出名，其描述自身苦吟情狀的〈戲贈友人〉說：「一日不作詩，心源如廢井。筆硯爲轆轤，吟詩作縻綆。朝來重汲引，依舊得清冷，書贈同懷人，詞中多苦辛。」〔註19〕雖名爲「戲贈友人」，這首詩卻可作爲賈島「苦吟」的寫照，詩中以「井」喻爲「心之源」，要不斷汲取源頭活水，就必須作詩；詩思的培養、抽取，詩歌的作成，就好比得到清冷的源頭水，是詩人每天努力的目標。賈島「苦吟」樣態的著名例子，還有他在〈送無可上人〉詩中的「獨行潭底影，數息樹邊身」下面自注一段話：「二句三年得，一吟雙淚流。知音如不賞，歸臥故鄉秋。」〔註20〕這段話可說是賈島苦吟精思，字斟句酌的表現。詩人專力在詩藝的琢磨上，字斟句酌，以企求獲賞知音的意向，是顯而可見的。但更重要的是，「一吟雙淚流」一句的意涵。這句話寫出了詩人在創作完成後，流下眼淚，那種嘔心瀝血、挖空心思得出詩句的情景。它說的不只是創作之苦，而是詩人情思經由詩句的產出得到

苦而認眞的，並認定作品完成對其人生有莫大意義。二、詩人本身的生活環境窮困不達。三、詩人將此種創作態度與生活困苦表現在詩歌中。其中的第二、三點，我認爲可合併，因爲它們都和詩人本身的境遇有關。就中晚唐詩人來說，將「苦吟」分爲詩歌內容及創作態度兩個層面，已足夠我們理解所謂「苦吟」的大致意涵了。

〔註17〕孟郊詩見〈夜感自遣〉，《孟郊詩集校注》3／142。
〔註18〕孟郊的苦吟參考畢寶魁，《韓孟詩派研究》（瀋陽：遼寧大學出版社，2000），頁173～174。
〔註19〕《長江集》2／12。
〔註20〕見《長江集新校》附集〈題詩後〉，頁133。

完整的呈現，是詩思轉化爲詩句的喜悅。在創作的轉化過程中，情緒上的震盪，使得詩人進入昂揚的狀態，感情不可遏抑地傾洩而出，所以說「雙淚流」。以上舉賈島兩首詩，說的都是詩人琢磨、鑽研詩作認眞並全力而爲的態度，也就是說，賈島的「苦吟」雖有「吟苦」的成份在，但主要是指向於創作精神的。當然，我們也不要忘記「吟」的作用，是一邊作詩一邊吟出聲音，如此邊吟邊改，在文字、聲韻上都力求精美。

　　姚合自己詩中提到的苦吟情態是：「眠遲消漏水，吟苦墮寒涎」（〈和厲玄侍御無可上人會宿見寄〉），說自己遲睡而耽於作詩。〔註21〕賈島、姚合的交往詩也對彼此這種作詩態度有所著墨，如姚合〈寄賈島〉說：「狂發吟如哭，愁來坐似禪。新詩有幾首，旋被世人傳。」〈寄賈島時任普州司倉〉說：「吟寒應齒落，才峭自名重」，對賈島戮力作詩的情狀有生動的描寫。〔註22〕賈島形容姚合作詩的情形是：「一披江上作，三起月中吟。」曾投詩給姚合的李頻也說他「覓句秋吟苦」，形容姚合尋字覓句，專力作詩的精神。〔註23〕在姚合這方面，還曾說：「選字詩中老」，表示「選字鍊句」的精神。〔註24〕他還說：「莫笑老人多獨出，晴山荒景覓詩題」，說自己獨自於荒山間，僅爲了尋覓詩題。〔註25〕以上種種，可見姚合的確也自覺「苦吟」。

　　姚合的「苦吟」精神特別著重在凝重思索和琢磨詩藝方面，他對作詩過程有一番深刻的體悟，下面以其〈心懷霜〉一詩來說明：

　　　　欲識爲詩苦，秋霜若在心。神清方耿耿，氣肅覺沈沈。皓素中方委，嚴凝得更深。依稀輕夕渚，髣髴在寒林。思勁淒孤韻，聲酸激冷吟。還如飲冰士，勵節望知音。〔註26〕

〔註21〕《姚集》9／54。
〔註22〕《姚集》3／17，3／21。
〔註23〕兩人詩分見〈喜姚郎中自杭州迴〉，《長江集》5／22：〈上陝府姚中丞〉，《全唐詩》589／6839。
〔註24〕〈閒居晚夏〉，《姚集》5／33。
〔註25〕〈寄周十七起居〉，《姚集》4／24。
〔註26〕《姚集》10／63。

在這首詩中，姚合並沒有具體討論詩歌的寫作手法，也沒有昭示詩歌創作的功能及目的。他以一個詩人的身分，單純而嚴肅地訴說詩歌創作過程中的內心感受。這首詩的詩題「心懷霜」就是形容作詩時的內心狀態。詩的開頭便以「苦」字明白道出作詩之難，也說明詩人的確是「苦吟」作詩。值得注意的是和詩題相呼應的「秋霜若在心」一句，是「苦吟」的內在意涵。「秋」給人的感覺是涼冷而蕭颯的，「秋霜」若有似無，散布在空氣中，我們能感覺到它的淒涼，卻摸不著。姚合曾在〈和李舍人秋日臥疾言懷〉中說：「詩成難敢和，清思若懷霜」，同樣以「懷霜」來形容這種蘊思的心境。〔註27〕姚合會以「涼冷」來形容作詩心境是有跡可尋的，如其〈贈供奉僧次融〉說：「本寺遠如日，新詩高似雲。熱時吟一句，涼冷勝秋分」，認為吟詩之涼冷勝於秋。〈寄王玄伯〉說：「事少閑愁盡，吟多冷病生。性狂非酒使，詩險足人驚」，〈和座主相公西亭秋日即事〉說：「酒濃杯稍重，詩冷語多尖」，〔註28〕上段所引寄賈島詩說「吟苦墮寒涎」及「吟寒應齒落」也透露同樣的想法。至於將「詩」與「秋」、「冷」連在一起的詩就更多了，〈寄國子楊巨源祭酒〉：「門戶饒秋景，兒童解冷吟。」〈吟詩島〉：「幽島蘚層層，詩人日日登。坐危石是榻，吟冷唾成冰。靜對唯秋水，同來只老僧。竹枝題字處，小篆復誰能。」〔註29〕詩題為「吟詩島」，實則以詩人登岩吟詩的情景來比喻作詩時的心境。詩人登上充滿淒滑的苔蘚的幽島，詩心發動，所以，接下來便說詩人「靜對秋水」，同來者只有老僧，來說明此刻內心之澄靜。這些詩裡寫「冷」雖然與「秋」這個時令多少有關，但其與姚合一貫強調冷吟的態度還是有關的。姚合在〈酬李廓精舍南臺望月見寄〉還將作詩與坐禪連在一起：「看月空門裏，詩家境有餘」〔註30〕，詩、禪、夜，姚合對這三者的思索在

〔註27〕《姚集》9／54。
〔註28〕〈寄王玄伯〉見《姚合詩集校考》2／27（《姚集》未收），餘見《姚集》4／26，9／52。
〔註29〕《姚集》7／42。
〔註30〕《姚集》9／55。

本質上是類似的：夜是靜的，坐禪則屏除雜念，寫詩則心如澄鏡。以上種種，說明姚合認為作詩時的思索應該是靜、冷的，是以他用「秋霜」喻之。

　　在討論過「心懷霜」的主題後，接下來就是作詩過程的描寫。「神清方耿耿，氣肅覺沈沈」二句，說的是詩人準備「運思」。「神清耿耿」和「氣肅沈沈」看來似乎是兩種相反的狀態，其實是一種急速變化的歷程，在詩人調整好心態，靜下心思，進入運思的過程中，剛開始覺得神思清明，旋即又感覺到一股沈重的氛圍盤繞在心，這一幕景象，和陸機〈文賦〉中所說的「罄澄心以凝思」有異曲同工之妙。〔註31〕「皓素中方委，嚴凝得更深」則寫將詩思轉化為文字的過程，一如霜的形成，在我們看見皓白的霜凝結時，正是其周圍空氣最為冷冽的時候。原本腦海裏似已浮現出想要寫的主題，下筆時反而必須將思緒推到更深之處。所以，接下來姚合使用一組意象去描述下筆時心思的跳躍及詩意的佈置：「依稀輕夕渚，髣髴在寒林。」使用「依稀」、「彷彿」表示一切在朦朧中，無法確定，有時候，思緒像夕陽下的渚邊那般輕盈，有時候宛如身處冷刻的林中。這兩句美麗的比喻，我們也可視為姚合對詩歌的美感要求。再來，「思勁淒孤韻，聲酸激冷吟」很明顯的，詩句的佈置已大致完成，詩人進一步試煉詩的聲律，吟誦字句，以確定細部的完美。這一個步驟在詩歌創作是不可或缺的，尤其就律詩而言更為重要，所以用「孤韻」、「冷吟」。最後，姚合以一個詩人的身份，稱呼所有的詩人為「飲冰士」，希望致力作詩的人都能感受到他這些深刻的體會。到此，我們看到姚合這首詩不但以「霜」為喻，也使用「嚴凝」、「寒」、「冷」等來形容整個過程，更以「飲冰士」稱所有的詩人，足見在姚合心目中，作詩依賴的不是情緒的一時迸發，而是經過嚴整的考量，甚至要沈澱情緒，將思緒重新整理，才能去完成一首詩。

〔註31〕參見陳祖言，"‘Heart bears frost’:Yao Ho's mode of poetic thinkig"，《清華學報》，1995，3。

　　所以，如果稱呼姚合爲「苦吟」詩人，除了因姚合詩有一部份詩確實描述了自身的窮、愁以外，主要應該是基於他的詩歌創作態度中那種強調深沈精思的過程。正如姚合曾經形容作詩時的心理狀態：「得處神應駭，成時力盡停」（〈喜覽涇州盧侍御詩卷〉）〔註 32〕，成就一首詩的整個過程最引人入勝的，姚合全心的投入來自於對詩歌藝術的執著。

三、論詩主「清峭」

　　儘管姚合強調苦心作詩，致力於詩藝的雕琢，相較於對詩歌創作過程的重視以及著墨，我們很少看到他對詩歌的風格美感有何具體主張。在姚合沒有詩論流傳的情形下，我們只能從其詩作中挑揀，大致理出一個方向。綜覽姚合詩集，我以爲他的詩歌審美觀大約是趨向於一個「清」字。「清」本身是一個涵蓋較廣的概念，在姚合詩中，往往還同時夾雜其他的意義，比如說：「清美」、「清幽」、「清峭」、「清冷」等等。這些詞語中顯然存在著差異，有待解釋。

　　在討論姚合的詩歌審美觀之前，我們首先從他的詩歌題材，尤其是有關景物的詩句中，找出他所偏愛的美感類型。這麼做的原因是：一、就如前文所說，姚合以詩爲性情的展現，則詩中所透露對於事物的審美趣味和對於詩歌藝術的美感標準，應不至於相差太遠。二、景物描寫爲姚合詩中重要的一環，甚至構成詩的主要意趣。

　　誠如前一章論姚合詩的特色所言，我們曾提及他花費許多篇幅在描繪清幽的自然風光及精巧雅緻的園林池臺。〔註 33〕以〈題金州西園〉、〈杏溪〉組詩爲例，在各個園林深處中，他總是將目光對向清幽的景點：

　　　亭亭白雲榭，下有清江流。（〈江榭〉）
　　　布石滿山庭，磷磷潔還清。（〈石庭〉）

〔註32〕《姚集》10／62。
〔註33〕見第三章第二、四節。

　　　寂寂青陰裏，幽人舉步遲。(〈杏溪〉)
　　　濛濛紫花藤，下復清溪水。(〈架水藤〉)
　　　清冷無波瀾，瀲瀲魚相逐。(〈石潭〉)
　　　葉葉新春筠，下復清淺流。微風履此來，決決復脩脩。(〈渚
　　　上竹〉)
　　　散漫復潺湲，半砂半和石。清風波亦無，歷歷魚可搦。(〈石
　　　瀨〉)　〔註34〕

清澈江流邊的亭榭、庭園中發亮潔淨的山石、幽寂無人的綠蔭、滿布
紫花的藤蔓下流動的溪水……，在讚賞景物的清幽之餘，姚合詩中的
美景多半也具有涼冷潔淨的特質，像潔白的山石、清淺見底的流水、
清冷無波的潭水。我以為，這跟姚合喜歡流連於跟自身情性相合的園
林景致不無關係；清幽潔淨的景致和他自覺疏散淡慢的情性契合。其
實，唐代士人講求的造園美感，便有著清幽寂靜、潔淨清靈兩個特點，
所以，姚合對景物的美感尋求，可說和士人間流行的造園理念有相通
之處。〔註35〕我認為這裡「清」的概念多少還滲進了佛學哲思，因為，
姚合曾在詩作中數度使用「清涼」、「清淨」或者「清靜」等佛教用語，
〈寄暉上人〉：「脩持經幾劫，清淨到今生」、〈寄紫閣無名頭陀〉：「何
因接師話，清靜在師須。」〈送僧貞實歸杭州天竺寺〉：「石橋寺裏最
清涼，聞說茅庵寄上方。」；〔註36〕這幾個術語都有排除煩雜或無塵、
無垢的意思。姚合將這種「清涼」的意念運用在一些詩中，譬如〈夏
日書事寄丘亢處士〉中說：「病夫心益躁，靜者室應涼」，而〈喜喻鳧
至〉則說「見君何所似，如熱得清涼」。〔註37〕而將之運用在園景上，
則如〈寄元緒上人〉：「石總紫蘚牆，此世此清涼」、「好是暗移城裏宅，
清涼渾得似江頭」(〈題田將軍宅〉)、「浮萍著岸風吹歇，水面無塵晚
更清」(〈題薛十二池亭〉)，以「清涼」、「無塵」等兼指外在景色的清

〔註34〕《姚集》7／40～42。
〔註35〕關於這一點，侯迺慧在《詩情與幽靜──唐代文人的園林生活》(台
　　　　北：東大圖書，1991)，頁423～427有列出較多例子及說明。
〔註36〕見《姚集》4／23，4／20，2／14。
〔註37〕《姚集》3／22，9／57。

澄及詩人內心的清靜。〔註38〕

　　除清澄幽寂的美感之外，姚合也偶有對古樸或珍奇的事物發生興趣的時候，較明顯的例子是〈買太湖石〉及〈拾得古硯〉詩。〔註39〕〈買太湖石〉詩中講自己如何買到一塊珍貴的太湖石的經過。詩人「愛石青嵯峨」，無奈石生湖中，無法取得。後來有一個個性奇特的賣石翁，聽到詩人的「苦吟」作詩後，不嫌棄他的貧窮而前來拜訪，並且因為詩人辨識美石的眼光準確，而將此石低價賣給他。詩的中後段說起這石的珍奇：看似柔弱的湖水衝激的孔隙，自然天成，放置在書房前，形成雲霧繚繞的美。詩末說「置之書房前，曉霧常紛羅。碧光入四鄰，牆壁難蔽遮」呈現了太湖石奇拔之美。〈拾得古硯〉說自己「僻性愛古物」，有一天恰好在河中發現一塊古硯，是「波瀾所激觸，背面生罅隙。質狀樸且醜，今人作不得。」最後詩人將它「置之潔淨室，一日三磨拭」。不過，在這兩例中，都有一段較長的敘述，講述太湖石或古硯的來由，強調得來之不易，著眼點在於過程的特殊性。姚合對景物和自身性情的契合度很重視，他特別指出它們別緻有味的意趣所在，並且引以為個人的獨特審美觀，這可以從他詩中不斷地以「幽人」的身份尋求「別趣」得見。〔註40〕古樸或珍奇之美也同時是別緻的，恰好是姚合會去追求的感覺。

〔註38〕《姚集》3／22，7／45，7／40。

〔註39〕〈買太湖石〉：我嘗遊太湖，愛石青嵯峨。波瀾取不得，自後長咨嗟。奇哉賣石翁，不傍豪貴家。負石聽苦吟，雖貧亦來過。貴我辨識精，取價不復多。比之昔所見，珍怪頗更加。背面淙注痕，孔隙若琢磨。水稱致柔物，湖乃生壯波。或云此天生，嵌空亦非他。氣質偶不合，如地生江河。置之書房前，曉霧常紛羅。碧光入四鄰，牆壁難蔽遮。客來謂我宅，忽若嚴之阿。
　　　　〈拾得古硯〉：僻性愛古物，終歲求不獲。昨朝得古硯，黃河灘之側。念此黃河中，應有昔人宅。宅易作流水，斯硯未變易。波瀾所激觸，背面生罅隙。直狀樸且醜，今人作不得。捧持且驚嘆，不敢施筆墨。或恐先聖人，常用修六籍。致之潔淨室，一日三磨拭。大喜豪貴嫌，久長得保惜。見《姚集》7／43，10／60。

〔註40〕參考第三章第二節。

　　除了詩中著重清幽的美感之外，姚合也注重詩的「峭拔」。以下從姚合幾首直接談到「詩」的作品來看，更能掌握他這個觀點。首先是〈喜覽裴中丞詩卷〉：

　　　新詩盈道路，清韻似敲金。調格江山峻，工夫日月深。蜀
　　　箋方入寫，越客始消吟。後輩難知處，朝朝枉用心。〔註41〕

這首詩主要寫閱讀他人詩作的心得，由詩題的「喜覽」可知姚合還滿欣賞裴中丞的詩，在書寫心得的同時，也透露了自己的喜好。詩的開始說其詩是「清韻似敲金」，認為裴詩念起來音調清美鏗鏘，如敲金一般。「調格」兩句，比較難以得知究竟指的是什麼，如果參看姚合其他的詩句：「飛動應由格，功夫過卻奇。」（〈贈張籍太祝〉）、「疏散無世用，為文乏天格」（〈答韓湘〉）、「格高思清冷，山低濟渾渾」（〈答寶知言〉）〔註42〕，可以大約知道，應該還含有「氣格」之意，指詩中表達的意涵高而挺拔，如江山之峻。這裡姚合的「格」應該是從詩句的表現和詩人的才性兩方面著手，由於他認為詩為吟詠情性而發，所以很容易會變成格調由人，而說格調之「峻」、「奇」、「高」或「天格」，可知姚合所讚賞的格調是比較偏向於挺拔清高的，亦即情調獨特，脫俗自然。姚合的一些詩中還會以「峭」或「逸」來形容：

　　　官閑身自在，詩逸語縱橫。（〈寄送盧拱秘書遊魏州〉）
　　　新詩忽見示，氣逸言縱橫。（〈寄陝府內兄郭冏端公〉）
　　　吟寒應齒落，才峭自名垂。（〈寄賈島時任普州司倉〉）
　　　詩人多峭冷，如水在胸臆。豈隨尋常人，五藏為酒食。（〈答
　　　韓湘〉）
　　　隔屋聞泉細，和雲見鶴微。新詩此處得，清峭比應稀。（〈寄
　　　馬戴〉）〔註43〕

從這四個例子，我們可以更清楚看到詩的挺拔峭逸是和個人才性有關的。「詩逸語縱橫」和「身自在」是相得益彰的。在〈寄賈島〉詩中，

〔註41〕《姚集》10／62。
〔註42〕《姚集》未收〈答韓湘〉詩。《姚合詩集校考》，頁 149 據《文苑英華》245／1238 收為集外詩。餘見《姚集》4／27，9／55。
〔註43〕〈答韓湘〉詩同上，其餘見《姚集》4／23，4／24，3／21，3／21。

賈島則是「才峭」而且「吟寒」。〈答韓湘〉認為詩人的內在是「峭冷」
的，不能跟常人一樣，五臟廟府堆積酒食，而是如水在胸，意即詩人
必須具有獨特清峭的性情與構思。〈寄馬戴〉則認為詩人要以體察景
物為引導，這樣方纔能得到「清峭」的美感。追求詩歌的清峭之餘，
姚合認為個人的格調要具備特殊韻味，如〈寄李干〉：

> 尋常自怪詩無味，雖被人吟不喜聞。見說與君同一格，數
> 篇到火卻休焚。〔註44〕

這首詩表現了姚合式的「癖」，他自覺詩寫得沒有情味，也不覺得在
眾人間流傳是值得高興的，所幸與李干「同一格」，打消他焚卻詩稿
的意圖。我們看到不只是詩人對詩藝琢磨的認真，也有「挺拔欲高」
的志趣。〔註45〕

　　總而言之，姚合心中的審美觀，大抵不脫「清」字，從正面闡
述，是清朗而不龐雜，具有澄淨幽微的美感；從另一面看，則與渾
厚、濃烈、俗豔、鬼奇等概念對反。這種審美觀的形成，結合了個
人主觀的喜好，唐代士人園林生活中追求清幽的風尚，和佛教著重
清淨的概念。在這幾個因素的影響之下，姚合詩的語言風格呈現清
淡的語言風格，與其詩歌審美觀不相背離。在另一方面，他認為詩
歌和詩人情性具有密不可分的關係，並且重視創作構思過程，因而
發展出「清峭」的概念。他不但要求字面上的清美，也講求詩中情
意的高尚清逸。所以，儘管他重視構思，講求字句，強調獨特，詩
歌語言卻不走向奇詭深奧，而是呈現出清冷之美。這個取向在姚合
詩歌觀念中是很重要的一環，是姚、賈有別於韓孟之差異所在。關
於姚合這種詩歌取向，我們在下面以他所編的《極玄集》為例，詳
加分析，會更為清楚。

〔註44〕《姚集》4／23。
〔註45〕這裡用《唐音癸籤》（明‧胡震亨：台北：世界書局，1977）7／60
　　　　評姚合之語。

第二節　從《極玄集》看姚合的詩歌審美標準

　　《極玄集》爲詩歌選集，編於開成三年（838）前後，其時姚合已年近六十，詩歌風格成熟，因此這本選集應頗能反映他的詩歌選錄標準。《極玄集》全一卷，卷前有一小段話：

> 此皆詩家射鵰之手也。合於眾集中更選其極玄者，庶免後來之非。凡二十一人，共百首。〔註46〕

從這段話，我們最先要討論的是何謂「詩家之射鵰手」。「射鵰手」自然是用來比喻能手，也就是說這些人是作詩能手。〔註47〕不過，稍加留意，會發現「射鵰」一詞，在皎然的《詩式》中的〈律詩〉一節亦曾出現過：「評曰：樓煩射鵰，百發百中，如詩人正律破題之作，亦以取中爲高手。泊有唐以來，宋員外之問、沈給事佺期，蓋有律詩之龜鑑也。但在矢不虛發，情多、興遠、語麗爲上，不問用事格之高下。……凡此之流，盡是詩家射鵰之手。」〔註48〕皎然以沈、宋二人爲詩家射鵰之手，蓋因此二人對律詩體裁能加以掌握，可視爲高手。《極玄集》所選絕大多數爲律詩，達八成以上，足見其選詩以律詩爲重，則「詩家射鵰之手」一言應就是承襲皎然這段話而來。

　　此集選二十一個詩人，共約一百首詩，入選的詩人多半是我們今日歸入「大曆」時代的詩人。〔註49〕現所流傳的《極玄集》在各詩人名下均附有一小傳，今多據以爲討論大曆詩人生平的可靠資料之一。不過，據學者考證，明以前所通行的本子，即影宋抄本（上海圖書館藏），並未有這些小傳，加之各傳內容大多可從唐宋典籍找

〔註46〕見《唐人選唐詩新編》，頁 532。本章引《極玄集》文均以《唐人選唐詩新編》爲本，以下引詩僅在詩後書明頁數，不另注出處。

〔註47〕「射鵰手」見《漢語大詞典》冊 2，頁 1269（作「射雕手」），語出《北齊書・耶律光傳》17／222。

〔註48〕見張伯偉編，《全唐五代詩格校考》（西安：陝西人民教育出版社，1996），頁 253。

〔註49〕今本只見九十九首。卷首的王維、祖詠活動年代稍前於大曆年間，可說是此集中的例外，其中原因詳後述。

到出處，因此，這些小傳是否爲姚合所作，是一疑問。〔註50〕以下
列出各人的大致活動年代：

王維：約701～761，開元九年（721）進士

祖詠：699～746？開元十二年（724）進士

李端：（738？～786），大曆五年（770）進士。

耿湋：寶應二年（763）進士，大約死於貞元三年後數年

盧綸：約748～799

司空曙：約開元中期至貞元六年後（？～790~）。

錢起：（722？～785~），天寶九載（750）進士

郎士元：天寶十五載（756）進士

韓翃：天寶十三載（754）進士，貞元初年似在世。

暢當：大曆七年（772）進士。

皇甫曾：約開元四年至大曆四年（716～769）。

李嘉佑：天寶七載（748）進士

皇甫冉：天寶十二載（753）進士

朱放：約活動於大曆、貞元年間。

嚴維：約建中初年去世。

劉長卿：約726～786~。天寶十一載(752)進士。

靈一：約727～762

法振：生卒年無考，約和清江同時。

皎然：約卒於貞元末。

清江：大曆年間在世。

戴叔倫：開元二十年至貞元四年（732～788）。〔註51〕

從上列各詩人的活動年代來看，除了首列的王維、祖詠二人的生

〔註50〕請參照陳尚君在《唐才子傳校箋》第五冊，頁303、304的說明。
〔註51〕以上各人生卒年資料主要參考傅璇琮，《唐代詩人叢考》（北京：中
　　　華書局，1980）及蔣寅，《大曆詩人研究》（北京：中華書局，1995）。
　　　能大約確定生卒年者，以西元紀年列出，生卒年無法確知者，則以
　　　年號約略指出其生活年代。

活年代顯然較早外，其餘的詩人大約都活動於大曆貞元初年，很明顯是以大曆詩人爲主的。這裡有一些問題很值得討論。首先，姚合爲何只選盛唐的王維、祖詠及大曆詩人？從大曆時代以降，跨越了數十年，中間還經過貞元（785～805）、元和（806～820）等各種新的詩歌風潮成形的時期，則也一首未選？姚合不選大曆以後的作品，大致不難解釋，從他的生活年代來看，大曆詩歌的確是他在少年時期可以廣泛接觸的，也就是說，在姚合最初習詩的時候，他所看到的風格已形成的「前代」詩歌就是這些大曆詩歌了。大曆以後的詩人，和姚合的生活年代其實多有重疊，於姚合而言實是「當代」詩人，看來他無意選當代詩人的詩。再者，姚合說所選的詩是「極玄」者，爲「極妙」之意，他甚至還說「庶免後來之非」，顯然大曆詩歌於其意義甚大，應該就是他詩歌寫作的淵源了。至於姚合以王、祖兩時代稍早於大曆時期的詩人爲卷首，可能和姚合此集的評選標準較有關連。姚合雖曾在詩中對其他盛唐詩人表示過讚賞，如李白；〔註52〕不過，他的詩歌，尤其是後期那些流連山水園林之作，顯然受王維的影響。如其〈題金州西園〉九首、〈杏溪〉十首、〈陝屬玄侍御宅五題〉等詩，以在一個園林中，尋找景點爲詩題，並構成組詩的方式，就是承繼王維〈輞川集〉詩的方式。同樣的方式，也出現在和王維詩風相近的錢起之〈藍田溪雜詠〉二十二首。另外，王維、祖詠曾爲詩友，有唱和關係，恰和《極玄集》中的大曆詩人彼此交往酬贈的關係類似；祖詠的詩風則和王維那些以描寫自然景色爲主的山水詩相近，是以兩人皆放在卷前。姚合將王維置於卷首，則王維、極玄集中的大曆詩人、姚合三者的承傳關係不言自明。

〔註52〕姚合集中提及的唐朝前代詩人寥寥可數，大概僅提到李白三次，如〈贈張籍太祝〉4／27 說「李白應先拜，劉楨必自疑」，以張籍成就比美李白，〈送潘傳秀才歸宣州〉2／13：「李白墳三尺，嵯峨萬古名。因君還故里，爲我弔先生」，〈送杜立歸蜀〉2／13：「誰爲李白後，爲訪錦官城。」後面兩首大概是因贈別對象的目的地而聯想的，亦可證明姚合和當時詩人一樣視李白爲偉大詩人，但不表示他受到李白的影響或曾有意學習他。

　　在姚合之前，有一本著名的大曆詩選集，即高仲武的《中興間氣集》，其編選時代爲貞元初年（785），所選作品一樣是以大曆詩人的五言律詩爲主。〔註53〕高仲武選了二十六個詩人，其中和姚合《極玄集》相同的有錢起、李嘉佑、戴叔倫、皇甫冉、韓翃、郎士元、劉長卿、靈一、皇甫曾等九人，均是大曆時期頗著名的詩人。另《中興間氣集》有以寫國事民生、社會時事爲主的詩人，如孟雲卿、朱灣、蘇渙等，〔註54〕比較特殊的是歌妓李季蘭的詩也入選，不像姚合只挑選士人、僧人身分的詩人。所選詩人雖有半數不同，不過二《集》之間還是有相似之處。高仲武的集子以錢起爲卷首，姚合則以王維爲卷首。高仲武對錢起的評價很高，認爲錢起不但和王維有詩歌唱和的關係，錢的詩風也是屬於王維一路的，可視爲其繼承者。〔註55〕可見高和姚觀點相近。除此之外，高仲武和姚合所選的詩歌不但有部份相同，甚至在戴叔倫的部份，所選八首幾乎相同；兩《集》同樣未選大曆時期著名詩人韋應物。在詩歌風格方面，高仲武的選詩標準，以「理致清新」著稱，和姚合頗爲接近（《極玄集》選錄標準詳下文）。〔註56〕由此可知，姚合在編選《極玄集》時，雖沒有大量參考高仲武的選集，但可以推定他應該看過的，也曾吸收了高仲武的評選標準。〔註57〕

　　集中詩人的選擇雖可代表姚合的部份眼光，但如前文所述，姚合主要是以這些詩爲其寫作淵源。姑且不論這些選詩可否作爲集中詩人的代表作，在姚合沒有提及詩人入選標準及選詩不多的情形下，我認爲直接以《極玄集》詩爲整體，去探求姚合個人的詩歌品味是較爲可

〔註53〕《中興間氣集》自序：「起自至德元首，終於大曆暮年」，又稱唐代宗爲「先帝」，知約編於貞元初，詳見《唐人選唐詩新編》，頁451。

〔註54〕這裡關於大曆詩人的分類是參考蔣寅，《大曆詩風》（上海：上海古籍出版社，1992），頁7。

〔註55〕高仲武評錢起說：「員外詩，體格新奇，理致清贍。越從登第，挺冠詞林。文宗右丞，辭以高格，右丞沒後，員外爲雄。」見《唐人選唐詩新編》，頁463。

〔註56〕見其序，《唐人選唐詩新編》，頁451。

〔註57〕參看《中國文學批評通史——隋唐五代卷》，頁322。

行的。所以，接下來我們由《極玄集》的詩入手。首先，我們先瀏覽一下《極玄集》詩的題材：以寄贈交往詩爲大宗，約佔集中五分之三，將近六十首。其次爲旅次風光、題詠遊覽之作，約三十首。其餘則包括抒懷、閒適、邊情等少量作品。送行、交往詩佔多數是可以理解的，大曆詩人寫這一類詩的風氣本來就很盛，一些詩人被歸爲同一群體，主要是因爲他們彼此之間頻繁的酬唱活動。《極玄集》所選的寄贈詩，有幾首還是集中詩人彼此的酬贈，如耿湋有〈贈嚴維〉、〈訓暢當〉、〈送李端〉，司空曙有〈耿湋就宿因傷故人〉、〈春日野望寄錢員外起〉、〈喜外弟盧綸見宿〉，錢起有〈寄郎士元〉，暢當有〈別盧綸〉，皇甫冉的〈宿嚴維宅〉，靈一的〈酬皇甫冉西陵見寄〉等。這種情形，就如同姚合和賈島、無可、馬戴、顧非熊等人彼此的寄酬唱和關係，姚合等人也因而形成一個小型的詩人群體。

　　以下則根據《極玄集》詩的內容情意，將之分爲三類：

（一）以人世悲涼、感傷之情爲主調的詩

　　以人世悲涼爲主題的大部分是寄贈送別詩，內容多悲故人、傷別離，或述客途謫宦之情，兼嘆己身之悲。例如祖詠的〈留別盧象〉就兼具了自憐和依依不捨的離情：

> 朝來已握手，宿別更傷心。灞水行人渡，商山驛路深。故
> 情君且足，謫宦我難任。直道皆如此，誰能淚滿襟？（538）

這首詩一題爲〈長樂驛留別盧象裴總〉，寫作的背景可能是祖詠被貶，盧象前往送行。依詩中所寫，兩人行至長樂驛，爲藍田武關道離長安的第一站。〔註58〕詩的開頭便充分表現了詩人對送行者的難捨之情，送者陪行了有一段距離，以致於還陪詩人宿了一夜，而這一宿使得遠行者「更傷心」。然後是詩人假想分別後，自己渡過灞水，往更深的驛路行去，再想起友人的深厚情誼，及謫官後的前途未卜，最後不勝唏噓地道出：此情此景怎能不讓人淚滿衣襟？同樣的自憐之情，出現

〔註58〕參考《全唐詩廣選新注集評》（袁閭琨主編，瀋陽：遼寧人民出版社，1994）第二冊，頁576。

在耿湋的〈書情逢故人〉：

> 因君知此事，流浪已忘機。客久多人識，年高眾病歸。連
> 雲湖色遠，度雪雁聲稀。又說家林盡，淒傷淚滿衣。（542）

此詩一題作〈巴陵逢洛陽鄰舍〉〔註59〕，作者因遇見了故人，本應高興地忘卻紛擾，卻在敘談中觸及不堪際遇：抱著衰病纏綿的身軀，長期客途跋涉。詩的下半段以景物意象輔助全詩的憂傷情緒：雲和湖水連成一片，茫茫似無邊際，雪天中偶而夾雜的雁鳴聲則顯得稀稀落落。最後，和〈留別盧象〉的結尾一致，又是「淒傷淚滿衣」了。這首詩表面上在敘述「逢故人」的過程，實際上，通篇可見詩人淒冷寂寥的客思鄉情貫串其中，尤其第三聯將詩人的情思化為景物鋪染，更顯動人。像這樣在送別、逢故人中激起傷心情緒的，可以再看幾個例子：

> 少孤為客早，多難識君遲。掩淚空相向，風塵何所期。
>
> （盧綸〈送李端〉544）
>
> 舊時聞笛淚，此夜重霑衣。方恨同懷少，那堪相見稀。
>
> （司空曙〈耿湋就宿因傷故人〉544）
>
> 話我他年舊，看君此日還。因將自悲淚，一灑別離顏。
>
> （司空曙〈送王閏〉545）
>
> 斷壁分重影，流泉入苦吟。淒涼離別後，聞此更傷心。
>
> （皎然〈賦得啼猿送客〉564）

詩中人總是傷心而落淚，這些詩不但表現了與友人分別的難捨之情，也可見詩人的淒涼之慨。〔註60〕

戴叔倫的〈除夜宿石頭驛〉，則在客途羈旅中勾起傷心：

> 旅館誰相問，寒鐙獨可親。一年將盡夜，萬里為歸人。寥
> 落悲前事，支離笑此身。愁顏與衰鬢，明日又逢春。（565）

〔註59〕見《全唐詩》268／2982。
〔註60〕其他還有王維的〈送丘為〉（537），郎士元的〈送羹貫歸吳〉（550）、〈送別友人〉（551），暢當的〈別盧綸〉（552），皎然的〈思歸示友人〉（564）、戴叔倫的〈送友人東歸〉（566）、〈別友人〉（566）等詩，也是因送別而引起離愁別恨等。

整首詩的詩意頗爲切合題名，由除夕夜獨宿旅舍而想起自己流落在外，而對此生的遭遇發出悲歎。詩末用了一個明顯的對比：自己雖是如此的憂愁與衰老，卻依然要面對明春的到來。相同的情感亦見其〈客夜與故人偶集〉（566）。其他如郎士元〈宿杜判官江樓〉（550）說：「落葉覺鄉夢，鳥啼驚越吟。」嚴維〈自雲陽歸晚泊陸澧宅〉（558）說：「明後還須去，離家歲欲除。」劉長卿〈餘干旅舍〉（559）說：「鄉心正欲絕，何處搗寒衣。」在旅途中激起客思鄉愁，感嘆歲月流逝，均表現出詩人的傷感。

除了在寄送、離別、謫宦、客途等時刻特別容易引起詩人的傷感，進而感嘆人世的悲涼無奈之外，還有藉由景物以抒發人生愁緒的，如錢起的〈送征雁〉：

> 秋空萬里盡，嘹唳獨南征。風急翻霜冷，雲開見月驚。塞長怯去翼，影滅有餘聲。悵望遙天外，鄉愁滿目生。（547）

這首詩藉由征雁的身影勾起了詩人的傷心。詩的開頭便點出雁孤獨南征的身影，中間的四句則是詩人想像「雁飛去」的景象：在冷冽的風霜中翻飛，直飛雲霄，照見夜月。邊塞如此的遼闊，詩人擔心雁的翅膀會承受不了，看著雁影遠去，耳邊彷彿還聽到牠的聲音。這個景象可能使詩人想起自己「征人」的身分，最後，他悵惘地望向天際，只覺鄉愁頓起。〈送征雁〉一詩藉描寫雁的飛去抒發思鄉的傷感意緒，而司空曙〈新蟬〉則說藉蟬鳴勾起了傷心意緒：

> 今朝蟬忽鳴，遷客若爲情。便覺一年謝，能令萬感生。微風方滿樹，落日稍沈城。爲問同懷者，凄涼聽幾聲。（546）

詩藉著蟬的初鳴引發謫遷者的若干情緒。由蟬鳴，聯想到其生命不過一年，便覺千頭萬緒。「微風」二句，進一步以日落即刻來加強「短暫」之感，最後，以爲與己情懷相同的人，應該都是抱著凄涼的感受聽著蟬聲。另外，皎然的〈題廢寺〉（563）則藉著描寫一座廢寺感嘆歲月的流逝變遷。

除上面所舉的詩之外，還有因臥病而感傷人世的，如清江的〈長安臥疾〉（564）；有思念多年不見的故人的，如耿湋〈誚暢當〉（543）；

另外，司空曙〈哭麴象〉（546）、皇甫曾〈哭陸處士〉（553）與嚴維〈哭靈一上人〉（558）為祭弔詩，自然內容為懷念弔泣故人。《極玄集》中寫這一類鄉愁、客途、別離、貶謫、弔傷等人世的悲涼而夾帶消極喪悶情緒的詩份量頗多，是最主要的類型。

（二）表達人生的某種境界及片刻體悟：

《極玄集》中有一些詩，不像前述的詩是以具體人世悲涼來抒發感慨，而是藉著景物的描寫，有意無意地觸發人生的某種情境，從中獲致片刻的寧靜超脫、閒逸的情致，或感受蒼涼曠遠的人生境界。先以錢起的〈裴迪書齋望月〉為例：

> 夜來詩酒興，獨上謝公樓。影閉重門靜，寒生獨樹秋。鵲驚隨葉散，螢遠入煙流。今夕遙天末，清輝幾處愁。（548）
> 〔註61〕

詩開頭說登上「謝公樓」，「謝公」指的應該是謝朓，這裏應是錢起用來比喻裴迪的書齋。〔註62〕接下來的四句景物描寫，前兩句寫書齋外的門關閉著，一切顯得寂靜，只有一旁的樹可能是葉落、葉黃了，透露著秋的氣息。樹中的雀鳥因為某種緣故驚起（可能由於月光明亮？），同時落下數片葉子，遠處的螢火沒入月光之中。〔註63〕描述完詩人所見之景，最後回歸到「望月」的主題，詩人望向天際，在清亮的月色之中體會到幾許愁緒。相較於前面所舉的那些具體地寫客途羈恨，傷心遭遇的詩，錢起的這首詩並沒有明白地說出所愁何在，全詩只是以茫然蒼涼的情調，透過秋景月色，表現生活中偶發的寂寥、孤獨情感。和錢起這首詩類似，因景起興的有暢當〈宿潭上〉（552）：「清蒲野陂水，白露明月天。中夜秋風起，心事坐潸然。」詩中亦藉由秋日的兩個景象，引出詩人傷懷情緒而潸然淚下。司空曙的〈經廢

〔註61〕詩題一作〈裴迪南門秋夜對月〉。
〔註62〕「謝公樓」乃謝朓為宣城太守時所建之高齋，見《漢語大詞典》冊11，頁375。
〔註63〕「煙流」在此處，可能是形容月光明亮。夜晚本是黑暗的，月光鋪染使得夜空中有一股迷濛朦朧的亮光，因用「煙流」稱之。

寶光寺〉（545）詩則描寫一個殘敗的寺廟，最後說：「古砌碑橫草，陰廊話雜苔。禪宮亦消歇，塵世轉堪哀」，由廟破轉想到人世易衰。皇甫冉的〈巫山高〉（556）、劉長卿的〈送李中丞歸漢陽別業〉（560）也同樣藉景引起詩人某些人生感慨。

　　也有藉題詠景物而寓寄詩人對人生的體悟的，只不過並不談人世的廣漠、孤寂，而是去寫人生中的片刻超然的境界，比如皎然的〈微雨〉，便徜徉於自然的美好，而達到一時忘情的境界：

　　　　片雨拂簷檻，煩襟四座清。霏微過麥隴，蕭散傍莎城。靜
　　　　愛和花落，幽聞入竹聲。朝觀趣無限，高詠寄閑情。（563）
首兩句先由室內寫微雨落在屋簷、窗檻上，雨驅走了詩人的煩悶，感到幾許清新。於是，微雨引導了詩人的視線，隨著細雨霏霏，飄灑在田隴、莎草上，觀賞著落花、雨絲交錯紛落的景象，耳聞雨滴竹林的細微幽聲。詩末說這一切景象形成了無限趣味，不覺吟詠起來，以寓寄閑情。這首詩由「微雨」一景體會到自然生活的點滴情趣，進一步勾起詩人的閑情。類似的有祖詠的〈蘇氏別業〉（539），詩的開始說「別業居幽處，到來生隱心」，以別墅為「隱」的居所。接著描寫別墅風光是「南山當戶牖，灃水在園林。竹覆經多雪，亭昏未夕陰」，進而肯定別業能讓詩人在此「寥寥人境外，閑坐聽春禽」。

　　有些詩主要看似純然描寫自然景物，像是一個亭台、一座山、或一條流水，表面雖主在寫景，卻不難由某些字眼看出有詩人思維夾雜其中，傳達出一種特別的意趣。如李端〈雲際中峰〉：

　　　　自得中峰住，深林亦閉關。經秋無客到，入夜有僧還。暗
　　　　澗泉聲小，荒岡樹影閑。高亭不可望，星月滿空山。（540）
從詩人居住中峰寫起，在深密的林中，就如同與世隔絕，長時期沒有訪客，只有在夜裡偶有僧人往返。詩的前半段以直接陳述的語氣告訴我們他的居住情況，到了後半段，轉而描寫山景：一道幽澗流動，泉聲細微，荒涼的山岡上樹木寥落，枝枒稀疏地晃動。望不見山中遠處的亭子，只見星月光輝布滿了空蕩的山際。此詩的前半段本就傳達了山中幽深無人的訊息，經由詩人所勾勒的「暗澗」、「荒岡」的景象，

我們更能體會到詩末「星月滿空山」那種無限延伸的幽思。錢起的〈宿洞口館〉：「野竹通溪冷，秋蟬入戶鳴。亂來人不到，寒草上堦生。」前二句寫洞口館的景色之幽寂寒冷，「亂」指的應是戰亂，作者點明「人不到」，則「寒草」一句予人分外荒涼之感。司空曙〈望水〉（546）：「高樓晴見水，楚客靄相和。野極空如練，天遙不辨波。永無人跡到，時有鳥行過。況是蒼茫外，殘陽照最多。」本描寫高樓望水所見，卻傳達詩人蒼涼的情緒。祖詠的〈題韓少府水亭〉（539）由水亭景色傳達詩人的「別趣」，李端〈蕪城懷古〉（541）雖題為懷古，實則由蕪城之景體會到人世的轉移。另外，耿湋的〈贈嚴維〉（541）、〈秋日〉（542）、〈沙上雁〉（542），盧綸的〈山下古木〉（544）等，均透過景物的描寫，領悟某種人生道理。

　　特別要提出的是有些詩摻雜了佛教，特別是禪宗思惟，如嚴維的〈題一公院前新泉〉：

　　　　山下新泉出，泠泠比法源。落地才有響，濺石未成痕。獨
　　　　映孤松色，殊分眾鳥喧。唯當清夜月，觀此啟禪門。（558）

詩中以泉水流動比喻本性。泉水本身在流動的時後是沒有聲息的，觸及地面才有聲響，即使濺到石上，乾了之後就不留下痕跡。泉面只映照著一棵松樹，樹中傳來紛雜的鳥鳴聲則讓人分不清有幾隻。詩末，詩人意味深長地說，只有在這樣的月夜，看著這樣的景象，才啟悟到禪宗的義理，似乎有萬物各循其本的意味。〔註64〕

（三）其他：友情、酬餞、朝集、歸隱……等

　　《極玄集》中還有一些詩無法歸類於上述的兩種情意類型，以下稍作敘述：有些寄贈詩主要在闡述兩人深厚的情誼，如劉長卿〈長沙桓王墓下書事別張南史〉（560）。有幾首送行詩則根據被送者的身分及目的地去設想沿路的景色，可說是發揮了「場合詩」的特點，像王維〈送晁監歸日本〉（537）、韓翃〈送孫革及第歸〉（552）、皇甫曾〈送

〔註64〕這一類的詩還有耿湋〈贈朗公〉（541）、錢起〈送僧自吳遊蜀〉（547）、
　　　　韓翃〈題薦福橫岳禪師房〉（551）。

人作使歸〉（553）、皇甫冉〈送韓司直〉（554），錢起〈送張管書記〉（547）等等。上述的這些詩，景物的描寫是其重要成份，有少數的送行詩便因對象往幕府、邊塞等地而兼寫邊塞風光，如郎士元〈送彭將軍〉（549）。另外，表現隱逸情趣的有皇甫冉〈送元盛歸潛山〉（556），朝集的有耿湋〈早朝〉（541），比較特別的是王維的〈觀獵〉（537）寫射獵場景，以「迴看射鵰處，千里暮雲平」作爲一派迅疾狀闊後的巧妙結語。韓翃的〈少年行〉（551）、〈羽林騎〉（551）也是其中比較少見的題材。

　　總括來說，《極玄集》詩的內容多半圍繞在鄉愁羈旅、送別、友情等人生感慨或宗教哲思上面，或書寫個人日常生活中偶然的感受。普遍來說，大曆詩人的確在這幾個方面的成就較高，不可忽略的是，《極玄集》中的詩人其實大部分都經歷過戰亂，也寫了不少邊塞戰亂、民生凋敝等具有反映社會現實意義的詩歌。這些作品一到姚合之手，極少被揀選，可見這本集子的確是姚合的「選中之選」，某一些題材的詩歌似被摒除在外了，和姚合自己的詩歌題材的選擇偏好相似。〔註65〕其實這也正是《極玄集》與《中興間氣集》的選詩差異所在。姑且不去討論《中興間氣集》的選詩是否具有代表性或是否公允，若以高仲武序中所說的「今之所收，殆革前弊，但使體狀風雅，理致清新，觀者易心，聽者竦耳，則朝野通取，格律兼收」來看，高仲武確有此心。相較之下，《極玄集》並不是要作爲大曆時期具有代表性的斷代詩歌選本，自然就不會顧慮選詩是否廣泛涉及各種類型了。

　　《極玄集》還有一個特色是值得討論的，那就是詩中大量以自然景色爲書寫場景。一般來說，送別或題詠詩中景物描寫的句子自然會比較多，而這裡的寫景句數則更是大量出現，並且往往成爲全詩意趣所在。這些自然景物有很多是清澄涼冷的山水景色，和詩人所表現出的哀傷情緒恰能貼合。下面舉一些場景爲例：

〔註65〕參見吳彩娥，〈「極玄集」的選錄標準試探〉，《古典文學》第六集（中國古典文學研究會主編，台北：學生書局，1984），頁277。

遠樹低蒼壘，孤山出草城。（祖詠〈蘭峰贈張九皋〉538）

荒城背流水，遠雁入寒林。（郎士元〈送別友人〉551）

孤戍雲憐海，平沙雪度春。（皇甫曾〈送人作使歸〉553）

山晚雲和雪，汀寒月照霜。（皇甫冉〈途中送權曙二兄〉555）

岸明殘雪在，湖滿夕陽多。（皇甫冉〈送韓司直〉554）

石床埋積雪，山路倒枯松。（朱放〈送著公歸越〉557）

孤城向水閉，獨鳥背人飛。（劉長卿〈餘干旅舍〉559）

殘月生秋水，悲風起古臺。（皎然〈題廢寺〉563）

寒光生極浦，落日映滄州。（靈一〈酬皇甫冉西陵見寄〉561）

透過詩人的眼光去描繪，山林景色是一致的蕭瑟蒼涼。山、林、湖、汀、雲、雪、霜、夕陽加上以「孤」、「寒」、「遠」、「荒」、「悲」、「殘」等詞形容，使得這些山水風光一律是蒼白、冷落的。何以詩中充斥著孤獨荒涼的山城及殘雪夕陽呢？這不外乎是詩人孤獨寂寞的情緒進入其中了。我們也可以說這種寒涼蒼茫的色調主要是為了營造「贈別詩」中該有的傷感，因此，除了蒼涼的景色，他們還添入了不少具有象徵意義的禽鳥意象，如雁、鴻、鵲、猿、蟬等，牠們強化了詩人的鄉愁、離情、漂泊無依之感，明顯的如〈征雁〉、〈沙上雁〉、〈聞蟬〉等。穿插在詩中的如「連雲湖色遠，度雪雁聲稀。」（耿湋〈書情逢故人〉542）「猿來觸淨水，鳥下啄寒梨。」（皎然〈思歸示故人〉564）「同悲鵲繞樹，獨作雁隨陽」（皇甫冉〈西陵寄一公〉555）等。〔註66〕寒涼的山色風光，不斷地暗示清寂冷暗的情感。

　　僅次於這些冷瑟的景物的，則是清幽的景致：

曲岸煙初合，平湖月未生。（靈一〈溪行即事〉561）

竹煙凝間壑，林雪似芳菲。（司空曙〈耿湋就宿因傷故人〉544）

荷香隨去棹，梅雨點行衣。（韓翃〈送孫革及第歸〉552）

水氣侵堦冷，藤陰覆座閑。（祖詠〈題韓少府水亭〉539）

卷簾花雨滴，掃石竹陰移。（清江〈長安臥疾〉564）

疎簾看雪卷，深戶映花關。（韓翃〈題薦福衡岳禪師房〉551）

〔註66〕大曆詩人運用這些意象的情形，詳見蔣寅《大曆詩風》，頁172～174。

輕煙、細雨、植蔭是朦朧的，再不然也有竹簾的遮蔽，深幽的門戶隔閡，它們的美是隱約而細微的，有一定的距離感，正巧配合詩中淡淡的情感。再來是一些細微的小景：

> 岸莎青有路，苔徑綠無塵。（盧綸〈題興善寺后池〉543）
> 螢影侵階亂，鴻聲出苑遲。（李嘉祐〈和苗員外秋夜省直〉554）
> 暗澗泉聲小，荒岡樹影閑。（李端〈雲際中峰〉540）
> 月上安禪久，苔生出院稀。（耿湋〈贈朗公〉541）

詩中寫莎、苔、螢、暗澗、荒岡……等事物，稍微留心，便可發現姚合詩中描寫細微景物方式，和這些詩句頗為相似。

　　《極玄集》也有一些景物的描寫是較為壯闊的，但所佔比例很小。像王維〈觀獵〉：「草枯鷹眼疾，雪盡馬蹄輕。」（537）錢起〈送張管書記〉：「河廣篷難度，天遙雁漸低」（547），郎士元〈送彭將軍〉：「春色臨關盡，黃雲出塞多。鼓鼙悲絕漠，烽戌隔長河」（549），〈送楊中丞和番〉：「河源飛鳥外，雪嶺大荒西」（550），韓翃〈少年行〉（551）：「千點斕斒噴玉驄，青絲結尾繡纏鬃」、〈羽林騎〉（551）：「紅蹄亂踏春城雪，花頷驕嘶上苑風」等，這些雄壯遼闊、色彩瑰麗奇偉的句子在《極玄集》中可說是特例。由《極玄集》寫景的詩句，正好可以看出其整體的詩風傾向於清新疏淡，和姚合自己寫景的詩句相近。

　　總結《極玄集》的特色，大約如下：一、詩中多表現個人淒涼失落的情感，而少有對人世的關懷與讚嘆或高昂熱烈的情志。不過，雖然常寫淒傷的情緒，基本上不離人世間的鄉愁羈恨等傳統的人生感嘆或者日常生活中典型的感傷，也不渲染誇大自身的慘絕寒苦，甚而引發憤世的情緒；對人生的體悟則是淡微隱約的，沒有漫無天際的荒思遐想。二、詩的用字遣詞多清冷、幽微，雖然刻劃入微，但不使用蹇澀詰詘的字句，少見複雜難懂的意象，也極少使用典故，使得全詩讀來平淡流暢，呈現清新的美感。唐代詩人看姚合《極玄集》，也注意到這些特色，甚至進而認同他的審美標準。如晚唐詩僧貫休（約832～912）的〈覽姚合極玄集〉說：

> 至覽如日月，今時即古時。髮如邊草白，誰念射聲□。好

好鳥哀花落,清風出院遲。知音郭有道,始爲一吟之。〔註67〕

貫休對《極玄集》抱持推崇的態度,稱之爲「至覽」,意指其鑑賞極精。其中「好鳥哀花落,清風出院遲」顯然使用景物意象來比喻姚合的選集,一方面暗示《極玄集》內充滿了這些花草山水的風景流連,一方面也指出這些詩多以詠嘆感傷爲主調的清麗之作。貫休對《極玄集》以「清」爲尚評價極高,還可以從其

〈覽皎然渠南鄉集〉看出:

學力不相敵,清還彷彿同。高於寶月月,誰得射鵰弓。至鑒封姚監,良工遇魯公。如斯深可羨,千古共清風。〔註68〕

這首詩主旨雖在推崇皎然的詩,連帶可見貫休對姚合選詩的高度評價。首先謙虛地說自己才力不高,唯有詩歌之「清」和皎然相同。三、四句是讚賞皎然,認爲他的成就在精通音律的南齊詩人寶月之上;〔註69〕「射鵰弓」一語是皎然和姚合拿來比喻善作律體詩的詩人,此運用皎然語稱其爲作詩能手。「姚監」是以姚合官終祕書監的職務來代稱,認爲姚合在《極玄集》中選錄皎然的詩,眼光精準。最後以「千古共清風」作結,凸顯「清」的詩風從皎然到姚合,一脈相傳。稍晚於貫休的詩人齊己(約864~937)也在〈寄南徐劉員外〉之二說「晝公評眾製,姚監選諸文」,亦將皎然《詩式》跟姚合《極玄集》並提。〔註70〕另韋莊(約836~910)更在光化三年(900)編了一本唐詩選集,名爲《又玄集》,序中言:

……昔姚合撰《極玄集》一卷,傳於當代,已盡精微,今更採其玄者,勒成《又玄集》三卷。……〔註71〕

自述此本選集名爲「又玄」的原因,不但向姚合的選集表示敬意,也可見韋莊自認其評選標準和姚合相近,就如序中還曾言「掇其清詞麗

〔註67〕《全唐詩》833/9397。
〔註68〕《全唐詩》833/9397。
〔註69〕見《南齊書》11/196:「道人釋寶月辭頗美,上常被之管絃,而不列於樂官也。」
〔註70〕《全唐詩》841/9500。
〔註71〕《唐人選唐詩新編》,頁579。

句」，符合姚合以「清」爲主的評選標準。

第三節 小 結

　　詩的功能與作用一向是古代詩學課題之一。在姚合初入詩壇的元和年間（806〜820），有幾個知名詩人的詩歌觀點值得一提。一是以白居易爲首，提倡所謂「反映現實，補察時政」的「政教」功能；另一則是以韓愈曾提出的「不平則鳴」，以抒發情性爲主的詩歌觀念。不過，這兩派詩人的觀念並非截然二分，也有類似及互通之處。〔註72〕以姚合在長安的活動時間與交遊而言，他對二者所引領的風潮及主張絕對是熟悉的，其詩作也多少曾受到兩者的感染。但是，〈武功縣中作〉三十首的完成，確立了姚合的詩歌取向。在這組詩中，他發揮了詩歌吟詠個人情性的功能。即使詩歌的政教說曾風行一時，姚合依然秉持自己的創作理念，這種思想主導了他的創作路線，而使得其詩歌內容止於表現個人日常生活中的情緒波動。所以，當他追求科名、功名未成之時，他的詩寫的是貧寒士子的掙扎，從軍幕府時則寫了好些寄望立功疆域的豪情，官途蹭蹬時寫內心的悵然失志及生活中個人生活上情趣的寄託，晚年官位逐漸高升時，則描繪中層官吏寄情山水園林的「癖病」。以自身的情懷爲書寫主題，其詩反映了姚合個人主觀的生活體驗，他內心所感受到的愉悅欣喜及痛苦矛盾都藉由詩的寫作呈現出來，相對而言，詩人對所處的政治環境、社會民生的著墨就顯得少多了。姚合有關政治社會的題材寫的很少是事實，有人曾爲其做過解釋，認爲他的詩「是當時士人眞實際遇和特定心態的反映，有著艱難人世與醜惡社會留下的烙印，折射出時代的暗影，同樣具有不可置疑的認識價值」，推論姚合是以這種曲折的方式反映當時的士人生活。〔註73〕在姚合心中是否有這個想法，頗有疑問。其實也

〔註72〕就如本章第一節所言，白居易後來也曾發展出以「吟詠情性」爲主的詩歌類型。

〔註73〕徐希平，〈「武功體」的價值新探──兼論姚賈詩派心理定勢及內部

並不需要為他辯解或為其尋求價值，因為這是他有意而為的創作路線。

除了將詩的抒情功能作極致的發揮外，姚合還實際感受到創作所帶來的愉悅和激盪，以專力苦吟的精神為詩藝的琢磨而努力。對詩歌創作之重視，甚至是傾全力作詩，是姚合、賈島等一群詩人共通的志趣，他們創作旨趣的相近，也是不容忽視的。在這群人之中，姚合以其多年的創作心得，評選了一部《極玄集》，除了表現個人的審美品味之外，上承王維、祖詠及大曆詩人等清新詩風的意味是很明顯的。不可否認的是，元和詩人普遍有「求變創新」的風氣，聲勢浩大如元、白「新樂府詩」的理論及寫作，或如韓孟諸人以試驗的方式寫出的奇險怪異的詩作，二者詩歌不僅迥異於大曆詩風，也為唐代詩史首見。但也有像姚合這樣的詩人，不另闢蹊徑，而是將大曆詩人寄情山水的主觀情趣予以發展，進一步集中偏狹於自身生活意趣。姚合、賈島等人雖然不如韓孟元白等詩人那麼引人注目，他們上承大曆詩風，致力於五言律詩，寫出許多清新僻苦的詩歌，在當時詩壇也是小有影響的。不過，姚合詩的走向更加偏狹、近於幽僻（賈島則更勝姚合），和他所選錄的那些大曆詩歌也有一段距離（主要為清新閑雅），我們不得不說，這是因為時代不斷的推進，經過貞元、元和文學環境的變遷及個人喜好的滲透下所出現的落差。

差異〉，《西南民族學院學報》（哲學社會科學版），1992 第 4 期，頁 76～77。

第五章　姚合、賈島對晚唐五代詩人的影響

　　筆者在第二章曾經提及，姚合、賈島等詩人在長慶至大和年間形成一個詩人群體；這一群人包括姚合、賈島、無可、馬戴、顧非熊等人。他們以集會酬唱的方式進行詩歌的交流，雖不構成一個我們可稱之為「詩派」的團體，其詩歌風格相近是顯而可見的。姚合、賈島兩人詩歌相互影響，因此，若要談論姚合對晚唐詩人的影響，是不能略過賈島的。事先說明，本章所謂的晚唐指由文宗大和元年（827）起至唐亡（907）為止。另外，由於受姚、賈影響的詩人有很多橫跨到五代時期，因此在討論時一併將五代（907～960）列入。在討論時則分為兩個階段陳述，第一是直接受姚合、賈島影響的晚唐詩人，此以方干、李頻二人為代表，他們延續了姚、賈所開始的詩歌路線，是姚賈詩風能持續盛行至唐末五代的重要因素之一。第二個階段是唐末五代（860～960），這個時期的詩壇有一個前所未有的特殊現象：出現大批強調「苦吟」的詩人。他們受姚合、賈島的影響方式有異於方、李諸人，其詩作也恰可反映他們是如何接受姚、賈一派的詩歌。

第一節　受姚合、賈島直接影響的晚唐詩人

　　大和後期，姚合的政治地位逐漸上升，雖不屬於權力核心，其官位及聲望已足夠吸引後輩詩人前來干謁；姚合本身也樂於鑑賞新進詩人的作品，遇到佳作即不忘加以揄揚。從某些史料的記載，可以看到晚唐有些著名詩人曾受其賞識，獲其提攜者亦有之。例如，李商隱就曾經因姚合的賞愛，而免於一場災禍。〔註1〕在另一方面，賈島雖然未能仕途上有所斬獲，他的詩名依舊廣爲人知，也成爲眾多詩人仰慕的對象。不過，眞正在詩歌創作上受到姚合、賈島影響的，是一群在唐代以後並不太受注目的詩人。這些人詩歌成就明顯不如晚唐溫庭筠、杜牧、李商隱等大家，有的甚至逝世之後詩名不顯。但我們仍不應忽視他們的存在，因爲這一群詩人承繼姚合、賈島一派的詩歌，影響直達整個晚唐五代。其中較爲知名的有方干、李頻、周賀、鄭巢、劉得仁等人，而以方干、李頻爲代表。他們不但詩路和姚、賈相近，兩人的交往模式也和他們差不多，方、李二人也在大中咸通年間成爲一個詩人群體的中心。

　　方干（？～886），字雄飛，睦州桐廬（在今浙江）人，曾應舉多次，後來終究沒有入仕而歸隱鏡湖（今江蘇杭州），以「處士」終老。但這顯然並非他的初衷。方干曾謁姚合，孫郃的〈方玄英先生傳〉說：「始謁錢塘守姚公合，公視其貌陋，初甚侮之。坐定覽卷，駭目變容而嘆之。」〔註2〕傳中所記初見姚合的地點可能有誤，但姚合對方干詩之賞識由此可見。〔註3〕方干曾寫給姚合兩首詩：〈送姚合員外赴金州〉、〈上杭州姚郎中〉，姚合死後則有〈哭秘書姚少監〉、〈過姚監故

〔註1〕《新唐書‧文藝下》203／5792：「開成二年……擢進士第。調弘農尉，以活獄忤觀察使孫簡，將罷去，會姚合代簡，諭使還官。」另李商隱〈與陶進士書〉（《全唐文》776／3632）說：「始至官，以活獄不合人意，輒退去，將遂脫衣置笏，永夷農牧。會今太守憐之，催去赴任。」

〔註2〕《全唐文》820／3876。

〔註3〕方干有〈送姚合員外赴金州一詩〉，而姚合任金州刺史在杭州之前。顯然方干初謁姚合地點不在杭州。

居〉。〔註4〕

　　因爲一生有求仕與隱居兩個階段，他的詩歌記錄著早年求名的心思及中年以後歸隱山林的生活。方干的詩曾寫出求仕經歷所遭遇的困頓挫折。他決意求舉，在〈貽錢塘縣路明府〉中可見：

　　　　志業不得力，到今猶苦吟。唫成五字句，用破一生心。世
　　　　路屈聲遠，寒溪怨氣深。前賢多晚達，莫怕鬢霜侵。〔註5〕

這首詩一名〈感懷〉，充分地表達了方干的志向與苦心。第二聯的「唫成五字句，用破一生心」的「唫」同「吟」。方干這種作詩「用破一生心」的情狀每被視爲「晚唐」苦吟詩人的寫照之一。詩中的「苦吟」，明顯包含詩人參加科舉的努力與決心，尤其詩的後半段可見其志氣。由此可見方干雖歸隱而終，早年爲官志業並不下於一般士子。應舉不遂使得方干終隱山林，所以，他的詩寫隱逸山林的情趣，並且在一些詩中表現出閒逸中略爲失志的情緒，而這一類的詩和姚合、賈島寫閒居生活中的悵然失志頗爲相似。以下舉幾首方干的詩來看，如〈山中即事〉：

　　　　趨世非身事，山中適性情。野花多異色，幽鳥少凡聲。樹
　　　　影搜涼臥，苔光破碧行。閒尋採藥處，仙路漸分明。〔註6〕

「山中適性情」一句是全詩之旨，從「野花」到「苔光」四句，即興地寫出山間情景。最後以「仙路漸分明」表示自己又更趨近脫離人世的那一面。再看〈鏡中別業〉其二及〈山中〉：

　　　　世人如不容，吾自縱天慵。落葉憑風掃，香秔倩水舂。花
　　　　朝連郭霧，雪夜隔湖鐘。身外無能事，頭宜白此峰。

　　　　散拙亦自遂，粗將猿鳥同。飛泉高瀉月，獨樹迴含風。果

〔註4〕分見《全唐詩》649／7460，650／7465，7467，650／7485。其中〈過
　　　　姚監故居〉一作〈經陸補闕故居〉，察此詩末有「學書弟子何人在，
　　　　檢點猶逢諫草無。」二句，和〈哭祕書姚少監〉一詩的「入世幾人
　　　　成弟子，……家無諫草逢明代」的意思差不多，應都是寫姚合，故
　　　　將之列入弔姚合詩之中。

〔註5〕一作〈感懷〉，《全唐詩》648／7444。

〔註6〕《全唐詩》649／7460。

落盤盂上，雲生篚笥中。未甘明聖日，終作釣魚翁。〔註7〕

這兩首詩對於隱居生活的描寫並無特出之處，但是它們的首聯和末聯則有助於我們理解詩人的心態：第一首詩中，詩人自覺和世間格格不入，願終老山林，除卻身外事。第二首可以更明顯地看到他的迷惘，雖然說自己為人「散拙」，但在詩末還是透露了不甘於終老江湖的意向。瀏覽方干的詩，可以看到他著重於個人的心情起伏與生活點滴，和姚、賈的詩歌路線是相近的。方干詩的用字與語句的經營，也兼有姚、賈的特色。

方干標榜「苦吟」，除了前面所提到的〈貽錢塘縣路明府〉強調自己苦心作詩，希望獲得賞識之外，還將苦吟作詩視為人生寄託之一。比如〈贈喻鳧〉說：

所得非眾語，眾人那得知。纔吟五字句，又白幾莖髭。月閣敧眠夜，霜軒正坐時。沈思心更苦，恐作滿頭絲。〔註8〕

這首詩的前半段和〈貽錢塘縣路明府〉的意思差不多，不過在這裡方干更加強調了「非眾語」，亦即其所作的詩和大部分的詩人格格不入，換句話說，是強調其詩作的獨特性。然而這種獨特卻是煞費苦心，所以，「沈思心更苦」，頭髮也終將轉為花白。方干在好幾首詩中說「苦吟」，同時也說、「靜吟」、「寒吟」，如「靜吟因得句，獨夜不妨禪」、「防寐夜吟苦，愛閒身達遲」、「坐久吟移調，更長硯結澌」、「思苦文星動，鄉遙釣渚閒」、「湖邊倚仗寒吟苦」等，和姚合、賈島的「苦吟」情況相似。〔註9〕可見「苦吟」在當時已成為許多詩人的標誌，關於這一點，我們在下節會有進一步說明。

李頻則是這幾個詩人之中和姚合的關係最為密切的。李頻（？～876），睦州壽昌（今浙江建德）人。早年行蹤不詳，但我們知道他曾

〔註7〕《全唐詩》648／7443，649／7456。

〔註8〕《全唐詩》648／7444。

〔註9〕見《全唐詩》，〈寄石潨清越上人〉649／7452，〈途中逢進士許巢〉649／7453，〈酬故人陳義都〉649／7453，〈寄李頻〉648／7439，〈題桐廬謝逸人江居〉650／7467。

與方干相善，結爲詩友。〔註10〕李頻首謁姚合應在開成四年（839）。
〔註11〕《新唐書·李頻傳》說：「給事中姚合名爲詩，士多歸重。頻
走千里丐其品，合大加獎挹，以女妻之。」從李頻與姚合間的交往詩，
我們可知他的確曾在杭州拜會過姚合，而後姚合任陝虢觀察史時，李
頻也曾去拜訪他。李頻的〈陝下投姚諫議〉說：

> 舊業在東鄙，西遊從楚荊。風雷幾夜坐，山水半年行。夢
> 永秋燈滅，吟孤曉露明。前心若不遂，有恥卻歸耕。〔註12〕

詩中寫自己前半生的遊歷，第三聯「夢永秋燈滅，吟孤曉露明」試圖
以自己吟詩的艱苦情形去打動姚合〔註13〕，李頻其他上姚合詩則有關
於姚合苦吟作詩的描寫，如〈陝府上姚中丞〉：「關東領藩鎮，闕下授
旌旄。覓句秋吟苦，酬恩夜坐勞」，寫姚合在官務繁重之餘不忘覓句
苦吟；〔註14〕而李頻寫自己吟詩的情形則是：「苦吟身得雪，甘意鬢
成霜」，〔註15〕辛苦作詩雖然是爲了通過科舉考試，但詩歌的吟作對
李頻也有一定的重要性。所以，他才要經常在詩中寫其苦心吟作詩歌
的情況，並以之獲得姚合的認同。李頻還有〈哭賈島〉詩說：「秦樓

〔註10〕《新唐書·李頻傳》203／5794：「李頻……其屬辭，於詩尤長，與
　　　　里人方干善。」〈方玄英先生傳〉：「……與鄭仁規、李頻、陶詳爲三
　　　　益友。」

〔註11〕《全唐詩》中李頻寄姚合詩有〈陝下投姚諫議〉588／6828，〈陝府
　　　　上姚中丞〉589／6838，〈夏日宿祕書姚監宅〉587／6813，可見李頻
　　　　首次謁姚合應在開成四年，姚合任陝虢觀察史時。李頻另有〈夏日
　　　　盩厔郊居寄姚少府〉588／6829一詩，楊秋瑾〈李頻交遊小考〉（《四
　　　　川大學學報》，1996，1）認爲是兩人相交最早的投贈之作，按姚合
　　　　爲縣尉（少府）時在長慶三年至寶曆元年（823～825）之間，以李
　　　　頻卒於乾符三年（876），似嫌太早，況此詩有「甚思中夜話，何路
　　　　許相尋」句，顯示李頻和此人之前應相熟，不至於十多年後又要在
　　　　陝府寫「上姚中丞」和「投姚諫議」這一類的詩。

〔註12〕《全唐詩》588／6828。

〔註13〕李頻在〈長安夜懷〉（《全唐詩》588／6826）詩中也有「夢永秋燈滅，
　　　　吟餘曉露明」的句子（李頻在這首詩中將「孤」寫作「餘」），可能
　　　　他自覺這兩句詩頗能表達自己吟詩的情況，因此不論是「夜懷」或
　　　　「上姚合」詩都用了這兩句。

〔註14〕《全唐詩》589／6838。

〔註15〕〈及第後歸〉，《全唐詩》587／6819。

吟苦夜，南望只悲君。一宦終遐徼，千山隔旅墳。恨聲流蜀魄，冤氣入湘雲。無限風騷句，時來夜相聞。」〔註16〕賈島會昌三年（843）卒於普州，李頻聞之頗有感慨，而寫下這首情意深切的詩。詩的開頭說身在「秦樓」，指自己處於北方，所以會「南望」悲賈島。〔註17〕李頻說這是個「吟苦夜」，有追崇賈島苦吟精神之意，亦指自身同處「吟苦」的狀態。李頻另有「只將五字句，用破一生心」，亦是「苦吟」作詩的寫照。

　　李頻在詩歌創作上秉持苦吟的精神，而其詩歌的內容及風貌也比方干貼近姚合。除了早年曾和同類型詩人方干往來，及師從姚合，奠定其基本詩歌走向之外，李頻和姚合的經歷也有相似之處。他們都在經過幾次科舉考試後，獲派爲地方小官，李頻甚至還在在姚合曾任主簿的武功縣擔任縣尉一職。〔註18〕這個經歷使得李頻詩在題材選擇上更近於姚合。他在未及第之前，寫了很多感懷的詩，其中也不乏長詩，如〈長安書懷投知己〉、〈長安書情投知己〉等，但以〈長安感懷〉這首短詩最能表達他的處境：

　　　　一第知何日，全家待此身。空將灞陵酒，酌送向東人。〔註19〕

可見李頻對科舉及第的期望及離鄉背井的悵然。李頻在大中八年（854）登進士第後，先後任祕書郎、南陵主簿及武功令等，有詩寫僻縣卑官閒野苦悶的情緒。以下面這首〈贈同官蘇明府〉爲例：

　　　　山中畿內邑，別覺大夫清。簿領分王事，官資寄野情。閒
　　　　齋無獄訟，隱几向泉聲。從此朝天路，門前是去程。〔註20〕

此詩以閒淡的語氣陳述自己的官宦生活，在平淡中可窺見一點苦悶、

〔註16〕《全唐詩》589／6836。

〔註17〕按李頻本年可能在長安，所以說「秦樓」。

〔註18〕見《新唐書・李頻傳》。

〔註19〕三首詩分見《全唐詩》589／6840，589／6841，589／6843。

〔註20〕《全唐詩》588／6831。「天路」一詞可解爲天上的路，也可解釋爲出仕，見《漢語大詞典》冊二，頁1441。但若爲後者，則意思不免和前面所說的「隱几向泉聲」相背，因此我認爲解釋爲「天上的路」較符合詩意。

一點不滿，不論在用字、語氣及詩意上，都簡直和姚合卑官時期的詩作如出一轍。李頻另有一些詩句如「架書抽讀亂，庭果摘嘗新」，「捲書唯對鶴，開畫獨留僧。落葉和雲掃，秋山共月登」，「野人思酒去還來，自拋官與青山近」等，和姚合寫〈武功縣中作〉三十首的詩句構思也很接近。〔註21〕除了寫小官吏的閒野愁苦之外，李頻詩以送別寄贈、題覽旅次為大宗，這些詩多為五律，並以寫景的句子為主，以下舉幾個詩中的對句來看：

> 已與山水別，難為花木留。孤懷歸靜夜，遠會隔高秋。
> （〈留別山家〉）
> 積水浮春氣，深山滯雨寒。毗陵孤月出，建業一鐘殘。
> （〈送人遊吳〉）
> 年光逐渭水，春色上秦臺。燕掠平蕪去，人衝細雨來。
> （〈秦原早望〉）
> 半年方中路，窮節到孤舟。夕靄垂陰野，晨光動積流。
> （〈自黔中東歸旅次淮上〉）
> 澤國雪霜少，沙汀花木繁。暖魚依水淺，晴雁入空翻。
> （〈江下春感舊〉）〔註22〕

李頻用字清淺，前人評李頻詩「間有似劉隨州處」或「可與『十才子』並驅」〔註23〕，說他和劉長卿、大曆十才子等相類，便是從這些寫景的句子下斷語。但是，上面所列的詩句畢竟還是李頻寫得比較好的。整體來說，李頻的構句及用字無特出之處，整首詩的格局偏弱，和大曆詩人已有一段距離，不如說是具有姚合的影子。以李頻和姚合的關係而言，熟悉姚合的詩作並受其影響並不令人意外。

　　除方、李之外，周賀、鄭巢均曾獻詩姚合，劉得仁則對賈島甚為

〔註21〕《全唐詩》，〈過嶲陰隱者〉587／6813，〈山居〉588／6823，〈題張司馬別墅〉587／6808。
〔註22〕見《全唐詩》587／6814，588／6825，588／6821。
〔註23〕二句評語見《滄浪詩話》（《歷代詩話》本），頁697及（宋）范晞文《對床夜語》，《歷代詩話續編》本（丁福保輯；北京：中華書局，1983），上冊，卷5，頁444。

傾慕，這幾人的詩歌創作同樣傾向姚、賈一路。

　　周賀，生卒年不詳。早年曾爲僧，法名清塞。大和末年，周賀曾在杭州拜謁姚合，姚合很喜歡他的詩，據說還叫他還俗。〔註24〕周賀致姚合詩多達五首，詩中可見姚合和他及一些後輩詩人集會的情形，如〈留辭杭州姚合郎中〉：「會宿逢高士，辭歸值積霖；〈贈姚合郎中〉：「兩衙向後長無事，門館多逢請益人」，並說「望重來爲守土臣，清高還似武功貧。道從會解唯求靜，詩造玄微不趁新」；〈上陝府姚中丞〉則說：「領郡只嫌生藥少，在官長恨與山疏。成家盡是經綸後，得句應多諫諍餘」，和姚合自己詩中所寫的生活型態差不多，周賀對姚合詩的熟悉程度由此可見。〔註25〕周賀也有〈出關寄賈島〉詩，然他與賈島交誼似不如與姚合深。〔註26〕

　　周賀作詩，多寫寂寞冷瑟之景，蘊含個人的景況，表達孤獨淒涼的情思。如〈山居秋思〉：

　　　　一從雲水住，從不下西岑。落木孤猿在，秋庭積霧深。泉流
　　　　通井脈，蟲響出牆陰。夜靜溪聲澈，寒燈尚獨吟。〔註27〕

詩的開始以雲、水等景象點出作者的「山中」生活。「落木」二句寫秋景，而「孤猿」、「積霧」則加深了寂寥濃重的氣氛。在靜夜中，細微的泉聲、蟲響均觸動他敏銳的聽覺，溪水徹夜流響，詩人則在燈火下獨自吟哦。題爲「秋思」，周賀在詩中其實是嘗試著勾畫一個情境：山中居所的寂寥秋意，映對著詩人的獨坐沈吟。周賀書寫山居、旅次、寄送等題材，特別花工夫在景物的細部描寫，如〈秋思〉：「細雨城蟬噪，殘陽嶠客過。」〈旅情〉：「殘秋螢出盡，獨夜雁來新」，〈春日重到王依村居〉：「夜蟲鳴井浪，春鳥宿庭柯」，〈春喜友人至山舍〉：「折花林影斷，移石洞陰迴」皆用字清刻。〔註28〕偶爾也有一些比較奇特

〔註24〕見《唐摭言》10／111，〈海敘不遇〉條。
〔註25〕《全唐詩》503／5716，5731，5730。
〔註26〕《全唐詩》503／5724～25。
〔註27〕《全唐詩》505／5722。
〔註28〕見《全唐詩》503／5721，5723，5726。

的寫法，如〈題何氏池亭〉：「果落纖萍散，龜行細草開」〈送僧歸江南〉：「飢鼠緣危壁，寒狸出壞墳」，跟賈島寫寒僻景色相近。〔註29〕周賀和賈島一樣原為僧人，經常出入僧院，也寫了很多有佛禪意味的詩，其〈入靜隱寺途中作〉說：

　　亂雲迷遠寺，入路認青松。鳥道緣巢影，僧鞋印雪踪。草煙連野燒，溪霧隔霜鐘。更遇樵人問，猶言過數峰。〔註30〕

這首詩寫尋找靜隱寺的過程，由「亂雲迷遠寺」開始，就暗示著詩人要去的寺廟難尋，路況不明，只能憑著沿路隱約的鳥巢影子和積雪上僧人的腳印來辨認方向。詩人經過水氣瀰漫的溪邊，似乎看到遠處有野草漫燒，一片迷濛中傳來寺廟的鐘聲，問起路上遇到的樵夫，才知還須走過幾座山峰。寺廟在一片迷茫中，讀者也隱隱地體會詩人尋「道」的過程。周賀還有〈哭閑霄上人〉說：

　　林逕西風急，松枝講鈔餘。凍髭亡夜剃，遺偈病時書。地燥煩身後，堂空著影初。弔來頻落淚，曾憶到吾廬。〔註31〕

這首詩的五、六句和賈島〈哭柏岩禪師〉的「寫留行道影，焚卻坐禪身」用意頗像，二詩曾被拿來比較。〔註32〕不過，周賀多數僧寺之作只用一些「禪」、「燈」、「香」、「鐘」等字眼，並沒有特別的地方。周賀詩有模仿賈島的痕跡，又以姚合為學習對象，其詩可說是姚、賈詩風的折衷。

　　鄭巢，生卒年不詳。大和年間，曾在杭州向姚合獻詩，並陪其遊覽山色，傳說姚合對其詩甚為看重。〔註33〕《全唐詩》錄鄭巢詩一卷，僅三十首，卻足可看出其愛好題詠園林，表現幽隱之思的特色。以〈題崔行先石室別墅〉為例：

〔註29〕《全唐詩》503／5717，5722。
〔註30〕《全唐詩》503／5722。
〔註31〕《全唐詩》503／5724。
〔註32〕賈島詩見《長江集》。《唐摭言》10／111 認為賈與周此二哭僧詩不相上下。
〔註33〕鄭詩有〈送姚郎中罷郡遊越〉、〈和姚郎中題凝公院〉、〈秋日陪姚郎中登南亭〉，《全唐詩》504／5735，504／5737，504／5738。

山空水繞籬，幾日此棲遲。採菊頻秋醉，留僧擬夜棋。桂
陰生野菌，石縫結寒漸。更喜連幽洞，唯君與我知。〔註34〕

除了採菊、飲醉、下棋之外，第五、六句描述兩個很細微的景象：
桂樹的底下叢生野菌，寒霜在石縫中凝結。寫到如此微小之處，可
見他是藉以顯示一種隱微的情調，詩人作結說這是「幽洞」，並且只
有你我知道，得見其自以爲探索到某種情趣的語意。這種寫法和姚
合的〈杏溪〉組詩的方式是很類似的，而鄭巢在幾首詩中都作如此
鋪排。〔註35〕鄭巢與僧人的交往頻繁，詩中不乏僧、佛題材，如〈送
琇上人〉便營造出清寒的僧家氣息：

古殿焚香外，清羸坐石稜。茶煙開瓦雪，鶴跡上潭冰。孤
磬侵雲動，靈山隔水登。白雲歸意遠，舊寺在廬陵。〔註36〕

詩的前半挑選了幾個點，勾勒出「上人」清刻修持的形象，最後以「歸
意遠」和「舊寺」將「送別」的主題帶出，如此一來，之前的描寫既
可視爲詩人預想琇上人到寺後的情景，也可說是先刻劃上人的行止，
再引出送別的之語，可見詩人經過一番設想而有此安排。

鄭巢詩中「僧」、「泉」、「鶴」、「茶」、「竹」、「萍」等字眼不斷出
現，再加上偏向冷色調如「孤」、「靜」、「寒」、「荒」等形容詞，清新
之中，略帶冷瑟，偶有細瑣的描寫，大抵可見其字句挑選之用心。其
三十首詩全爲五律，宛如姚合詩的局部縮影，有些詩句甚至令人有似
曾相似之感。〔註37〕

〔註34〕《全唐詩》504／5739。
〔註35〕例如〈題陳氏園林〉、〈題崔中丞北齋〉，《全唐詩》504／5739，504
／5739。
〔註36〕《全唐詩》504／5739。
〔註37〕譬如說，鄭巢有〈陳氏園林〉（《全唐詩》504／5739；以下僅注卷頁）：
「留僧古木中」、〈題崔行先石室別墅〉（504／5739）：「採菊頻秋醉，
留僧擬夜棋」和姚合〈閒居遣懷〉其三的「賒酒風前酌，留僧竹裏
棋」（《姚集》5／29），還有〈秋思〉：「病身多在遠，生計少於愁」（504
／5338）和〈武功〉第二十五：「愁臥疑冬病，貧居覺道寬」（《姚集》
5／32）。另外，〈瀑布寺貞上人院〉（504／5734）：「竹間窺遠鶴」則
濃縮姚詩〈送狄兼謩下第歸故山〉（《姚集》2／14）：「映竹窺猿劇，

　　這群人和姚、賈有交往關係，其詩作也受到姚、賈的影響。值得注意的是，方干和李頻二人的交遊情形和姚、賈也很類似。按，李頻雖無詩寄贈方干，方干則有〈寄李頻〉、〈途中逢孫輅因得李頻消息〉等詩，詩中情意眞摯，而兩人年少時相識結爲詩友也確爲事實。〔註38〕李頻通過科舉考試謀得官職，方干則應舉不遂而隱居鏡湖。兩人以詩名世，自大中到咸通年間，陸續有一些詩人和他們往來，並且又有一批詩人受方干或李頻的影響，與他們唱和酬寄，寫了許多和姚、賈、方、李一派風格近似的詩。姚合、賈島一派的詩風，可以說透過了方、李等人，繼續在唐末五代流行。

第二節　姚合、賈島對唐末五代（860〜960）的影響（一）：賈島與「苦吟」風潮

　　從孟郊、賈島、姚合開始，到上節所提的的方干、李頻、周賀等人，莫不強調「苦吟」。隨著時間往唐末五代推進，苦吟風潮席捲而起，未見稍歇，許多詩人都曾在詩中提及自己的苦吟。在此，我們來看看唐末五代「苦吟」是如何地風行。以下舉一些詩人談述苦吟的例子：

> 又看重試榜，還見苦吟人。（裴說〈見王貞白〉）
> 朝吟復暮吟，只此望知音。舉世輕孤立，何人念苦心。（崔塗〈苦吟〉）
> 忍苦待知音，無時省廢吟。（曹松〈金陵道中寄〉）
> 萬事不關心，終朝但苦吟。（許棠〈言懷〉）
> 如今已無計，秖得苦吟詩。（杜荀鶴〈自述〉）
> 牽動詩魔處，涼風村落砧。（李中〈江南重會友人感舊二首〉之一）
> 詩魔苦不利，禪寂頗相應。（齊己〈靜坐〉）

尋雲探鶴情」的語意。
〔註38〕見《全唐詩》648／7439，648／7443。方干與李頻爲詩友事見〈方玄英先生傳〉。

平生五字句，一夕滿頭絲。(曹松〈崇義里言懷〉)

還憐我有冥搜僻，時把新詩過竹尋。(齊己〈酬尚顏上人〉)

莫怪苦吟遲，詩成鬢亦絲。鬢絲猶可染，詩病卻難醫。山瞑雲橫處，星沈月側時。冥搜不可得，一句至公知。(裴說〈寄曹松〉) 〔註39〕

有關苦吟的詩句極多，沒有一一列舉的必要，這裡只舉一些作為代表。在第一到第三個例子裡，苦吟和科名求取不易有關，詩人往往強調苦吟藉以形容準備科考而奮力磨練詩技的精神。由於未得功名，多少也有敘述自身之苦的意思。所以，他們也要「待知音」，期待詩歌能受到賞識，獲得拔擢，才幹也得以發揮。在這裡苦吟指的是生活與精神上的苦。在第四、五兩個例子中，苦吟成為超越現實困境的一帖良方，苦吟詩歌是人生唯一的寄託。最後的幾個例子，不論是自稱「詩魔」或者「冥搜」字句，則著重在鑽研詩歌及詩藝的琢磨之上。所以，大致來說，這些詩人講苦吟還是不脫離第四章曾提過的兩個意義：一、詩中寫自身艱苦窮愁。二、以詩歌創作為人生依託，在創作過程中，詩人全力鑽研精思、琢磨詩藝的精神。在此同時，他們以賈島為「苦吟」的標竿，甚至產生「獨學賈島」的情形，整個晚唐五代，以「弔賈島」或「題長江墓」等為題的詩，達三十多首，和早已在唐代詩壇上極受推崇的李白、杜甫等成就極高的詩人相比，亦不算少。今日看來，賈島詩雖獨樹一格，成就顯然不如李、杜，能受到晚唐詩人如此的重視，原因有二：一、他一生不如意，其悲慘遭遇引起晚唐詩人的同情與共鳴。二、賈島詩清苦冷僻，部份詩人起而仿效，以之為「苦吟」的具體結果。相較之下，姚合雖然也講「苦吟」，但他的際遇顯然較賈島順遂得多；其詩歌風格也較賈島平淡許多，卻沒有構成一個形象鮮明的「苦吟典型」。因此，晚唐詩人以之為議論或仿效對象之情形顯然不如對賈島那麼熱絡。賈島可說是一個形象鮮明的苦吟

〔註39〕《全唐詩》720／8268，679／7771，716／8230，604／6990，691／7930，748／8524，840／9484，716／8222，844／9551，720／8261。

「典型」—不論在生活、詩歌內容、創作精神上，都呈現了「苦」字。
以下詳述之。

　　在本論文的第二章裡，筆者曾概略敘述賈島元和年間在長安的活
動與交遊情形。賈島雖然得到韓愈、孟郊、張籍等名詩人的注意和賞
識，名噪一時，這對他的求舉之路卻沒有任何幫助。從元和五年（810）
賈島三十二歲在長安開始活動，到開成二年（837）五十九歲止，有
二十七年的時間，賈島始終未謀得一官半職。蘇絳〈賈司倉墓誌銘〉
說：

> 公諱島，字浪先……屬思五言，孤絕之句，記在人口。穿
> 楊未中，遽罹誹謗。解褐受遂州長江主簿。三年在任，卷
> 不釋手。秩滿，遷普州司倉參軍。〔註40〕

引文先指出，賈島詩名於世，然而科考落第（「穿楊未中」），並且遭
到他人誹謗。賈島落第多少次無從得知，姚合有詩〈送賈島及鍾渾〉
說：「日日供詩亦自彊，年年供應在名場。」可見落第應不只一次。
從賈島詩或其友人的敘述未能看到他有及第的記錄，〔註41〕然而他卻
在開成二年（837）解褐任遂州長江（今四川蓬溪縣西）主簿，三年
後遷普州（今四川安岳）司倉參軍。〔註42〕會昌三年（843），卒於普
州，年六十五。蘇〈誌〉並未明言賈島授為主簿是其生涯的一大挫折，
但從蘇〈誌〉的「遽罹誹謗」可看出賈島可能得罪了什麼人而遭謠言
誹謗。賈島自己曾在〈早蟬〉詩說：「得非下第無高韻」，姚合〈寄賈
島時任普州司倉〉說：「長沙事可悲，普掾罪誰知」，似乎賈島到長江
縣去任官是個很悲慘的遭遇。〔註43〕而賈島死時，無可有〈弔從兄島〉
說：「詩名從蓋代，謫宦竟終身」，李頻的〈哭賈島〉說：「恨聲流蜀
魄，冤氣入湘雲」，〈過長江傷賈島〉說：「忽從一宦遠流離，無罪無

〔註40〕《全唐文》763／3562、3563。
〔註41〕方干有〈寄普州賈司倉島〉說：「豈料才多者，空垂下第名」。見《全
　　　　唐詩》649／7458。
〔註42〕關於賈島任長江主簿時間見李嘉言《賈島年譜》，頁168～169。
〔註43〕《長江集》9／36，《姚集》3／21。

人子細知」，李郢〈傷賈島無可〉說賈島：「一命未霑爲逐客，萬緣初
盡別空王」。﹝註44﹞姚合、無可和賈島熟識，李頻較賈島年少，然時
代相差不遠，又與姚合熟識，對賈島的事蹟應該比較清楚，李郢和賈
島同時，對賈島事可能有所聽聞。﹝註45﹞賈島到長江縣去擔任主簿一
職，本就不是一個好的派遣，賈島自己說曾得罪人，這幾人的詩中也
都提到賈島的「謫宦」或「流離」，不禁不令人作此推測：賈島應該
得罪了頗有權勢的人，而遭誹謗，導致於先被謫往長江，再遷普州。

　　賈島究竟得罪了什麼人，這裡不多做揣測。不管怎樣，晚唐詩人
咸認爲賈島滿懷詩才，遭致猜忌，而落此下場。從賈島死後一直到五
代期間，有關賈島遭受冤屈或苦吟作詩的筆記軼事不斷流傳，甚至還
形成各種相異版本。以下列舉幾個較爲著名的故事：

一、苦吟作詩，衝撞令尹。

　　賈島……嘗跨驢張蓋，橫截天衢，時秋風正厲，黃葉可掃，
　　島忽吟曰：「落葉滿長安」志重其沖口直致，求之一聯，杳
　　不可得，不知身之所處也。因之唐突大京兆劉栖楚，被系
　　一夕而釋之。﹝註46﹞

二、與平曾同被列爲「舉場十惡」

　　島初赴名場日，常輕於先輩，以八百舉子所業，悉不如
　　己。……又吟〈病蟬〉之句以刺公卿，公卿惡之，與禮闈
　　議之，奏島與平曾風狂，撓擾貢院，是時逐出關外，號爲
　　舉場十惡。﹝註47﹞

﹝註44﹞《全唐詩》814／9164，589／6837，587／6812，590／6853。
﹝註45﹞李郢爲長安人，大中十年進士。有詩〈奉陪裴相公重陽日由安樂池
　　　　亭〉、〈上裴晉公〉。裴相公、裴晉公均指裴度，裴度元和十年拜相，
　　　　十二年封晉國公（見《舊唐書·裴度傳》170／4413～4435），可見
　　　　李郢元和年間已在長安活動，時代雖較賈島稍晚，然多有重疊。
﹝註46﹞《唐摭言》11／121，〈無官受黜〉條。
﹝註47﹞（五代）何光遠《鑑誡錄》（百部叢書集成：台北：藝文印書館，1966）
　　　　8／5b。

三、奪卷忤宣宗

> 及宣宗微行，值元不在，上聆鐘樓上有秀才吟詠之聲，遂
> 登樓，于島案上取吟次詩欲看，島不識帝，攘臂睨帝，遽
> 于帝手奪之曰：「郎君何會耶？」帝慚赧下樓，元公尋亦歸。
> 島撫膺追悔，欲投鐘樓。帝惜其才，急詔釋罪，謂島曰：「方
> 知卿薄命矣。」遂御札墨制，除島為遂州長江主簿。〔註48〕

第一個故事明顯地塑造了賈島的苦吟形象，寫他專力吟詩而不覺衝撞
令尹，極其傳神。關於此事還有另一個版本，對象改成韓愈，說賈島
作「鳥宿池邊樹，僧敲月下門」一聯，苦思是否該改「敲」為「推」，
不覺衝撞令尹韓愈，韓乃教其改「敲」為「推」，此即賈島「推敲字
句」的故事由來。〔註49〕這個故事本屬傳說，不過賈島苦吟作詩的情
形卻因此更深入人心。第二個故事也並無明確證據可支持。按，賈島
〈病蟬〉：「病蟬飛不得，向我掌中行。折翼猶能薄，酸吟尚極清。露
華凝在腹，塵點誤侵睛。黃雀並鳶鳥，俱懷害爾情。」〔註50〕此詩寫
病蟬而有寓意，尤其最後一聯容易引起猜測，加上賈島在〈早蟬〉中
又有「得非下第無高韻」的說詞，或許即因此造出賈島以〈病蟬〉詩
得罪公卿而逐出舉場的故事，顯是因賈島遭誹謗而衍生的。由這個記
載，賈島予人科場不如意的印象也跟著加強。第三條記載也見於《唐
摭言》，只是宣宗記為武宗，並且不記賈島謝罪之事。〔註51〕賈島於
文宗開成二年（837）任長江主簿，到武宗會昌三年（843）去世期間，
並沒有回到長安，不會遇到微行的武宗，宣宗時賈島已逝，更不可能
發生此事，會有這樣的說法，多半是後人為了解釋賈島得罪「公卿」
受貶，而編造出來的。不管怎樣，由這些筆記的記述，可見晚唐時人
對賈島不順遂的一生抱持著高度的同情，進而不斷地演述這些故事。

　　雖然不盡可信，賈島眾多傳說事蹟令人同情，於是以「弔、傷賈

〔註48〕《鑑誡錄》8／6a。
〔註49〕《鑑誡錄》8／5a。
〔註50〕《長江集》6／27。
〔註51〕〈無官受黜〉條，11／121。

島」、「經賈島墓」、「題賈島吟詩臺」爲題的詩紛紛出現。其中同情賈島懷才不遇，憑弔其事蹟的就有很多，如杜荀鶴（846～904）〈經賈島墓〉：「謫宦自麻衣，銜冤至死時」，曹松（光化四年（901）進士）〈吊賈島〉其一：「先生不折桂，謫去抱何冤」，貫休（約832～912）〈讀劉得仁賈島集〉其二：「役思曾銜尹，多言阻國親」。〔註52〕安錡（唐末普州從事）的〈題賈島墓〉更全篇描述了賈島的事蹟與冤屈：

> 倚恃才難繼，昂藏貌不恭。騎驢衝大尹，奪卷忤宣宗。馳
> 譽超先輩，居官下我儂。司倉舊曹署，一見一心忡。〔註53〕

安錡的詩簡直是集賈島傳說之大成，可見賈島事蹟之膾炙人口。

在生活上，賈島的艱苦是眾所皆知的。賈島經濟情況本不佳，在長安數十年均無官職，更形拮据。姚合說賈島是「家貧唯我並」，「甕頭寒絕酒，竈額曉無煙」，而賈島的〈朝飢〉一詩說：「市中有樵山，此舍朝無煙。井底有甘泉，釜中乃空然。我要見白日，雪來塞青天。坐聞西床琴，凍折兩三弦。飢莫詣他門，古人有拙言。」〔註54〕敘述自己的窮愁慘狀，令人印象深刻。賈島以貶謫至偏遠之地作終，更使人有不勝唏噓之感。賈島的詩反映了他的愁苦生活，對自己的貧寒多所著墨，始終蘊含一股難忍之氣。相較之下，姚合雖以一介貧寒之士入長安，著實過了數十年的貧寒生活，忍受僻縣卑官之苦，但晚年的官位攀升，不論是社會地位或經濟情況都有所改善，其詩歌內容也隨著生活的好轉，漸露中層官吏精緻生活的幽絕情趣。在這樣的情況下，雖兩人同講苦吟，對晚唐詩人而言，仍不免以其實際生活與苦吟精神結合，如此一來，賈島的苦吟形象便能深刻地打動人心。此外，就創作上的苦吟而言，賈島搜求、推敲字句的的精神同樣地更受人矚目，下面舉一些懷賈島詩爲例：

> 碧雲迢遞長江遠，向夕苦吟思歸難。（劉滄〈經無可舊居兼傷
> 賈島〉）

〔註52〕《全唐詩》691／7934，716／8234，829／9340。
〔註53〕《全唐詩》768／8719。
〔註54〕見姚合二首〈寄賈島〉，《姚集》3／21，17及《長江集》1／7。

生爲明代苦吟身，死作長江一逐臣。（張蠙〈傷賈島〉）

塚欄寒月色，人哭苦吟魂。（可止〈哭賈島〉）

敲驢吟雪月，謫出國西門。（李洞〈賦得送賈島謫長江〉）〔註55〕

劉滄（大中八年（854）進士）和張蠙（乾寧二年（895）進士）的詩都寫到賈島的苦吟和貶謫長江的情景，可止（五代時人）直接以「苦吟魂」稱賈島，李洞（？～893？）則以「敲驢吟雪月」一句暗示賈島因苦吟衝撞令尹，乃遭貶謫，而由其詩題更可見「賈島謫長江」一事已成爲唐末詩人席間賦詩的主題。由此可以明顯看到他們將賈島的「苦吟」精神與其「逐臣」之身結合，是以賈島作爲苦吟的典型，再適合不過了。這裡可以再舉一例以爲佐證：賈島之後，還有一位詩人—方干，以同樣的理由成爲苦吟詩人的代表。上一節曾提到，方干和李頻均以苦吟知名，兩人的詩也不相上下，然而，唐人懷方干詩多稱許兼同情他隱居不仕的高潔形象，而方干的苦吟形象似乎也勝過李頻，究其原因，和方干以處士身分隱居鏡湖而終不無關係。〔註56〕晚唐詩人動輒標榜苦吟，而前文所提那些唐末五代關於賈島苦吟的記載及懷賈島詩一首一首的出現，使得賈島成爲中晚唐苦吟詩人的首要代表。

晚唐詩人崇拜賈島苦吟作詩、推敲字句的精神，許多詩人因此受到賈島清奇冷僻詩風的吸引，而以之爲模仿對象。賈島的詩的確較姚合更能吸引晚唐詩人的目光。下面我們即就此分析。

以二人的詩歌風格而論，的確頗爲相近，可劃歸爲同一流派。不過，賈島詩較姚合詩更具鮮明的寒僻特色，藝術水準也較高。首先，在詩歌題材及內容情意上，姚、賈二人雖然都以書寫自身的疏野性情與落寞生活爲開端，但是，隨著兩人生涯際遇的不同，後來便漸漸出現了差異。賈島一生不遇，詩作經常圍繞在自身的窮愁慘狀之上，多羈旅題詠，場景則爲蕭瑟寂涼的山寺行館，或荒僻孤絕的冷靜僧院。

〔註55〕《全唐詩》586／6798，702／8084，825／9292，721／8272。

〔註56〕如孟賓于在〈碧雲集序〉中說：「今之人祇傚方干處士、賈島長江。」（《全唐文》872／4097），顯然將賈島、方干並列，可說是此種心態的代表。

〔註57〕因此，賈島詩每每流露著一股清冷奇僻的氣息。姚合雖也時有這樣的詩作，尤其是在應舉與任縣吏時期；但是，他顯然還寫了很多流連於園林池臺，賞愛風間林下的作品，而在這些詩中，詩人沈浸在幽絕的情境中，形成與人世隔絕的效果，在此同時，姚合爲下層官吏發聲的成份便減弱了。〔註58〕這種情形，隨著姚合仕途漸佳而更爲明顯。劉寧在辨析賈、姚異同的文章中，指出兩人基本上是分別走向了「寒士精神與閒適趣味」的路徑，〔註59〕這是一個比較粗略的說法，不過大約可說明兩人詩歌旨趣的差別所在，尤其就姚合後期的詩歌而言。〔註60〕

在用字、語句及意象的營造上，兩人也存有差異。姚、賈兩人均苦吟作詩，姚合更自言在詩思的凝鍊及字句的選擇上花費工夫，〔註61〕但呈現出來的效果也不盡相同。一般來說，兩人都使用奇僻的字句，構出細狹的景象，但賈島詩更常出現荒僻的字句及孤罕的意象，相較之下，姚合詩通常表現爲清新疏淡。以下各舉一首主題相似的詩爲例：

閑居少鄰並，草徑入荒園。鳥宿池邊樹，僧敲月下門。過橋分野色，移石動雲根。暫去還來此，幽期不負言。(賈島〈題李凝幽居〉)

貧居求賤處，深僻任人嫌。蓋地花如繡，當門竹勝簾。勸僧嘗藥酒，教僕辨書籤。庭際山宜小，休令著石添。(姚合〈題李頻新居〉)〔註62〕

〔註57〕《長江集》中就有詩直接以〈荒齋〉、〈宿孤館〉爲題，見4／19、8／32。

〔註58〕受姚、賈詩歌吸引的多半是地位低下的官吏或不遇士人，詳下節。

〔註59〕見劉寧，〈求奇與求味——論姚賈五律的異同及其在唐末五代的流變〉，《文學評論》，1999，1，頁91～100。

〔註60〕劉寧認爲姚合詩走向「閒適趣味」，這點筆者並不完全同意。基本上姚合詩表現的並不完全是自適滿足的情感或閒適的心情。我認爲劉寧這個說法主要是在加深姚、賈的差異。

〔註61〕請參考第四章第一節「『苦吟』的創作態度」的部份。

〔註62〕《長江集》4／18，《姚集》7／43。

同樣寫幽居的詩，兩人的表現方式有顯著的差異。他們都藉由描寫整個居所的景色，以凸顯其幽靜，姚合的詩羅列呈現整個居處的面貌，以「如」、「勝」、「勸」、「教」等詩人主觀的判斷添入詩中，詩中人的動作、身影明顯而突出，好讓讀者藉此感受這個深僻所在的美好；賈島也在詩的開頭強調此處的幽靜，從「鳥宿」到「動雲根」四句，每一句都是一個完整的景象：夜間鳥睡在池邊的樹上，僧人在月色下敲門；過了橋，別有一番景色，庭中石山的擺置，雲氣由此而出。雖然我們不難看出其中有他精心的安排和構思，基本上，他是將自己的主觀意識很高明地隱藏其中的。「分」、「動」二字尤其能看出賈島鍊字而能融入句中的技巧。整體而言，賈島此詩的技巧和表現手法均較姚合深入而有特色。《唐才子傳》說：「島難吟，有清冽之風，合易作，皆平澹之氣」，大概即從這個角度來看。〔註63〕另外，賈島也比較注重完整的構思和精密的佈局，不像姚合詩有時會有結構不佳，流於鬆散的缺點。〔註64〕

　　賈島詩的藝術成就高於姚合是明顯可見的。姚合以〈武功縣中作〉三十首名世，但這組詩的意義主要在於開創了一個新的類型，寫出了小官吏疏散閒野的生活。姚合循著這條路線發展出〈遊春〉十二首或者後來的〈杏溪〉十首，大致維持著幽獨頹放的情調，因此得以引人注目。但持平而論，姚合少有單首值得傳誦的佳作，僅以部份作意精細的對句流傳。〔註65〕賈島雖然也有「有句無篇」的缺點，佳作畢竟還是比較多，如〈題李凝幽居〉、〈送無可上人〉、〈憶江上吳處士〉、〈寄韓潮州愈〉、〈尋隱者不遇〉等等，都是立意構句皆佳的詩作，成就較高。

　　綜合以上的討論，我們可以說，賈島的寒士身分與苦吟精神的結合是一個有利的因素。再以詩歌而論，賈島詩的成就較高，其詩歌清

〔註63〕《唐才子傳校箋》第四冊，頁124。
〔註64〕姚合詩構局鬆散的缺點，可參照第三章第四節。
〔註65〕同樣可參考第三章第四節。

僻奇絕的風格也更能吸引晚唐詩人的注意。所以，到了晚唐後期五代，賈島的知名度勝過姚合許多，成為姚、賈一派詩風的代表。唐末詩僧尚顏在〈言興〉曾說：「矻矻被吟牽，因師賈浪先」，這句話可說是苦吟詩人以賈島為師的代表。〔註66〕黃滔（約840～？）在〈答陳磻隱論詩書〉中說：「逮賈浪先之起，諸賢搜九仞之泉，唯掬片冰；傾五音之府，只求孤竹。」也指出這個現象。〔註67〕這個情形在唐末五代最為明顯，當時流傳下來的詩格著作如齊己《風騷旨格》、王玄《詩中旨格》、王夢簡《詩格要律》、景淳《詩評》等，均摘錄了許多賈島詩例，這些摘句，正好成為苦於字句琢磨的詩人們最佳的學習範式。賈島甚至還被高度神化，譬如唐末詩人李洞便為賈島塑銅像，事之如神，並著《賈島詩句圖》，而他的確有很多詩句酷似賈島詩。〔註68〕晚唐詩人將苦吟精神依歸於賈島身上，連帶地賈島詩也跟著水漲船高，而姚合則隱身於賈島之下，聞一多甚至稱晚唐五代是「賈島時代」。〔註69〕但是，有一個現象很值得注意：儘管賈島在唐末的詩名極高，遠遠蓋過姚合，從實際的詩歌創作情形來看，不管是崇敬賈島，甚至有意學習仿效，或是並沒有強調要以誰學習對象的晚唐詩人，他們的詩作反而都較接近姚合的清冷，而較少賈島常使用的奇僻孤罕的意象及刻苦的構思。關於這一點，筆者將在下節進一步討論。

第三節　姚合、賈島對唐末五代的影響（二）：姚合與「清冷」詩風的盛行

　　姚合、賈島在大和到大中年間引起一群詩人追隨，出現風格相似的詩作；之後，賈島進而成為苦吟詩人的典範。這些現象從表面上看，

〔註66〕《全唐詩》848／9598。

〔註67〕見《全唐文》823／3892。

〔註68〕李洞視賈島如神，見《唐摭言》10／109〈海敘不遇〉條的記載。

〔註69〕見其《唐詩雜論‧賈島》（上海：上海古籍出版社，1998），頁36。
　　　　聞一多以晚唐為賈島時代是言過其實，但他以為晚唐詩人多半尊崇賈島則符合當時情況。

似乎是姚合在死後即受到了忽視，而賈島則獨領晚唐風騷，引起詩人的仿效。但是，如果我們翻檢整個晚唐五代時期的詩作，所得到的就不只是晚唐人競崇賈島這一訊息。晚唐詩人本身的風格或創作路線大部份趨向於多樣化，勇於嘗試當時流行的各類詩歌題材，像是以感傷時事為主的詠懷和詠史、懷古詩，詠物詩，用詞比較豔麗的宮廷愛情詩都有所碰觸。但是，由於方干、李頻等人的帶動，在唐末五代，不論是寒素舉子、僧人、隱士，甚至部份在朝官吏，都有不少詩作書寫了幽居、閑居生活的瑣碎感受和流連亭臺院落的點滴情趣等，類似姚合、賈島一派的作品。其中有些詩人並不以此類詩風著名，作品集中卻也存在著為數不少的這樣的詩作，可見這一股風潮是如何地盛行。在體裁上，以五言律詩受影響最深，七言次之，總之多是近體詩。他們的風格較不明確，難以歸類，不過大致趨向清淡一路。在這些詩中，他們使用陰暗清冷的字眼，或者和現實人世保持了一定的距離，或者沈醉於自認為雅致的生活情趣當中。他們動輒標榜苦吟，然而除了字句稍有細碎刻劃之外，已不若賈島詩的僻澀，往往表現出姚合式的清冷散淡。所以，我們可稱之為「清冷」詩風。下面即以咸通時期的詩人鄭谷為例。

鄭谷（約848～909），字守愚，袁州宜春（今江西宜春）人，應舉凡十六次，光啟三年（887）進士及第，唐末，棄官歸隱宜春。

鄭谷的詩可分成幾類。他曾寫了一些用詞華美流麗的詩，如〈燕〉、〈海棠〉和著名的〈鷓鴣〉詩，其中更以鷓鴣詩著名。在他應舉十餘年間，不免寫些感懷悲苦的詩如〈下第退居〉二首、〈悶題〉，通篇是寒苦舉子的怨言。唐末戰亂不斷，鄭谷於奔逃避難之際，自然也寫了很多感傷時事的奔亡詩如〈奔避〉、〈搖落〉、〈敘事感恩上狄右丞〉、〈奔問三峰寓止近墅〉等，反映了唐末戰亂中士人悲苦的生活。但是，鄭谷的集中卻有約三分之一的詩旨在在表現散淡的情思，流露對現實生活的冷漠態度。例如〈小北廳閑題〉：

冷曹孤宦本相宜，山在牆南落照時。洗竹澆莎足公事，一

來贏寫一聯詩。〔註70〕

「冷曹孤宦」是鄭谷在好幾首詩中講述的心態。雖然他也會在詩中表達進功立業的決心，但在眞正做官之後，他的冷淡心態明顯可見。如「冷曹孤宦干寥落」（〈寄題詩僧秀公〉）、「喪志嫌孤宦，忘機愛淡交」（〈池上〉）、「任笑孤吟僻，終嫌巧宦卑。乖慵恩地恕，冷澹好僧知」（〈試筆偶書〉）等，〔註71〕加之以棄官歸宜春，鄭谷在詩中寫自己閑淡寥落的生活情趣：

> 乖慵居竹裡，涼冷臥池東。一霎芰荷雨，幾回簾幌風。遠僧來扣寂，小吏笑書空。衰鬢霜供白，愁顏酒借紅。扇輕搖鷺羽，屏古畫漁翁。自得無端趣，琴棋舫子中。〈乖慵〉
>
> 縣幽公事稀，庭草是山薇。足得招棋侶，何妨著道衣。野泉當案落，汀鷺入衙飛。寺去東林近，多應隔宿歸。〈潯陽姚宰廳作〉
>
> 相近復相尋，山僧與水禽。煙簑春釣靜，雪屋夜棋深。雅道誰開口，時風未醒心。溪光何以報，祇有醉和吟。〈郊園〉
> 〔註72〕

由「乖慵」的詩題，我們又看到鄭谷類似姚合〈武功〉詩的心境。三首詩中，詩人將自己放置在士人琴棋書畫的情趣當中，對外在世界抱持著隔離與無所謂的心態。

鄭谷在〈讀前集二首〉說「殷璠鑒裁英靈集，頗覺同才得契深。何事後來高仲武，品題間氣未公心」和「風騷如線不勝悲，國步多艱即此時。愛日滿階看古集，祇應陶集是吾師」，會使人以爲他有追崇《河嶽英靈集》之盛唐氣格或陶潛之高古的心意。〔註73〕但是，這種對前代著名詩人的敬佩與對盛唐詩的追想，畢竟只是他表面上的理想，以其實際創作而論，我們不難看出姚合、賈島一派對鄭谷的影響。

〔註70〕《鄭谷詩集編年校注》（傅義校注；上海：華東師範大學出版社，1993），頁194。

〔註71〕《鄭谷詩集編年校注》，頁203、198、196。

〔註72〕《鄭谷詩集編年校注》，頁199、5、237。

〔註73〕詩見《鄭谷詩集編年校注》，頁229～30。

鄭谷本人也意識到這一點，他自編的《雲臺編》序言中，就曾敘述自己的學詩歷程：

> 谷勤苦於風雅者，自騎竹之年，則有賦詠。雖屬對音律未暢，而不無旨諷。同年丈人谷川守李公朋、同官丈人馬博士戴，常撫頂歎勉，謂他日必垂名。及冠，則編軸盈笥，求試春闈，歷干於大匠。故少師相國太原公深推獎之。故薛許昌能、李建州頻不以晚輩見待，預於唱和之流，而忝所得為多。〔註74〕

鄭谷提到的前輩詩人，較為人知的有馬戴、薛能、李頻。馬戴和姚、賈等人交遊，詩風近於二者。他跟鄭谷年紀相差較多，鄭谷也說當時是「騎竹之年」，意味著他見到馬戴時應該還很小，要說有什麼影響是比較牽強，只能看出鄭谷的早慧。但是，他自述受知於薛能、李頻，則此二者對他的影響不可小覷。關於李頻的詩，在本章第一節曾概略分析，其詩是和姚合詩很貼近的。薛能（約 817～882），會昌六年進士。薛能官至工部尚書，官位頗高，不過作品中常常帶有清苦的氣息。他對自己的詩才自視甚高，自負苦吟，著迷於詩的創作。〔註75〕前輩詩人中，他僅推崇賈島，認為他是「唐人獨解詩」、「清絕更無之」，其詩雖然有類賈島，卻較其淺薄。〔註76〕鄭谷自言受李頻、薛能的啟發，稱此二人為「騷雅宗師」，甚至說薛能「篇篇高且真，真為國風陳。澹薄雖師古，縱橫得意新」，〔註77〕鄭谷所謂「風雅」、「風騷」

〔註74〕《鄭谷詩集編年校注》，頁1。
〔註75〕薛能〈海棠〉560／6501〈荔枝〉561／6509〈折楊柳〉十首561／6518 等詩序中，均以為前人作此詩題或「興象靡出」或「興旨卑泥」，唯有自己詩作一出，方能壓倒眾人。薛能口中這些「未能盡善」的詩人包括了杜甫、白居易、劉禹錫等人。鄭谷在〈讀故許昌薛尚書集〉（《鄭谷詩集編年校注》，頁88）自注提及薛能有詩云：「李白終無取，陶潛故不刊」，可見薛能自視甚高。又薛能〈自諷〉561／6510：「千題萬詠過三旬，望食貪魔做瘦人。行處便吟君莫笑，就中詩病不任春。」〈偶題〉561／6518 說：「到處吟兼馬上吟，總無愁恨自傷心。」可見其為詩苦吟。本註薛能詩卷頁均為《全唐詩》。
〔註76〕見其〈嘉陵驛見賈島舊題〉，《全唐詩》560／6499。
〔註77〕見前註曾提及的〈讀故許昌薛尚書集〉。

的意義並不是很嚴謹，在他筆下善於風雅者僅是善詩者的代稱，或者是指其詩歌風格獨樹一格。〔註78〕由於對李頻和薛能的仰慕，連帶地，鄭谷也作詩憑弔賈島，並自認苦吟，甚至說「不解謀生祇解吟」、「得句勝于得好官」。〔註79〕我們再看鄭谷在〈故少師從翁隱巖別墅亂後榛蕪感舊愴懷遂有追紀〉中對當時詩人鄭薰的描述：

> 立朝鳴佩重，歸宅點貧衣。半醉看花晚，中飡煮菜春。晴臺隨鹿上，幽墅結僧鄰。理論知清越，清越江左詩僧，孤卿待之甚厚。生徒得李頻。藥香沾筆硯，竹色染衣巾。寄鶴眠雲叟，騎驢入室賓。咸通中舉子乘馬，唯張喬跨驢。喬詩苦道眞，孤卿延於門下。近將姚監比自姚監合主張風雅後，孤卿一人而已，僻與段卿親。段少常成式奧學辛勤，章句入微，孤卿爲前序。〔註80〕

詩句後面乃鄭谷自注。鄭薰的詩現已不得見，鄭谷詩中所提到的詩人，清越、張喬爲咸通時人，以及稍早的姚合、段成式，依其語氣判斷，這幾個人的詩都偏向清冷或清僻一派。鄭谷稱頌鄭薰詩可相比擬姚合的「淺近」，段成式的「奇僻」。下面自注的「主張風雅」，其實是在稱讚此人和姚合一樣，是有個人風格的寫詩能手。這首詩中所寫的鄭薰，由在朝官吏轉而幽居別墅，過著清雅的生活，剛好寫出了當時士人「幽居」的生活形態，和姚合相似；而他們則寫著「近」與「僻」的詩歌。鄭谷私心傾慕的薛能、李頻也有這樣的情形，可見鄭谷的確認知到姚、賈一派的詩歌在當時的地位。就鄭谷部份詩歌而言，則比較貼近姚合的風格。後代詩論家討論鄭谷詩，往往在「格卑」上面打轉，姑且不論格卑之義，鄭谷的「淺近」是無可否認的。〔註81〕由姚

〔註78〕由前引鄭谷詩集序中的「勤苦於風雅」一句，就可知鄭谷不過以「風雅」爲「詩」的代稱。

〔註79〕有〈長江縣題賈島墓〉弔賈島，另詩句見〈靜吟〉、〈春陰〉二詩。《鄭谷詩集編年校注》，頁125、195。

〔註80〕《鄭谷詩集編年校注》，頁119。

〔註81〕此因鄭谷有〈自貽〉言：「詩無僧字格還卑」，《鄭谷詩集編年校注》，頁197。歐陽修在《六一詩話》即說：「其詩極有意思，亦多佳句，但其格不甚高。」見《歷代詩話》本，頁265。

合到李頻，再到鄭谷，雖然風格以有一段差距，鄭谷和姚合之間的連繫還是可以看的到。

　　產量極豐的詩僧貫休（約 832～912）、齊己（約 864～937），和一些流傳作品較少的僧人虛中、尚顏，他們和鄭谷均爲詩友，欣賞方干、李頻詩。這些人雖然也自稱苦吟爲詩，推崇賈島，不過，他們的詩歌只能用清淺冷淡來形容，缺乏賈島詩僻苦的氣息、艱刻的構思與凝鍊的對句，而趨近於姚合。他們的詩中雖然不乏幽思，但比較像姚合〈武功縣中作〉三十首，通篇維持著散淡的語調。虛中、尚顏的存詩很少，貫休、齊己各有十多卷，兩人對各種詩歌題材與形式均有多方嘗試，但仍有數量可觀，風格近姚合的詩歌。這裡無法詳細討論，僅各舉數例。比如齊己的〈荆州新秋病起雜題〉十五首，每一首都以「病起」爲題，題詠一種庭園景物，並雜以個人感懷，以下列出三首：

> 病起見庭竹，君應悲我情。何妨甚消瘦，卻稱苦修行。每謝侵床影，時迴傍枕聲。秋來漸平復，吟繞骨毛輕。

> 病起見庭石，豈知經夏眠。不能資藥價，空自作苔錢。翠憶藍光底，青思瀑影邊。嚴僧應笑我，細碎種階前。

> 病起見秋月，正當三五時。清光應鑒我，幽思更同誰。惜坐身猶倦，牽吟氣尚羸。明年七十六，約此健相期。〔註82〕

這些詩看似詠物，其實夾雜了許多詩人自身凄冷的情思，但卻又看不出甚麼具體的愁苦，而流於枯淡。我們再看貫休的幾首詩：

> 幽居山不別，落葉與階平。盡日吟詩坐，無端箇病成。徑苔因早赤，池水入冬清。唯有東峰叟，相尋月下行。（〈秋末閒居作〉）

> 詩琢冰成句，多將大道論。人誰知此意，日日祇關門。乳鼠穿荒壁，溪龜上淨盆。因之無事貴，言外更無言。（〈桐江閒居作十二首〉之五）

> 僻居人不到，吾道本來孤。山色園中有，詩魔象外無。雙禾連島赤，煙草倚橋枯。何必求深隱，門前似畫圖。（〈秋晚

野居〉）〔註83〕

這幾首詩看來好似寫詩人身處小天地中的自適，但卻缺乏了寧靜安詳，而呈現出無所事事的寥落感。詩歌語言清淺，略帶冷淡。貫休寫了幾十首閒居、野居之作，大底不脫離此調。

事實上，皮日休（？〜881〜）、黃滔（840？〜？）、杜荀鶴（846〜904）、吳融（？〜903）等人，雖然以提倡文學「教化」功能而著名，皮日休甚至仿白居易寫了很多反映社會民生的樂府詩，但他們仍不免寫了許多這種表現清冷情思的詩作，尤以皮日休、陸龜蒙（？〜約882）之間的唱和之作最為明顯。〔註84〕此外，作《二十四詩品》，於詩則最推崇王維、韋應物的司空圖（837〜908），對賈島偶有稱讚，認為「浪先、無可、劉得仁輩，時得佳致，亦足滌煩」，但在實際詩歌創作上也難以擺脫姚合之氣息。〔註85〕

唐末五代還有大批詩人，如裴說（天佑三年（906）進士及第）、曹松（？〜901）、李洞（？〜897？）、李中（924？〜975？）、李建勳（873？〜952）等，他們莫不推崇賈島，而有姚、賈一派的作品，但整體上風格式比較貼近姚合的。這些大、小詩人們的作品，合起來絕對是一個可觀的數量，讓人無法忽視他們的存在。就筆者的估量，

〔註83〕《全唐詩》832／9389，830／9356，832／9391。

〔註84〕例如，《全唐詩》有皮日休的〈早春病中書事寄魯望〉612／7059、〈秋晚留題魯望郊居二首〉612／7059，7060、〈臨頓為吳中篇勝之地，陸魯望居之，不出郭郛，曠若郊墅。余每相訪，欣然惜去，因成五言十首奉題屋壁〉612／7060，7061、〈奉酬魯望夏日四聲四首〉616／7102、〈苦雨中又作四聲詩寄魯望〉616／7103；陸龜蒙則有〈奉酬襲美早春病中書事〉622／7160、〈奉酬襲美秋晚見題二首〉622／7160、〈襲美見題郊居十首因次韻酬之以伸榮謝〉622／7161，7162、〈夏日閒居作四聲詩寄襲美〉630／7228，7229、〈奉酬襲美苦雨四聲重寄三十二句〉630／7229，7230。兩人的詩互為唱和，詩的內容則不脫閒居、幽居生活中的瑣碎雜事及枯寂淡漠的心境，全不見皮日休的「教化」主張。羅宗強在《隋唐五代文學思想史》（上海：上海古籍出版社，1986）頁396〜398便指出皮、杜、黃、吳等人的詩歌創作實踐並沒有實踐「詩教」說。

〔註85〕司空圖言見其〈與王駕評詩書〉，《全唐文》807／3808。

唐末五代約有三分之一以上的詩籠罩在這股勢力之下。我們來看看其中一些作品：

> 病根冬養得，春到一時生。眼暗連晨慘，心寒怯夜情。妻仍嫌酒僻，醫只禁詩情。應被高人笑，憂身不似名。（皮日休〈早春病中書事寄魯望—又寄次前韻〉）
>
> 山寒草堂暖，寂夜有良朋。讀易分高燭，煎茶取折冰。庭垂河半角，窗露月為稜。俱入論心地，爭無俗者憎。（曹松〈山中寒夜呈進士許棠〉）
>
> 僻居門巷靜，竟日坐階墀。鵲喜雖傳信，蛩吟不見詩。筍抽偷舊竹，梅落立閒枝。此際無塵撓，僧來稱所宜。（裴說〈夏日即事〉）
>
> 疏竹漏斜暉，庭間陰復遺。句成苔石茗，吟弄雪窗棋。沙草泉經澀，林齋客集遲。西風虛見逼，未擬問京師。（黃滔〈題友人山齋〉）
>
> 竟日聲蕭颯，兼風不暫闌。竹窗秋睡美，荻浦夜漁寒。地僻苔生易，林疏鳥難宿。誰知苦吟者，坐聽一燈殘。（李中〈秋雨二首〉之二）〔註86〕

以上所舉的詩都類似姚合〈武功〉詩的寫作方式。詩中描寫詩人的日常生活中的瑣碎事物，以清冷的字面，寥落的場景描寫來表現詩人疏淡冷漠的心境。以社會經歷來說，這些詩人多半在科場浮沈多年，即使終得一第，仍不免因為戰亂頻繁而被迫選擇隱逸山林，如前述的鄭谷和司空圖；其他的詩人雖曾抱持仕進之心，終以遁入山林為人生依託，再不然，就是以僧人身分渡過一生，如貫休、齊己。他們隱居的理由本來就不同於初盛唐士人，詩中的山林生活也欠缺恬澹寧靜，其隱逸生活也不似白居易所說的「中隱」，缺乏自適然的氣息與平庸的滿足。他們的生活心態是貼近於姚合的，詩人們的生活中總是充滿著茶、棋、詩、酒、僧、藥，眼前所望的是林、山、泉、鶴，庭園中則

〔註86〕《全唐詩》612／7059，716／8225，720／8262，704／8102，748／8517。

盡是竹、花、莎草、苔蘚等植物，而詩人所居處不外乎幽居、僻居，在描繪這些事物時，則盡用清、冷、幽、寂等字詞。他們不斷反覆地描述自己閒淡幽寂的生活，努力去品味生活雅趣，標榜疏慵的自我和脫離人世現實的心態。然而過度瑣碎地描寫的日常的雜事和感慨，在用字遣詞中卻又藏不住悽苦煩悶，反而凸顯了他們心靈之未得安適。他們不僅在閑居、幽居或詠懷詩中寫這類題材，連交往酬唱詩也大量充斥著這樣的語句，根本成為士人之間普遍流行的題材。他們強調苦吟，精於推敲雕琢字句，很自然地以賈島為學習對象，然而展現在詩歌上，除了偶有一些怪僻的字句以外，簡直近於平淡，缺乏艱刻苦澀的意蘊，當然也少了賈島詩中奇僻峭拔的孤絕之氣。可以說，他們是藉由堆砌清冷的字眼來表達清淡的情思，深究其詩意，不免令人感到貧乏。因為使用的字句範圍偏窄，過於雷同，這些人的詩歌面貌有時甚至難以辨別。雖然他們崇尚「苦吟」，偶有僻句，但詩風其實已趨向於「清冷」。

從當時文學環境來說，許多詩人們追求「清」為主的詩風。雖然晚唐時期有以溫、李為代表，用詞綿密綺麗，表現幽約婉轉情思的「綺豔」詩風，使後代對晚唐豔體詩的流行留下深刻的印象，但是，在此同時，晚唐詩壇追求「清」的詩潮也持續發展。毋寧說，這是從大曆以來的未曾中斷的風尚。張籍、白居易除樂府詩以外，都在律詩上表現出清新及清淺的一面，姚合、賈島以清苦著稱，稍後的詩人許渾（788～858）則以清麗的律詩見長。晚唐詩人以其個人的理解和喜好解釋或實踐對「清」的喜好。姚合的《極玄集》不在話下，唐末韋莊編《又玄集》則以「清詞麗句」為主，雖然他的「清詞麗句」標準何在，未能明言，不過由其選編的詩作來看，除了較姚合《極玄集》多加了一些盛唐詩之外，大曆時期的入選的詩有很多是姚合選過的，賈島、姚合詩各選了五首，都算是集中份量較重的，賈島詩除〈哭柏巖和尚〉之外，其餘都是賈島僻澀風格較不明顯的作品，而姚合的〈武功〉詩就選了三首。其餘所選的詩歌如馬戴、無可、雍陶、方干、李頻、劉

得仁等人，也沒有苦澀之作，至於有苦寒之氣的孟郊根本沒有入選。可見在「清」的部份，韋莊排除了「苦澀」的部份。貫休則認為姚合的《極玄集》承繼皎然以來的「清風」。〔註87〕齊己論詩甚至說「苦甚傷心骨，清還切齒牙」，認為詩中情思要「苦」，但表現在字面上為「清」。〔註88〕而他在〈還黃平素秀才卷〉中還說「僻能離詭差，清不尚妖妍。冷澹聞姚監，精奇見浪仙」，似乎意識到賈島的「精奇」和姚合的「清冷」之不同。〔註89〕很恰巧的，唐末許多詩人論詩喜以「冷」字稱許，如貫休〈讀賈區賈島集〉說：「區中不下島，島亦不多區。冷格俱無敵，貧根亦似愚」，以賈島為「冷格」，重其詩「冷」的一面。〔註90〕曹松〈山中言事〉：「吟詩得冷癬」，齊己〈勉詩僧〉說「道性宜如水，詩情合似冰」。〔註91〕孫光憲（約900～968）則在〈白蓮集序〉中稱齊己詩「冷峭」。〔註92〕或許，崇尚「清冷」使他們的詩歌不自覺地趨向姚合的風格。

　　張為（唐末詩人）《詩人主客圖》將詩分為「廣大教化主（按：白居易）」、「高古奧逸主（按：孟雲卿）」等六門，然後在各項之「主」後列了「上入室」、「入室」、「升堂」、「及門」四個等級，分別選了幾個詩人。在「清奇雅正」一門，以李益為主，姚合為入室，賈島則為升堂，地位遜於姚合。〔註93〕張為在這本書中的揀選標準很怪，並無價值可言，將姚、賈列入清奇雅正也令人有所疑惑。不過，他也將張籍、朱慶餘、無可、方干、馬戴、周賀等人一同列入此門，可見張為著重他們「清雅」的那一面，難怪姚合排在賈島前面了。清朝李懷民的《重訂中晚唐詩主客圖》，就乾脆將張籍列為一派，賈島列為一派，而將姚合歸為張籍一派，也是著眼於姚、賈的差異。

〔註87〕 參見第四章第二節末。
〔註88〕 〈寄懷江西僧達禪翁〉，《全唐詩》839／9469。
〔註89〕 《全唐詩》839／9470。
〔註90〕 《全唐詩》833／9398。
〔註91〕 《全唐詩》716／8229，840／9478。
〔註92〕 《全唐文》900／4215。
〔註93〕 《歷代詩話續編》本，上冊，頁85～95。

〔註94〕另外，司空圖曾指出賈島詩「誠有警句，意思殊餒，大抵附於蹇澀，方可致才」的缺點，認爲賈島雖然「時得佳致」，但須依靠艱澀刻苦的句子表現才力。〔註95〕唐末五代的詩人們多沒有賈島的「附於蹇澀」的毛病，不過卻有著姚合「清弱」的缺點。結果，從方干、李頻以降，不論有意、無意學習賈島或姚合的這些詩人，除了少數詩人，如李洞等酷似賈島，大部分作品有趨於姚合詩風的現象。

　　不過，若要說唐末五代詩人有意識到賈島、姚合的差異或短處，進而有所迴避，而形成這樣的結果，可能未必切合實情。〔註96〕前面所舉的那些例子，畢竟只是一些零碎的資料，我懷疑當時的人能否清楚地意識到這樣的現象。姚、賈本身的詩本來難以畫出清楚的界限，晚唐五代對姚賈詩風的接受更非亦步亦趨，〔註97〕會出現以賈島爲尊，詩歌卻較接近姚合的現象，眾多因素有待考量，因爲逸出本文主旨，這裡就不多做臆測。姚合的詩名自晚唐後漸漸隱沒，北宋初期有所謂「九僧」或「晚唐體」等詩人推崇賈島，而有近姚、賈的詩風，可視爲五代的延續。〔註98〕到了南宋，「永嘉四靈」挑出了賈島、姚合爲「二妙」，以二人爲清苦詩風的代表。〔註99〕彼時姚合又一次躍

〔註94〕見《重訂中晚唐詩主客圖》（台北：中央研究院歷史語言研究所，1983　據中央圖書館藏嘉慶十七年，1812（跋）刊本複印）序後所列之表。
〔註95〕〈與李生論詩書〉，《全唐文》807／3808。
〔註96〕賀中復在〈五代十國的溫李、賈姚詩風〉（《陰山學刊》，1996，1）　一文中指出，五代詩人取賈島之長，避賈島之短，並由學賈島轉爲學姚合，近一步趨向白居易。文中的論斷較爲粗略，我認爲者其中所牽涉的問題複雜，非三言兩語可說得清楚。不過，文中所說的「宗白」，即白居易對唐末五代的影響，或許可列入考慮，但這已非本文的主旨，僅於此稍作提示，不詳加討論。
〔註97〕這裡用張宏生〈姚賈詩派的界內流變和界外餘響〉（《文學評論》，1995，2）頁28之語。
〔註98〕大致情形可參考程千帆、吳新雷《兩宋文學史》（上海：上海古籍出版社，1998），頁10～16。
〔註99〕《滄浪詩話》：「近世趙紫芝、翁靈舒輩，獨喜賈島、姚合之詩，稍稍復就清苦之風。」《歷代詩話》本，頁688。

出與賈島並列，這並不是永嘉四靈慧眼獨具，特地將他挑出，而是他
們回歸到晚唐崇尚苦吟、清冷詩風的起點，看到了晚唐五代的「姚賈」
現象。

結　語

　　姚合詩中所寫的生活方式，是異於初盛唐士人的。這是因爲中唐的整個政治社會狀況已不同於前，士人的生活型態自然也有所轉變，類似白居易的「中隱」方式逐漸盛行。比白居易「中隱」心態更加明顯的是，姚合在詩中並不想表現出積極進取的人生態度，而習慣表現出散淡的處世態度。在這方面，他可說是比白居易更進一步的。他的詩以此爲起點，試圖以狹窄的內容取材、細微的描寫方式去表現人日常生活的點滴情趣及情緒起伏。他與賈島好用五律這種規範嚴整的體式，加上苦心的經營思索，再結合範圍狹窄的題材，希冀以此方式抒發詩人內心散淡而不流於通俗的情感。晚唐五代，這一類詩歌極爲盛行，而姚合、賈島可說就站在此一詩風的起點。晚唐五代許多詩人的生活型態和思想其實都相當接近姚合。這些迫於戰亂而隱居的隱士、久困科場的士人、或是進退失據的小官吏，因著種種緣故，都喜歡在詩中表現出對現實人生的疏離，抱持著無所冀求而散淡處世的心態。此外，他們又同情賈島，熱烈推崇其苦吟的精神，並以之作爲「標榜」。因此，姚合、賈島這種寫日常生活的詩，特別能引起晚唐五代詩人的興趣，使得他們跟著大量書寫這一類的詩。但是，晚唐五代寫姚、賈一派詩歌的詩人，磨練詩藝的工夫與技巧並不如自己所說的那麼刻苦卓絕。他們的詩歌題材選擇又往往過度偏窄，著重在日常生活的瑣碎

事物。因而他們的詩歌成就不僅遠不及賈島，實際上往往也不及姚合，佳作極少。後人的詩評，在論及晚唐詩風時（除開少數獨樹一格的詩人），多以「薄弱」、「氣骨頓衰」言之。這些負面的批評，若從傳統「詩教」觀點來看，自有一定的道理。但是，我們若從一個更貼切的角度來看的話，將會看到，晚唐五代詩人其實是開發了詩歌寫作的新層面。他們不再認為表現傳統士人關懷人世的精神是必要的，不是只有偉大的憂國情懷、熱烈情志或對人生的深刻體悟才能入詩，生活中的偶然感覺、片刻幽思都可以是詩歌的素材。在這方面，姚合的首開風氣是值得重視的。

引用書目

（一）本書目中文著作依書名或作者姓名之漢語拼音順序排列；西文著
作依作者姓氏之字母順序排入。

（二）中文著作中，清代（含）以前著作因一向多以書名為人所熟知，
今均以書名為排列依據。民國以來的著作則主要以作者姓名為排
列依據；僅有少數以書名為人所熟知者準清以前著作之例，依書
名排列。遇有疑難則以互見方式處理。

（三）全書所引正史均係北京中華書局點校本。書目中不再一一指明。

一、與姚合研究直接相關的資料

1. 陳祖言，'"Heart bears frost':Yao Ho's mode of poetic thinkig"，《清華學報》，1995 第 3 期。

2. 郭文鎬，〈姚合佐魏博幕及賈島東遊考〉，《江海學刊》，1987 第 4 期。

3. 郭文鎬，〈姚合仕履考略〉。《浙江學刊》，1988 第 3 期。

4. 賀中復，〈五代十國的溫李、賈姚詩風〉，《陰山學刊》，1996 第 1 期。

5.《極玄集》，（唐）姚合編，見《唐人選唐詩新編》。

6. 劉寧，〈求奇與求味——論姚賈五律的異同及其在唐末五代的流變〉，《文學評論》，1999 第 1 期。

7. 王達津，〈古詩雜考‧姚合的詩及其生平〉，《南開學報》，1979 第 2 期。

8. 王夢鷗，〈唐「武功體」詩試探〉，收於其《傳統文學論衡》，台北：時報文化出版社，1987，頁 179～188。

9. 吳彩娥，〈「極玄集」的選錄標準試探〉，收於《古典文學》第六集。中國古典文學研究會主編，台北：學生書局，1984，頁 265～299。

10. 吳企明，〈《全唐詩》姚合傳訂補〉，《杭州大學學報》，1979 第 4 期。

11. 信應舉，〈關於姚合的籍貫問題〉，《鄭州大學學報》，1988 第 3 期。

12. 徐希平，〈姚合雜考〉，《南充師院學報》，1985 第 2 期。

13. 徐玉美，《姚合及其詩研究》，台北：台灣師範大學國文研究所碩士論文，1985。

14. 張宏生，〈姚賈詩派的界內流變和界外餘響〉，《文學評論》，1995 第 2 期。

15.《姚合詩集校考》，劉衍，長沙：岳麓書社，1997。

16.《姚少監詩集》，台北：商務出版社據《四部叢刊》本影印，1965。

17.《姚少監詩集》，《四庫》唐人文集叢刊；上海：上海古籍出版社，1994。

18. 朱金城，〈《送姚杭州赴任因思舊遊二首》詩考辨〉，收於《唐代文學論叢》第 7。

19. 集，中國唐代學會與西北大學中文系合編，西安：陝西人民出版社，1986，頁 298～302。

二、其他資料

1.《白居易集箋校》，朱金城箋校，上海：上海古籍出版社，1988。

2.《北齊書》，（唐）李百藥撰。

3. 畢寶魁,《韓孟詩派研究》,瀋陽:遼寧大學出版社,2000。

4. 卞孝萱,《劉禹錫叢考》,成都:巴蜀書社,1988。

5.《滄浪詩話》,(宋)嚴羽,《歷代詩話》本。

6.《冊府元龜》,(宋)王欽若等編,北京:中華書局,1960。

7.《長江集新校》,李嘉言校,上海:上海古籍出版社,1983。

8. 程千帆、吳新雷,《兩宋文學史》,(上海:上海古籍出版社,1998。

9.《重訂中晚唐詩主客圖》,清・李懷民,台北:中央研究院歷史語言研究所,1983據中央圖書館藏嘉慶十七年,1812(跋)刊本複印。

10.《辭源》,台北:遠流出版社,1988,據北京商務印書館1988年版(單卷本)印行。

11. 戴傳華,《唐代幕府與文學》,北京:現代出版社,1990。

12.《登科記考》,(清)徐松,北京:中華書局,1984。

13.《杜詩詳注》,(清)仇兆鰲注,北京:中華書局,1979。

14.《對床夜語》,(宋)范晞文,《歷代詩話續編》本。

15.《佛學大辭典》,丁福保編,上海:上海書店據1922年版影印,1991。

16. 傅璇琮,《唐代詩人叢考》,北京:中華書局,1980。

17. 傅璇琮主編,《唐五代文學編年史》,瀋陽:遼海出版社,1998。

18. 郭紹林,《唐代士大夫與佛教》,臺北:文史哲出版社,1993。

19.《國史補》,(唐)李肇,台北:世界書局,1962。

20.《韓昌黎詩繫年集釋》,錢仲聯編,上海:上海古籍出版社,1984。

21.《漢語大詞典》,漢語大詞典編委會,上海:漢語大詞典出版社,1989～1994。

22. 侯迺慧,《詩情與幽靜——唐代文人的園林生活》,台北:東大圖書,1991。

23. 黃奕珍,《宋代詩學中的晚唐觀》,台北:文津出版社,1998。

24. 華忱之,《孟郊年譜》,收入《孟郊詩集校注》,頁520～593。

25. 蔣寅,《大曆詩人研究》,北京:中華書局,1995。

26. 蔣寅,《大曆詩風》,上海:上海古籍出版社,1992。

27.《鑑誡錄》,(五代)何光遠,百部叢書集成;台北:藝文印書館,1966。

28. 景凱旋,〈朱慶餘生平考索〉,收入《程千帆先生八十壽辰紀念文集》,編委會;南京:江蘇古籍出版社,1992。

29.《舊唐書》,(五代)劉昫等撰。

30.《郡齋讀書志》,(宋)晁公武,京都:中文出版社,1984再版。

31. 李嘉言,《賈島年譜》,收於《長江集新校》附錄一,頁 137～176。

32. 李慶甲編,《瀛奎律髓匯評》,上海:上海古籍出版社,1986。

33. 《歷代詩話》(清)何文煥輯,台北:木鐸出版社,1982。

34. 《歷代詩話續編》,丁福保輯,北京:中華書局,1983。

35. 《六一詩話》,歐陽修,《歷代詩話》本。

36. 劉大杰,《中國文學發展史》,台北:華正書局,1995 版。

37. 呂正惠,《元和詩人研究》,台北:東吳大學中文所博士論文,1983。

38. 羅聯添,《張籍年譜》,收於其《唐代詩文六家年譜》,台北:學海,1986。

39. 羅宗強,《隋唐五代文學思想史》,上海:上海古籍出版社,1986。

40. 羅振玉,《羅雪堂先生全集》,臺北:文華出版社,1969。

41. 《孟郊詩集校注》,華忱之、喻學才校注,北京:人民文學出版社,1995。

42. 《南齊書》,(梁)蕭子顯撰。

43. Owen ,Stephen, The poetry of Meng Chiao and Han Yü, New Haven and London:Yale University Press,1975。

44. 《清詩話續編》,郭紹虞輯,台北:藝文印書館,1985。

45. 《全唐詩》,(清)彭定求等編,北京:中華書局,1960。

46. 《全唐文及拾遺》,(清)董誥等奉敕編;(清)陸心源補輯拾遺,台北:大化書局,1987。簡稱《全唐文》。

47. 《詩人主客圖》,(唐)張爲,見《歷代詩話續編》。

48. 《詩淵》,(明)著者不詳,北京:書目文獻出版社,1985。

49. 《石園詩話》,(清)余成教,《清詩話續編》本。

50. 《石州詩話》,(清)翁方綱,《古今詩話叢編》本,台北:廣文書局,1971。

51. 《四庫全書總目》,(清)永瑢、紀昀等撰,北京:中華書局,1965。

52. 譚優學。〈馬戴生平考論〉,收於其《唐詩人行年考(續編)》。成都:巴蜀書社,1987。

53. 譚其驤主編,《中國歷史地圖集》,上海:地圖出版社,1982。

54. 《唐才子傳校箋》,(元)辛文房;傅璇琮主編,北京:中華書局,1990。

55. 《唐會要》,(宋)王溥,台北:世界書局,1974。

56. 《唐貫浪仙長江集》,(唐)賈島,臺北:商務印書館據《四部叢刊》本影印,1965。

57. 《唐郎官石柱題名考》，（清）勞格、趙鉞著；徐敏霞、王桂珍點校。
    北京：中華書局，1992。

58. 《唐人選唐詩新編》，傅璇琮主編，西安：陝西人民出版社，1996。

59. 《唐詩紀事》，（宋）計有功，北京：中華書局，1965。

60. 《唐音癸籤》，（明）胡震亨，台北：世界書局，1977

61. 《唐摭言》，（五代）王定保撰，（清）蔣光煦校，台北：世界書局，
    1967。

62. 《通典》，（唐）杜佑編，北京：中華書局，1984。

63. 王瑛，《詩詞曲語詞例釋》，增訂本；北京：中華書局，1986 二版。

64. 王運熙，顧易生主編，《中國文學批評通史》，上海，上海古籍出版
    社，1996。

65. 《文選》，（梁）蕭統編，（唐）李善注，台北：藝文印書館，1991 十
    二版。

66. 聞一多，《唐詩雜論》，上海：上海古籍出版社，1998。

67. 《文苑英華》，（宋）李昉等奉敕編撰，台北：新文豐出版公司，1979。

68. 蕭占鵬，《韓孟詩派研究》，台北：文津出版社，1994。

69. 《新唐書》，（宋）歐陽修等撰。

70. 許總，《唐詩史》，南京：江蘇教育出版社，1994。

71. 楊秋瑾，〈李頻交遊小考〉，《四川大學學報》，1996 第 1 期。

72. 《養一齋詩話》，（清）潘德輿撰，《清詩話續編》本。

73. 《因話錄》，（唐）趙璘，台北：世界書局，1962。

74. 《瀛奎律髓》，（元）方回，四庫善本叢書初編集部，出版資料不詳。

75. 《又玄集》，（唐）韋莊，《唐人選唐詩新編》本。

76. 袁閬琨主編，《全唐詩廣選新注集評》，瀋陽：遼寧人民出版社，1994。

77. 《雲溪友議》，（唐）范攄，《古今詩話叢編》本，台北：廣文書局，
    1971。

78. 《載酒園詩話又編》，（清）賀裳，《清詩話續編》本。

79. 張伯偉編，《全唐五代詩格校考》，西安：陝西人民教育出版社，1996。

80. 《中興間氣集》，（唐）高仲武著，《唐人選唐詩新編》本。

81. 《鄭谷詩集編年校注》，傅義校注，上海：華東師範大學出版社，1993。

82. 《資治通鑑》，（宋）司馬光編撰，北京：古籍出版社，1956。

83. 朱金城，《白居易年譜簡編》，收入《白居易集箋校》，頁 3996～4046。

馮延巳研究

林文寶 著

作者簡介

林文寶，輔仁大學中文系碩士，曾任台東師範學院語教系主任、學務長、教務長、台東師院語教系教授、台東大學兒童文學研究所所長、台東大學人文學院院長，現為台東大學榮譽教授。專長於新文學、兒童文學、語文教學。曾獲五四兒童文學教育獎、中國文藝協會文藝獎章（兒童文學獎）、信誼特殊貢獻獎等。

提　要

　　全書計有五章：第一章緒論，論馮延巳研究的困難與研究方向。第二章則為馮延巳立傳，簡述生平。第三章談論馮延巳與《釣磯立談》。《釣磯立談》一書極力詆毀馮延巳，但史籍資料竟都取信與此，造成後人對馮延巳的諸多誤解，為更接近史實，對《釣磯立談》深入研究是為必須。第四章則對馮延巳的詩文作品以及對《陽春集》的版本和辨偽進行考察研究。第五章審視陽春詞的創作美學：分別對陽春詞的聲律與體製、語言世界、感情境界、風格、分類問題，以及陽春詞在詞史上的地位和對後世的影響討論。王國維於《人間詞話》讚美，堂廡特是陽春詞在史詞上的貢獻，而開北宋一代風氣是他的影響。

目

次

第一章 緒 論

　　在五代十國這個紛亂的局面裏，南唐號稱文物最盛處，〔註1〕可是這個偏安的小國，卻因爲中主李璟想克復中原，於是有主戰派的宋黨形成，宋黨赫赫一時，馮延巳以依附宋黨自重。等到宋黨覆敗後，多少的斥責指向宋黨，而馮延巳亦遭受到無謂的池魚之殃。考史籍可見馮延巳記載如下：

　　歐陽修《新五代史》〔註2〕

　　司馬光《資治通鑑》〔註3〕

　　馬令《南唐書》〔註4〕

〔註1〕《釣磯立談》云：「當是時（南唐烈祖時）天下瓜裂，中國衣冠多依齊堂，故以江南稱爲文物最盛處。」又趙世延〈陸游南唐書序〉云：「（南唐）雖爲國褊小，觀其文物，當時諸國莫與之並。」

〔註2〕《新五代史》是歐陽修（1007～1072）所私撰，歐陽修，字永叔，廬陵（今江西吉安縣）人，《宋史》二百十九卷有傳。《新五代史》一書對於事實不甚經意。

〔註3〕《資治通鑑》一書始修於宋英宗治平三年（1066），至神宗元豐七年（1084）十一月修成進呈神宗。《資治通鑑》一書由司馬光監修。司馬光（1019～1086），字君實，夏縣（山西今縣名）人，《宋史》三百三十六卷有傳。

〔註4〕馬令，生平不詳，世家金陵，多知南唐故事，承繼先父遺志撰述《南唐書》，《南唐書》完成於宋徽宗崇寧四年（1105）。是書多采詩話小說，蕪雜瑣碎。然而筆法謹嚴不苟。周在浚《南唐書箋注》凡例第六條云：「馬書胡震亨以爲正可作酒後談資耳，以予觀之，令非史才，

陸游《南唐書》〔註5〕

陳霆《唐餘紀傳》〔註6〕

吳任臣《十國春秋》〔註7〕

　　大致說來，後二者以前四者爲依據，而前四者又大都是接受《釣磯立談》的說法。《釣磯立談》一書，其中有關馮延巳部份，皆屬個人的主觀偏見。從史實的觀點上來看，當以馬陸兩書最好。馬書多采詩話小說，且書法謹嚴不苟；而陸書則增補馬書之不足，其價值自在馬書之上。

　　從上述諸書裏，我們不能拘出馮延巳的形貌來，甚至於連他的妻子兒女我們都茫不可知，更談不上什麼家庭環境和婚姻生活。當然，這是所謂的史筆，馮延巳這個人在史筆和黨同伐異的透視之下，帶給人的印象是：一個裂個嘴巴專事辯說，且熱中於功名的小人。這個人談不上體國濟民。我們知道，這種片面的主觀成見，當然不能爲人所接受。持此，若想了解馮延巳的眞正爲人，自當閱盡有關當時人所寫的稗官野史和筆記之書，從傳記材料的觀點看來，這些稗官野史和筆記更能帶給我們一份眞實的原始資料，把這些資料加以歸納而做一種綜合的研究，而後再和史籍所記載的加以比較，我們不難發現其中被曲解的部份。夏氏承燾所撰〈馮正中年譜〉一文，即是做此種工作的第一人，且不論其成績若何，至少他可以糾正一些人對馮延巳的誤

　　　所紀多稗官之類，當與《江南錄》、《江南野史》諸書並行，非放翁
　　　比也，然瑣事多可考證，故以爲注。」
〔註5〕陸游（1125～1210），字務觀，越州山陰（今浙江紹興縣）人，《宋
　　　史》三百九十五有傳。所撰《南唐書》可補馬書之不足。
〔註6〕陳霆，字聲伯，德清（浙江今縣名）人，明孝宗弘治十五年（1502）
　　　進士。事蹟見《明人小傳》卷二、《明詩綜》卷廿八。所撰《唐餘紀
　　　傳》一書，《四庫提要》譏其爲「馬令陸游二書具在，何必作此屋下
　　　屋也。」
〔註7〕吳任臣，字志伊，仁和（今浙江杭州縣）人，清聖祖康熙十八年（1679）
　　　詔召博學鴻詞，授翰林院檢討。所撰《十國春秋》成書於康熙八年
　　　（1669）孟夏。

解。根據夏氏年譜已有的成就，再加上筆者研究所得，寫成一篇簡明的馮延巳傳記，並且對《釣磯立談》一書有關馮延巳的記載部分，做一種全面性的剖析，這便是筆者對馮延巳在史傳方面所做的工作。

馮延巳的作品──《陽春集》，其中混雜有他人作品，因此筆者不惜用各種方法加以辨證。在風格方面，筆者引用鄭師因百的見解做爲依據。至於所述《陽春集》的各種抄本，乃是從王氏次聰、饒君宗頤所云，〔註8〕並非筆者所見。

一般說來，欣賞陽春詞大有人在，而這班人一方面讚美陽春詞的情思；另一方面卻又批評他的人格。其中以陳廷焯最能代表這類人，《白雨齋詞話》卷一云：

> 馮正中詞，極沈鬱之致，窮頓挫之妙，纏綿忠厚，與溫韋相伯仲也，〈蝶戀花〉四章，古今絕構。

又云：

> 正中〈蝶戀花〉四闋，情詞悱惻，可群可怨。《詞選》云：「忠愛纏綿，宛然騷辯之義，延巳爲人，專蔽嫉妬，又敢爲大言，此詞蓋以排間異己者，其君之所以信而不疑也。」數語確當。

又卷五云：

> 馮延巳〈蝶戀花〉四章，忠愛纏綿，已臻絕頂，然其人亦殊無足取，尚何疑於史梅溪耶！詩詞不盡能定人品信矣。

或許又有人要強調文學與道德人格無關，可是我們不禁要說，文學雖然不是載道，然而他卻脫離不了道德，從心理學的觀點來看，一個人格低賤的人，他可能寫出一兩篇好作品，可是他卻沒法子創作出一連貫的好作品出來。當然，我們無意爲此申辨，文學評價並非純由主觀所能論定，周濟從人格的觀點來看〈蝶戀花〉的風格，並由此指認不是馮延巳的作品，〔註9〕而胡適在〈詞選序〉裏卻說：

〔註8〕見王君次聰《南唐二主詞校注》引用書目，饒君宗頤《詞籍考》。
〔註9〕見周濟《宋四家詞選》歐陽修（繫屬周邦彥）詞。周氏云：「數詞纏綿忠篤，其文甚明，非歐公不能作，延巳小人，縱欲僞爲君子以惑

> 周濟選詞，強作聰明，說馮延巳小人，決不能作某首某首
> 〈蝶戀花〉！這是主觀的見解；其實「幾日行雲何處去」
> 一類的詞可作忠君解，也可作患得患失解。

作品是作者的第二生命，也是生命的自身，作者除了通過作品以外沒有任何其他的方法可以顯示他自己，因此作品即是表現作者自己，除了顯示他本人的人格之外，應無目的，因此現代批評極力主張文學批評應是針對作品本身，而非變相的致力於作者生平事蹟之窮索。可是，我們知道，作品一經完成之後，便脫離了母體，而成為一個獨立的客觀的事物，原作者亦已無法提供作品本身以外的意見，作品祇是表現作者的真誠，這種真誠的人格並非即是相等於生平事蹟的記錄，因此想在作品之內做一種非份的追求，而不顧事實仍屬無稽，《文學之原理》（*Theory of Literature*）第十五章有一段敘述云：

> 魏黛小姐（Miss Wade）在她對於特拉哈思（Traherne）的研究裏，說能重新構畫出作者的早年生活。但是這個預期，可確定是錯誤的。因為據約翰生博士（Dr. Johnson）的筆記，就曾有一位女士讚美湯姆孫（Thomson）的詩而說她能從其作品中指出湯姆孫具有三方面的性格：第一，他是一位多情種子。第二，他是游泳健將。第三，他是循規蹈矩的紳士。但是據湯姆孫的摯友沙維琪（Savage）說，湯姆孫不懂什麼是愛情，他只知道性愛，一生沒有泡過水，而且放浪形骸，耽溺在享樂裏面。

相同的，像陳延焯之流，勉強拼湊歷史的事實而依附在作品之上，帶給人的感覺祇是一笑置之而已，所謂的文學批評與研究，當以分析和解說為主，而其分析與解說當是在作品本身和可信的史實之下進行。

陽春詞是小令時期的登峰作品，〔註10〕因此有不少人曾作片言的探求，筆者所道，亦僅是綜合多人的見解而已，其間若有會意處，

其主，豈能有此至性語乎！」
〔註10〕龍君沐勛《唐五代宋詞選》云：「延巳詞開宋初歐晏諸家風氣，清深婉麗，時有感愴悽鬱之音。小令發展至此，已漸登峰造極矣。」

自是愚者千慮偶得。大致說來，陽春詞值得注意的地方，有下列三點：

　　1、執迷的濃厚情感

　　2、堂廡特大

　　3、詞句清新

關於此三點，筆者無意各立一節專事探討，但是讀者仍可以從〈陽春詞的探討〉各節裏得到解答。簡單的說，陽春詞是歌者的詞，並且他的意旨表達層次僅止於「比」的階段，因此他的詞句清新乃是必然的趨向，我們又何用專事討論。

　　總之，我們不能相信《釣磯立談》等書的見解，所謂鄙夫小人僅是一種出於朋黨的偏見。馮延巳在政治上無所作為，感情祇能宣洩在詞章裏，他不是聖人君子，也不是賊臣賤人，而僅是一個流有滿腔高傲熱情的文人。他那種身後是非，本是難以避免的。而千年之後，有資格做為馮延巳的惟一見證人，即是《陽春集》本身而已。

第二章　馮延巳傳

　　馮延巳，[註1]字正中，一名延嗣，生於唐昭宗天復三年癸亥（即西元 903 年），[註2]祖籍廣陵（江蘇江都縣東北）。[註3]

　　父親名令頵，歷任廣陵郡軍史，歙州（安徽歙縣）鹽鐵院判官，官至吏部尚書。任職歙州鹽鐵院判官時，副將樊思蘊叛變，燒毀營房。當火勢延伸到令頵的府第時，那些參加作亂的士兵都放下武器來救火。可見令頵深得民心。

　　延巳十四歲（916）隨父親在歙州。有一次，刺史滑言病重，軍民議論紛紛，甚至傳說刺史已經病逝。延巳進去探問，[註4]出來便替刺史答謝諸位將吏的關懷，因此而安定了民心。

〔註1〕焦竑《筆乘》卷三蓮花漏條云：「幽谷時，寅也；高山時，卯也；日照高山平地時，辰也；可中時，巳也；正中時，午也。」
　　　案：巳時，午前九時、十時，所謂延巳即正中，巳嗣音同，作己誤。

〔註2〕陸游《南唐書》列傳第八卷〈馮延巳傳〉云：「建隆元年辛，年五十八。」當生於唐昭宗天復三年癸亥。馬令《南唐書·馮延巳傳》作「卒年五十七」，則次年生。本文從陸書。

〔註3〕《通鑑》卷二百八十三云：「廣陵人，或云歙州人。」《歷代詩餘》云：「其先彭城人，唐末徙家新安，又徙廣陵。」案新安郡即歙州。云「彭城人」，未詳何據。

〔註4〕《十國春秋》卷廿六南唐十二〈馮延巳傳〉作「延巳年十四，以父命入問疾。出，以言命謝將吏。」案：父命之說不近情理，本文不取。考馬令《南唐書·馮延巳傳》作「徙步入見……」，而陸游《南唐書·馮延巳傳》作「入問病。」本書從陸書。

約在廿三歲左右，（註5）延巳以布衣見南唐李昪烈祖，授爲祕書郎，侍陪烈祖長子李璟。終烈祖朝，官不過駕部郎中。

天祚二年（936），和弟延魯任職李昪大元帥府。明年（937）爲吳王李璟元帥府書記。十月，李昪簒吳，是爲南唐烈祖，建號昪元。

昪元二年（938）十月後，李璟改封齊王。六年（942）四月，延巳以駕部郎中爲齊王李璟元帥府書記。延巳恃才傲物，喜歡諷刺同僚，因此孫晟曾經當面斥責他說：「我知道你常常瞧不起我，當然，

〔註 5〕 史籍記載如左：

馬令《南唐書》卷第二十一〈馮延巳傳〉云：「及長，有辭學，多伎藝。烈祖授爲秘書郎，使與元宗游處。累遷駕部郎中。」

陸游《南唐書·馮延巳傳》云：「及長，以文雅稱，白衣見烈祖，起家授秘書郎。」

〈開先寺記〉云：「皇帝即位之九年，詔以盧山書堂舊基爲寺。寺成，會昭義軍（案當爲昭武軍）節度使馮延巳肆勤于京師，上賜從容于便殿，語及往事，顧謂曰：『盧山書堂已爲寺矣，朕書堂之本意，卿亦預知，頗記憶否？』」

《江南餘載》上云：「馮延巳自元帥府掌書記爲中書侍郎，登相位，時論少之。延魯之敗，御史中丞江文蔚上疏請黜延巳。上曰：『相從二十年賓客故寮，獨此人在中書，亦何足怪！雲龍風虎，自古有之，且厚於舊人。』則於斯人，亦不薄矣。」

考江文蔚上疏在保大五年（947）逆數廿年，當是吳乾貞元年丁亥（927），時年延巳廿五。又李璟築堂在吳大和二年庚寅（930），延巳已從游。案：成人曰長，《禮記·曲禮》：「長曰能宗廟社稷之事矣。」《公羊傳》隱公元年：「隱長而卑。」何休注云：「長者，已冠也。」男子廿歲而冠。綜上所述，定延巳「及長，以文雅稱，白衣見烈祖」之年爲廿三歲前後，早不過廿歲，至遲不晚于廿五歲。

又所謂白衣見烈祖，自是出于毛遂自薦。是時，李昪廣招俊傑，舊籍記載如左：

《釣磯立談》云：「宋子嵩初佐烈祖，招徠俊傑，布在班行，如孫晟、韓熙載等，皆有特操，議論可聽。」

又：「（李昪）初以文藝自好，招徠儒俊，共論治體，總督廉吏，勤恤民隱，由是遠邇宅心，以爲己歸。」

馬令《南唐書》卷第一〈先主書〉云：「及知誥秉政，乃寬刑法，推恩，起延賓亭以待四方之士，引宋齊丘、駱知詳、王令謀爲館客，士有羈旅於吳者，皆齒用之。」

我的文章不如你，技藝也不如你，還有談笑詼諧和巴結奉承更是不如你，可是皇上把你安置在親賢門下，是希望你能夠以道義相輔佐，而不是要你誤國朝大計。」〔註6〕延巳慚愧不已。

　　烈祖是個深謀遠慮，天性寬恕的人，而延巳熱中名利，結交陳覺，或以詩書求教當權的宋齊丘。烈祖晚年，朝臣為開拓疆域事，意見紛歧，使得黨爭白熱化，而延巳也因此蒙受五鬼的污名。〔註7〕

　　昇元七年（943）二月，烈祖崩。同年三月，李璟即位，是為元宗，改元保大。秘書郎韓熙載上書懇請等到明年才改元，元宗不聽。

　　元宗肆意開拓疆土，是個急進的君主，因此，主戰的少壯派得勢，而延巳本是元宗的賓客故僚，更是得志。三月，自元帥府掌書記拜諫議大夫翰林學士。第二年（944）五月，閩國將領連重遇、朱文進殺國君曦，〔註8〕朱文進自立為閩王，同時遣使詣告南唐。延巳建議元宗拘囚使者，進討閩國。而查文徽以為閩國政亂，是由於建州（福建建甌縣）王延政的爭權所造成，〔註9〕理當先攻打建州。眾人都不同意查文徽的看法，衹有銳於進趨，常想用事四方以要功名的馮延魯極力支持查文徽的意見，延巳責備他說：「讀書人應當以學行充實自己，

<hr>

〔註6〕馬令《南唐書‧馮延巳傳》：孫晟面數之曰：「君常鄙晟，晟知之矣，晟文章不如君也，技藝不如君也，談諧不如君也，諛佞不如君也，然上置君於親賢門下者，期以道藝相輔，不可誤邦國大計也。」

〔註7〕《釣磯立談》云：「及宋子嵩用意一變，群憸人乘資以騁，二馮、查、陳遂有五鬼之目。」
　　　　案：《立談》五鬼無魏岑，其後《新五代史》、《通鑑》、馬書、陸書、《十國春秋》並採其說。五鬼指馮延巳、馮延魯、魏岑、陳覺、查文徽等五人，而宋齊丘為首。〈南唐雜事詩〉詠其事云：「五鬼紛綸並比肩。」

〔註8〕馬令《南唐書》卷第二十八〈閩國傳〉云：「連重遇既殺昶，常懼為國人所討，曦心疑之，以語誚重遇等，重遇等流涕自辯。李氏妒尚妃之寵，欲圖曦而立其子亞澄，乃使人謂重遇等曰：『上心不平於二公，奈何？』重遇等懼。六年三月，曦出遊醉歸，重遇等遣壯士拉於馬上殺之。諡曰景宗。」

〔註9〕馬令《南唐書‧閩國傳》云：「曦弟延政為建州節度使，封富沙王。自曦立不叶，數舉兵相攻，曦由此惡其宗室，多以事誅之。」

以忠信事奉主上，何用行險徑以干求利祿？」〔註10〕那時，剛巧天暑疫疾，因此，也就釋放了閩國使者。十二月，延巳授翰林學士承旨。樞密使查文徽請伐王延政，元宗授查文徽爲江西安撫使，以便窺伺建州，而王延政遣派大將吳成義率領舟師進攻福州，元宗聽說閩國內鬨，於是，以邊鎬爲行營招討，和查文徽一齊攻打建州。文徽自信州（江西上饒西北）率領部隊入建陽（福建建陽），進駐蓋竹（建陽縣南廿五里），後來知道泉（福建晉江）、漳（福建龍溪）、江（福建長江）三州已經投降，又撤回建陽。吳成義得知南唐增援兵力，因此詐稱說是合力攻打福州來的，福州軍民恐慌，大將連重遇被殺，朱文進投降。保大三年（945）八月，查文徽、馮延魯、王建封等人攻克建州，擒俘王延政歸金陵，拜羽林大將軍，升建州爲永安軍。這時，群臣勸請元宗乘勝攻進福州，元宗不准。

　　保大四年（946）正月，延巳以中書侍郎和宋齊丘、李建勳同拜平章事、集賢殿大學士，時論不平，張義方獻詩諷刺延巳云：「兩處沙堤同日築，其如啓沃藉良謀。民間有病誰開口，府下無人只點頭。」〔註11〕同時，水部員外郎高越挾怨上書彈劾延巳企圖傾佔盧文進的遺業，〔註12〕元宗大怒，認爲高越冒犯上司，貶謫蘄州（湖北蘄春西北）司士參軍。當時，鍾謨、李德明分掌吏兵二部，兩人奏請元宗說：「常夢錫有聲望，當任要職。」元宗詔授戶部尙書知省事。夢錫恥爲小人所推薦，再三推辭都不得結果，祇好簽署牘尾，無所可否。〔註13〕夢錫無子，以女婿王繼沂掌管家務，或說繼沂和夢錫內

〔註10〕《江南別錄》云：「延魯急於趨進，欲以功名圖重位，乃興建州之役，延巳曰：『士以文行飾身，忠信事上，何用行險以要祿。』延魯曰：『兄自能如此，弟不能惜惜待循資宰相也。』」

〔註11〕見《江南餘載》卷下。

〔註12〕事見《資治通鑑》卷二八五、陸游《南唐書・高越盧文進傳》。

〔註13〕馬令《南唐書》卷第十〈常夢錫傳〉云：「鍾謨、李德明分掌吏兵二部，以夢錫人望，求爲長吏以自重，乃除戶部尙書知省事。固辭不獲，署紙尾而已。」

陸游《南唐書》列傳第四卷〈常夢錫〉云：「鍾謨、李德明分掌兵

室有所不軌，於是夢錫休掉所有的妻妾，並且奏請將繼沂放逐到虔州（江西贛縣），延巳上書彈劾夢錫閨門罪，〔註14〕黜貶夢錫爲饒州（江西鄱陽）團練副使，當時，夢錫因醉得病，元宗特准留處廣陵。六月，元宗授陳覺爲宣諭使，徵福州李弘義入朝，弘義不從，陳覺回到劍州（福建南平），慚愧無功，於是矯制發動汀、建、撫（江西臨川）、信等州軍隊進討福州。是時，魏岑正在安撫彰州，也擅自發動部隊應合陳覺。結果兵敗福州城下，元宗怒，延巳以爲矯制既成事實，不可中途撤師，理當增援兵力。於是，以永安軍節度使王崇文爲招討使，魏岑爲東南應援使，馮延魯爲南面監軍，除外，又命王建封帶領信州兵，留從效帶領泉州兵，董思安帶領漳州兵會攻福州。李弘義遂一方面自稱威武留後，權且掌管閩政事，改名爲達；另一方面卻奉表臣屬吳越，以求解圍。保大五年（947）三月，吳越部隊從海岸登陸，聲勢浩大，南唐諸將爭功，進退不相應，延魯未能抵禦，諸軍潰敗，吳越乘勝進擊，內外夾攻，死傷兩萬多人，李達投降吳越。留從效率領部隊回泉州，趕走南唐駐戍部隊，佔據漳、泉兩州，元宗未能牽制，累授同平章事兼侍中，封晉江王。

　　四月，元宗認爲福州兵敗，是陳覺、馮延魯兩人矯詔所致，於是詔赦諸將，議斬陳、馮兩人以謝中外。而宋齊丘、馮延巳上表待罪，以救陳覺、馮延魯兩人，爲御史中丞江文蔚、知制誥徐鉉、史館修撰韓熙載等三人所彈劾。〔註15〕延巳罷相爲太子少傅，陳覺流放蘄州，馮延魯流放舒州（安徽潛山）。延巳嘆息的說：「弟弟不肯循資拜相，

　　　力諸曹，以夢錫人望，言于元宗，求爲長吏，拜戶部尚書知省事。夢錫恥爲小人所推薦，固辭不得。請惟署牘尾，無所可否。」
〔註14〕陸游《南唐書・常夢錫傳》云：「惟署牘尾，無所可否。延巳辛文致其閨門罪，貶饒州團練副使。」
　　　馬令《南唐書・常夢錫傳》云：「夢錫無子，以其婿王繼沂掌家務，或言繼沂亂內，夢錫盡出妻妾，室爲之一空，奏黜繼沂於虔州，時馮延巳爲相，劾夢錫，貶饒州團練副史。」
〔註15〕關於三人彈劾之記載，詳見陸游《南唐書・江文蔚傳》、〈韓熙載傳〉、《徐公文集》卷第十五〈江君墓誌銘〉及《資治通鑑》卷二八六。

才會有今日的下場！」〔註16〕同時，江文蔚因為奏辭激昂，被貶為江州（江西九江）司士參軍，而韓熙載被齊丘誣奏為嗜酒猖狂，亦被黜貶為和州（安徽和縣）司士參軍。這時，契丹進犯汴梁（河南開封），韓熙載奏請出兵討伐契丹。五月，契丹北歸，元宗擬行北伐，以李金水為北面行營招討使。六月，劉知遠率軍進入汴梁，元宗停止北伐。

　　保大六年（948），延巳以太子少傅出任撫州昭武軍節度使，直到保大九年（951）才因丁繼母憂而離開撫州。在撫州任上，境內相安無事，聲譽遠播。〔註17〕

　　保大九年（951）九月，楚王希蕚為將領徐威等人所廢，元宗命邊鎬、孫仁瞻出師討伐楚國。十月，取下湖南。

　　保大十年（952）三月，延巳為左僕射，與中書侍郎徐景運、右僕射孫晟同平章事。延巳認為自己有經營天下旳才能，而人主躬身庶政，則宰相祇是尸職而已，焉能有所作為？於是元宗把政權交給他，延巳總攬百政，實行層層督促，結果往往把責任推到基層小吏身上，政事益形紛亂。不久，元宗又親臨庶政，當時，延巳敵對大理卿蕭儼，審判軍吏李甲妻，李妻因誤審坐死，鍾謨、李德明等人都認為蕭儼罪當萬死，而延巳大不以為然，他說：「蕭儼是正卿，因為誤殺一個婦人就處死刑，今日你們議殺正卿，將來誰能負這個責任？」〔註18〕於

〔註16〕馬令《南唐書》卷第二十一〈馮延魯傳〉云：「延巳嘆息曰：『弟不肯為循資宰相，一至於此。』兄弟由是有隙。」
　　　　案：有隙之說不真。又馬書〈馮延巳傳〉：「為相之後，動多徇私，而故人親戚，殆於謝絕。與弟延魯如仇讎。延魯所生，乃延巳之繼母也，亦至疏隔。」此亦惑於黨爭，而過信文蔚彈疏。

〔註17〕《徐公文集》卷六〈太弟大保馮延巳落起復加特進制〉云：「及移相府，出鎮臨川，封境綏懷，聲猷茂遠。」而馬令《南唐書·馮延巳傳》作：「出鎮撫州，亦無善政。」本文從徐文。

〔註18〕陸游《南唐書·馮延巳傳》云：蕭儼嘗廷斥其罪，及為大理卿，斷軍使李甲妻獄，失人坐死。議者皆以為當死，延巳獨揚言曰：「儼為正卿，誤殺一婦人即當以死，君等今議殺正卿，他日孰任其責？」乃建議儼素有直聲，今所坐巳更赦宥，宜功弘貸，儼遂免，人士尤稱之。

是建議說：「蕭儼正直，況且連坐的人也都已經赦免無罪，理當從輕處置。」〔註19〕結果蕭儼黜貶南昌（江西南昌）。

湖南平定後，延巳以爲國庫空虛，理當就地取費以養軍，而永安軍節度使邊鎬卻借機橫征暴斂，湖南人民大爲失望，邊鎬不能安撫，而朗州（湖南常德）副將劉言自己帶領州事，九月，召劉言入朝，劉言拒絕。十月，劉言遣將分道攻打潭州（湖南長沙）、益陽（湖南益陽），元宗擬授劉言旄節，讓他爲一方之長，以免戰事，孫晟請遵行，而延巳認爲當日僅是出動部份軍隊，就平定了湖南，今日湖南失掉三分之二，威信掃地，如何立足天下？況且，勝利在握，何不增兵平定劉言。于是相持不下，朝廷既沒有增援兵力，亦沒有補給運輸，僅是遣使旨諭長沙調配兵力和補給。不久，劉言將王仕逵破益陽，乘勝取長沙，邊鎬棄城逃走，駐戍官兵相繼流亡，祇有張巒沿途補給，且戰且走，幸能全師歸還，湖南全部淪陷。元宗大怒，削除邊鎬官爵，流放饒江（江西鄱陽），授張巒爲信州刺史。延巳、孫晟上表請罪，罷相爲左右僕射。

保大十一年（953）三月，延巳又以左僕射同平章事。是月，金陵大火，連燒一個多月，廬舍房屋焚燒殆盡。夏六月到七月，又旱蝗民飢，人民北遷的頗多。冬十月，由於楚州（江蘇淮安）築白水塘以灌溉屯田，朝廷通令各州縣修復所有的廢塘。由此，力役暴興，尤其以楚州、信州最爲嚴重。元宗派遣近臣車延規督促其事，發動洪（江西南昌）、饒、吉（江西吉安）、筠（江西高安）等州的人民和牛馬，官員狼狽爲姦，侵佔民田，江淮騷動，百姓仰天訴冤。知制誥徐鉉上書奏告元宗，元宗特派徐鉉行視利害，徐鉉到楚州，歸還所有侵佔的民田，斥責車延規，于是有人誣告徐鉉作威作福，元宗大怒，召回徐鉉，十二月，徐鉉流放舒州，而各州的廢塘也都未修復。從保大十一年（953）六月到十二年（954）三月，天旱蟲害，全國饑荒，朝廷通

〔註19〕並見註18。

令各州以粥糜分食饑民。

保大十四年（956）正月，周世宗親征南唐。二月襲擊清流關（安徽滁縣西北廿五里）。元宗遣派翰林學士鍾謨、文理院學士李德明出使北周，奉表稱臣。周師再陷東都廣陵，三月，元宗再遣孫晟、王崇質出使北周，行前，孫晟對延巳說：「此次出使，本是左相（案相延巳）職責；我若推辭，則辜負先帝的恩寵。」〔註20〕不久，周世宗命李德明歸國旨諭元宗割獻江北等地，陳覺、李徵古進言李德明賣國求榮，元宗怒，斬李德明。十一月，北周殺孫晟，從行一百多人皆被害。

保大十五年（957）二月，北周大軍南下，江北淪陷，延巳罷相為太子少傅。明年（958）三月，以平章事出使北周，在揚州謁見周世宗，四月歸還。五月，南唐去帝號稱王，凡稱帝時儀制皆隨之貶損，延巳罷左僕射平章事為太子少傅。割地稱臣之後，鍾謨由北周歸國，挾持周世宗專權用事，盡斥宋黨。十一月，宋齊丘請歸九華山（安徽青陽縣西南四十里），賜陳覺、李徵古自盡。再一年（959），宋齊丘、查文徽死，以宋齊丘為首的主戰派至此覆敗。

宋太祖建隆元年（960）五月廿七日，延巳逝世，享年五十八，謚忠肅。延巳多才多藝，辯說縱橫，能使人忘食廢寢。善書法，字學虞世南。亦擅詩詞，尤其以樂府詞見長，有《陽春集》一書傳於後世。

延巳以一介書生浮沉宦海，忽忽三十有五年。其始以依附宋齊丘為自重，而晚節不隨宋黨墮敗，此正是千古文人不可移之貞操。

〔註20〕《通鑑》卷二九三〈後周紀〉四云：「晟謂馮延巳曰：『此行當在左相，晟若辭，則負先帝。』既行，知不免，中夜歎息，謂崇質曰：『君家百口，宜自為謀，吾思之熟矣，終不負永陵一抔土，餘無所知。』」

第三章　馮延巳與《釣磯立談》

一、前　言

　　《釣磯立談》一書極力詆毀馮延巳，而歐陽修的《新五代史記》，司馬光的《資治通鑑》、馬令的《南唐書》、陸游的《南唐書》、陳霆的《唐餘紀傳》、王任臣的《十國春秋》等書多接受他的說法。因此使後人對馮延巳的爲人就頗多誤解了，爲了使世人對延巳爲人有一較正確的認識，對《釣磯立談》這本書作一深入研究是必需的。

　　考《釣磯立談》，史虛白次子所作，〔註 1〕虛白和韓熙載在後唐

明宗天成六年（926），兩人自後唐奔吳。是時南唐烈祖李昪爲吳左僕
射參政事，宋齊丘最爲李昪倚重，而盧白聲言要取代齊丘，因此爲齊
丘所排斥，而後隱居終身。因此他的兒子撰《釣磯立談》，對於宋齊
丘黨人往往有所斥責，而馮延巳正是宋黨要角。《釣磯立談》甚且把
與馮延巳無關的許多宋黨爛賬也算在延巳身上。這種朋黨恩怨的記
載，實在不能盡信，而歐陽修、司馬光、馬令、陸游等人失查，竟然
採入史書，近人夏承燾在〈馮正中年譜〉裡辨證說：

> 宋人野記之述南唐事者，《釣磯立談》外，有龍袞《江南
> 野史》，陳彭年《江南別錄》，鄭文寶《江表志》，闕名《江
> 南餘載》，闕名《五國故事》及路振《九國志》六種。而
> 除《釣磯立談》外，無有苛論正中者。鄭文寶南唐舊臣，
> 其〈江表志自序〉，徐鉉、湯悅之謂《江南錄》事多遺落，
> 筆削不無高下。因以耳目所及補其遺漏。其書之詳慎可
> 知。嘗誚《江南錄》不罪宋齊丘爲失直筆，其於兩黨無偏
> 阿又可知。今書中於齊丘、陳覺、李徵古等皆無恕辭，獨
> 無一語及正中。記伐閩之役，亦惟歸罪延魯、陳覺，不連
> 正中，與《立談》大異。考之史傳，最爲得實。此其一。
> 闕名之《江南餘載》，即以鄭文寶《江表志》爲稿本。記
> 正中有云，「馮延巳自元帥府掌書記，爲中書侍郎，登相
> 位。時論少之。延魯之敗，御史中丞江文蔚上疏請黜延巳。
> 上曰相從二十年，獨此人在中書，亦何足怪。雲龍風虎，
> 自古有之。且厚於舊人，則於斯人亦不薄矣。」止謂正中
> 以舊恩致顯，未爲過辭。此其二。陳彭年十餘歲即與後主
> 子仲宣游處，於南唐時事，見聞必眞，其《江南別錄》謂
> 「延魯急於趨進，欲以功名圖重位，乃興建州之役。延巳
> 曰，士以文行飾身，忠信事上，何用行險以邀祿。延魯曰，

子，宋志荒謬不足爲據，曹氏新本竟題盧白者，殊未考也。
又《知不足齋叢書》冊二《釣磯立談》鮑廷博跋云：予以自序及他
書考之，蓋盧白仲子之筆，盧白在烈祖時，曾爲校書郎，故序稱先
校書。又龍袞《江南野史》云：盧白二子，長早卒，次舉進士，孫
溫成平中擢第，今序有云：使小子溫成誦于口，知其出於仲氏矣。

兄自能如此，弟不能惜惜待循資宰相也。」此記正中語，
粹然儒素，與徐鉉作正中制詞，稱爲「君子之儒」「儒雅
積中」者合。此其三。陸傳謂正中晚年稍爲平恕。馬書傳
稱其救蕭儼爲「裴冕損怨，無以復加。」即江文蔚搏擊之
疏，亦止云「善柔其色，才業無聞。」合此以推，正中之
爲人可知。（《五國故事》及《九國志》無正中事。今傳殘
本《江南野史》卷五〈孫忌傳〉云，「延巳狠愎，不識大
體。」野史甚袒孫忌，故黜正中，此語不可信。）史虛白
在南唐隱居未仕，其子作《立談》，在虛白卒後，見聞已
不如文寶、彭年之眞。加之以愛憎之私，架誣之辭，其書
本不足據。陸游、司馬光乃漫然無所別擇，不得謂非千慮
之失矣。茲附著黨爭事迹於譜，而發其凡于此，其細節不
備辯也。

南唐黨爭起于拓域意見的相左，宋黨都是激進份子，以功名自
許，主張拓域應該從潭、越（即荊楚、吳越和閩）開始，而另一群人
則大不以爲然。昇元三年（938），宋齊丘和常夢錫兩人已經爲了郊祭
的事，而相互排斥。〔註2〕以後終烈祖朝黨爭總算沒有再度的形式化，
主要是烈祖本人並不想用武力強取中原。等到元宗即位，銳意經營天
下，有克復中原之志，於是宋黨得勢，魏岑、查文徽、陳覺、李徵古、
馮延巳、李德明、鍾謨等人相繼用事，由是南唐政事遂不可收拾。元
宗晚年，知道拓域並不是一件容易的事，因此倡議弭兵務農，盡去黨
與，宋黨覆敗。

二、黨爭人物

馬令《南唐書》卷二十〈黨與傳序論〉云：

> 南唐之士，亦各有黨，智者觀之，君子小人見矣。或曰宋
> 齊丘、陳覺、李徵古、馮延巳、延魯、魏岑、查文徽爲一

〔註2〕馬令《南唐書》卷一〈先主書〉云：司徒齊丘請依春秋郊以四月上
辛，常夢錫駁曰：「案禮：天子之郊以冬至，不卜日。魯侯之郊以仲
春，卜上辛。今之四月非郊之時。」齊丘固爭，遂用夏四月。

黨。孫晟、常夢錫、蕭儼、韓熙載、江文蔚、鍾謨、李德
明爲一黨。而或列爲黨與，或各敍于傳者，何哉？蓋世衰
道喪，小人阿附以消君子，而君子小人反類不合，故自小
人觀之，因謂之黨與，而君子未嘗有黨也。予之所論，一
入黨與，則宜無君子；而各著于篇者，未必皆小人。嗚呼！
弗可不察也，作黨與傳。

其實李德明、鍾謨當屬騎牆的投機份子。爲使對馮延巳有個新的認
識，特地把黨爭有關人物做個抽樣式的介紹：

宋齊丘〔註3〕（887～959）

　字子嵩，豫州廬陵（今江西省吉安縣）〔註4〕人。喜縱橫長短
之說，性情暴躁，剛愎自用，不識大體。以〈鳳皇台詩〉〔註5〕見
知於烈祖。歷官吳、南唐兩代，均位至宰輔。阿附者甚眾。曾經自
誇江南精兵三十萬：士卒十萬，長江險要當十萬，而自己當十萬。
挾功跋扈於烈祖朝。後來因爲參預烈祖建儲事，而不爲元宗所重
用。周世宗顯德五年（958）十一月放歸九華山，明年逝世，諡醜
繆。

〔註3〕馬書卷二十，陸書列傳第一卷有宋齊丘，除外《十國春秋》、《唐餘
　　　紀傳》亦有傳，本文以馬、陸《南唐書》爲主，以下同。
〔註4〕馬書作豫章人。
〔註5〕馬書〈宋齊丘傳〉收有〈鳳皇詩〉，詩云：嵯峨壓洪泉，岔峇撑碧落。
　　　宜哉秦始皇，不驅亦不鑿。上有布政台，入顧背城郭。山蟄龍虎健，
　　　水黑蟣蝨作。白虹欲吞人，赤驥相煇爍。畫棟泥金碧，石路盤碗确。
　　　倒掛哭月猿，危立思天鶴。鑿池養蛟龍，栽松棲鸑鷟。梁間燕教鶵，
　　　石罅虵懸殼。養花如養賢，去草如去惡。日晚嚴城鼓，風來蕭寺鐸。
　　　掃地驅塵埃，剪蒿除鳥雀。金桃帶葉摘，綠李和衣嚼。貞竹無盛衰，
　　　媚柳先搖落。塵飛景陽井，草合臨春閣。芙蓉如佳人，廻首似調謔。
　　　當軒有直道，無人肯駐腳。夜半鼠竊窣，天陰鬼敲啄。松孤不易立，
　　　石醜難安著。自怜啄木鳥，去蠹終不錯。曉風吹梧桐，樹頭鳴噪噪。
　　　峨峨江令石，青苔何淡薄。不話興亡事，舉首思眇邈。吁哉未到此，
　　　偏劣同尺蠖。籠鶴羨鳧毛，猛虎愛蝸角。一日賢太守，與我觀橐籥。
　　　往往獨自語，天帝相唯諾。風雲偶不來，寰宇銷一略。我欲烹長鯨，
　　　四海爲鼎鑊。我欲取大鵬，天地爲繒繳。安得生羽翰，雄飛上寥廓。

陳覺〔註6〕（？～958）

揚州海陵（今江蘇秦縣）人。由齊丘推薦爲烈祖次子景遷教授。

烈祖晚年多暴怒，近臣時常遭受譴責，陳覺恐懼，有數月稱疾不敢上朝。

南唐元宗保大四年（946）六月，陳覺矯制發動建、汀、信等州部隊討伐閩國，兵敗，罪當死，而齊丘、延巳上表自咎，請赦陳覺罪。

保大十四年（956），周世宗遣李德明歸國，諭元宗割地。宋齊丘、陳覺、李徵古等人斥責李德明賣國求榮，元宗殺李德明。而後元宗命齊王景達率兵抗拒周師，以陳覺爲監軍使，軍政都出陳覺手。陳覺矜能忌才，南唐將領朱元屢次有功，非但不獎賞，甚且剝奪他的兵權，因此朱元投奔北周。

元宗交泰元年（958）三月，陳覺使周歸來，僞傳周世宗的話，要元宗殺宰相嚴續以謝過。元宗知道陳覺和嚴續有嫌隙，不信，使鍾謨到北周覆案，察覺了陳覺的謊言，貶陳覺爲饒州安置使，並使人在途中就地處死。

李徵古〔註7〕（？～958）

宜春（今江西宜春縣）人，烈祖昇元中進士。出入齊丘門下。

元宗朝，李徵古和陳覺專持國政，氣焰熏人。保大十五年（957）濠州兵敗，身爲樞密副使的李徵古非但不自咎，甚且想挾持齊丘以爲長久之計，於是和陳覺奏請天象變異，人主應該避位祈禱，請元宗深居後宮，而把國事委任宋齊丘。可惜內幕被陳喬拆穿，元宗沒有受騙。陳覺矯命要殺嚴續的事敗露後，李徵古也被貶殺洪州。

馮延魯〔註8〕（？～970）

字叔文，一名謐，延巳異母弟。與延巳皆以文學得幸。爲人浮躁誇大，急於仕進，而喜歡高談退隱事。元宗保大十四年（956），以工

〔註6〕馬書卷第廿一、陸書列傳第六卷有〈陳覺傳〉。
〔註7〕馬書卷第廿一、陸書列傳第六卷有〈李徵古傳〉。
〔註8〕馬書卷第廿一、陸書列傳第八卷有〈馮延魯傳〉。

部侍郎出爲東都（廣陵）副留守，周師南侵，僞裝僧人逃走，被俘。留居大梁（開封），一年後歸國，拜戶部尙書。宋太祖建隆元年（960）十一月，太祖平定李重進，南唐遣派嚴續犒軍，從鎰、馮延魯朝貢。太祖將引兵南渡。同時責問延魯，南唐何以敢勾通叛臣李重進，延魯針鋒以對，於是太祖停止南下。南唐亡後歸宋。

魏 岑 〔註9〕

字景山，鄆州須城（今山東東平縣）人，遍遊天下山水名勝，善於奉承顏色，出於齊丘門下。

陳覺矯命發兵攻打閩國，魏岑正在安撫漳、泉，也擅自發兵會合。元宗不得已授爲東南應援使，與馮延魯、王崇文、陳覺四面進攻。四人彼此爭功，進退不相呼應，其中以魏岑最爲浮躁。

元宗保大七年（949），魏岑、查文徽等人專權用事，戶部員外郎范沖敏唆使將領王建封上疏請罷黜他們。元宗怒，殺沖敏和建封。由此魏岑更是無所忌憚。一日，忽見范沖敏鬼魂，於是神魂不定，不久去世。

查文徽 〔註10〕 （890～959）

字光愼，歙州休寧（今安徽休寧縣）人，幼年好學，刻苦耐勞，手抄經史數百卷。稍長，任氣好俠，由宋齊丘推薦爲元帥府掌書記。文徽性好言兵，以下建州破王延政有功，累遷撫州觀察使，建州留後。

保大八年（950）二月，福州李弘義僞遣諜者告訴查文徽說：吳越駐戍部隊作亂，李弘義被殺。文徽信以爲眞，舉軍襲擊福州，墮馬被俘。元宗以吳越將領馬先進和吳越交換查文徽。文徽臨行，中吳越王酒毒，到金陵毒始發作，醫生說無藥可治，但仍可活十年，果然十年後死，諡宣。

〔註 9〕馬書卷第廿一、陸書列傳第十二卷有〈魏岑傳〉。
〔註10〕馬書卷第廿一、陸書列傳第二卷有〈查文徽傳〉。

孫　晟〔註11〕（？～956）

初名鳳，又名忌，密州（今山東諸城縣）人，早年舉進士，擅長詩文，天生口吃，遇人不能寒喧，坐定之後，卻談辯風生。

孫晟事烈祖、元宗二十餘年。元宗保大十年（952），與馮延巳並居相位。晟一向看不起延巳，曾說：「金碗玉杯而盛狗屎可乎？」〔註12〕晟爲人奢侈驕傲，每餐時，歌伎手捧食具，環繞侍候，號稱肉台盤。

保大十四年（956）三月，和王崇質出使周，十二月爲周世宗所害。元宗追贈太傅，封魯國公，諡文忠。

常夢錫〔註13〕（898～958）

字孟圖，扶風（今陝西扶風縣）人，精明能幹，通書記，烈祖以爲有識量，命直中書省，掌詔命。

元宗早年在王府有過失時，夢錫總是極力規勸，起初，元宗不悅，後來也就很欣賞他這種諒直的作風。即位後，首先召見慰勉，拜翰林學士。

魏岑、查文徽等宋黨專政，夢錫彈劾無效，於是稱疾縱酒，很少參加朝會。

保大四年（940），馮延巳上書彈劾夢錫觸犯閨門罪，黜貶饒州團練副使，當時，夢錫因醉酒得病，元宗特准留處東都。

夢錫嫉惡如仇，時常與元宗苦論宋齊丘一班人，元宗善辯，曲爲解說，夢錫辭窮時，祇好頓首說：「大姦似忠，陛下若再不悟，國家就要危亡了。」南唐割地稱臣後，公卿稱周爲大朝，夢錫嘲笑說：「諸位致君於堯舜，何以自稱是小朝？」公卿集會，夢錫常常哭笑謾罵，因此沒有人敢親近他。享年六十一，贈右僕射，諡康。

〔註11〕馬書卷第十六、陸書列傳第八卷有〈孫晟（陸書作忌）傳〉。
〔註12〕《資治通鑑》卷第二百九十〈後周紀〉一云：「晟素輕延巳，謂人曰：
　　　　金盃玉盌，乃貯狗矢乎？」並見《江南野史》。
〔註13〕馬書卷第十、陸書列傳第四卷有〈常夢錫傳〉。

蕭 儼 〔註14〕

廬陵（今江西吉安縣）人，十歲以童子科擢第，烈祖時官至刑部郎中，以平恕稱著。

元宗即位，欲以國讓胞弟王景遂，蕭儼反對最力，議卒不行。後來元宗在宮中造一座百尺樓，召近臣觀賞，群臣嘆稱宏麗，蕭儼卻說：「比起景陽宮來，祇是少了一口井！」元宗怒，貶爲舒州判官。保大十年（952），遷升大理卿，因爲誤審軍吏李甲妻案件，鍾謨、李德明以爲罪當死，賴馮延巳營救，黜貶南昌。

蕭儼秉身正直，勇於彈劾，百官貴戚皆怕他三分。南唐亡後，請歸鄉里，享年七十一，死後不留分文。

韓熙載 〔註15〕（902～970）

字叔言，北海（今山東益都縣）人，早年放蕩嬉戲，不拘名節，弱冠擢進士第。奔吳後，由宋齊丘引見烈祖。〔註16〕

烈祖即位，授熙載秘書郎，輔佐東宮太子李璟。熙載談笑而已，不管政事。元宗即位，熙載慨然嘆息的說：「先帝知道我有才而不能重用我，祇把我當作慕容紹宗而已！」〔註17〕從此開始談論政事，言無不盡，宋黨側目以視。

熙載風流倜儻，名重當時，一時豪傑，如蕭儼、江文蔚、常夢錫、馮延巳、馮延魯、徐鉉、徐鍇、潘佑、舒雅、張洎等人，都常聚集其家。〔註18〕可是他終身不得志。當他知道抱負無所施展之後，便畜養歌伎，不加約束，任意與賓客雜處。這種作風引起了許多指責。但熙

〔註14〕馬書卷第廿二、陸書列傳第十二卷有〈蕭儼傳〉。
〔註15〕馬書卷第十三、陸書列傳第九卷有〈韓熙載傳〉。
〔註16〕見《釣磯立談》。
〔註17〕《北齊書》傳第十二〈慕容紹宗傳〉。紹宗，慕容晃第四子，太原王恪後。曾祖騰歸魏，遂居代。紹宗恢毅深沈有膽略，其先，佐爾朱榮、爾朱兆。兆敗後，歸高歡北齊高祖，爲高祖一代名臣。後征西魏王思政于潁州，臨堰遇暴風，飄艦向敵城，遂投水死，謚景惠。
〔註18〕見《釣磯立談》。

載告訴親近的人說：「我故意如此，避免做宰相耳。」享年六十七，後主追贈右僕射同平章事，諡文靖，廢朝三天。

江文蔚〔註19〕（601～952）

字君章，建安（今福建省建甌縣）人。〔註20〕後唐長興（案長興是後唐明宗李嗣源自西元930年至933年間的年號）中舉進士。烈祖即位，拜中書舍人。文蔚撰述朝覲會同祭祀宴饗等禮儀，成為南唐一代紀綱。

元宗保大四年（946），討伐福州兵敗，江文蔚上書彈劾陳覺、延巳兄弟。元宗怒，貶文蔚為江州司士參軍。文蔚因此直聲震江南。

江文蔚聲譽與韓熙不相上下。熙載放浪形骸，文蔚自勵行義。保大十五年（957）逝世，享年五十二，諡簡。

鍾謨〔註21〕（？～960）

字仲益，會稽（今浙江紹興縣）人，僑居金陵（今南京市），〔註22〕朗爽聰明，元宗拔自下位，奏疏論理，脫穎時輩。

保大十四年（956）二月，與李德明出使北周，後李德明歸國勸請元宗割地，被殺。鍾謨被拘留在北周，等到元宗割地稱臣之後，鍾謨才從北周歸國。歸國後挾周世宗專權用事，斥責宋齊丘、陳覺、李徵古等人亂政，宋黨由是覆敗，拜尚書省事，而三省之事，無所不管，更想左右元宗建儲。周世宗顯德六年（959）六月，周世宗崩，鍾謨被貶為著作郎、饒州安置，遣中使帶領侍衛軍十人，即刻監督上道。是時，鍾謨患風眩病，在路上賦詩十首，悲愴悽涼，改貶宣州副使。建隆元年（960）正月，元宗得知宋祖趙匡胤即位，於是遣使賜死。

〔註19〕馬書卷第十三、陸書列傳第七卷有〈江文尉傳〉。
〔註20〕馬書作許人，許今屬河南許昌縣。
〔註21〕馬書卷第十九、陸書列傳第四卷有〈鍾謨傳〉。
〔註22〕陸書作「會稽人，徙建安。」《唐餘紀傳》作「其先會稽人，徙閩之崇安。」《十國春秋》「其先會稽人，徙閩之崇安，已而僑居金陵。」

李德明〔註23〕（906～956）

家世不明，早年落魄，但有大志。

鍾謨友善，頗得元宗寵信，兩人天性浮躁，反覆險戲，朝士側目，稱爲鍾李。自王建封、范沖敏被殺後，更是爲非作歹。

保大十四年（956）三月，德明自北周歸國勸請元宗割地，宋黨斥責爲賣國求榮，德明被殺。後鍾謨歸國，覆李德明案，元宗追贈德明爲光祿卿，謚忠。

由上簡介看來，所謂黨與人物，如陳覺、李徵古、馮延魯、魏岑、查文徽等人，都是以功名自許。爲功名，往往不擇手段以達到目的，因此更相倡和，以開拓疆域勸請元宗，祇有拓域才是達成功名的捷徑。利之所在，**趨之若鶩**，這班人的結合正是這股臭氣的投合，等到利害相左時，又是翻臉不認人，《十國春秋》卷二十六〈魏岑傳〉：

> 岑初與覺善，既而不相能，乃譖覺於元宗，左遷少府監，時謂岑謀叵測。未幾，覺矯命發兵攻福州，岑方安撫漳、泉，聞覺舉事，恐其專有功，亦擅發兵會覺。元宗以勢不可止，遂以岑爲東南面應援使，與馮延魯、王崇文及覺四面進攻，彼此爭功，進退不相應。

案魏岑、查文徽專矜於前；陳覺、李徵古跋扈於後。其實，這些人正是頂著齊丘之羊頭招牌，而幹賣狗肉的勾當。《十國春秋》卷二十六〈李徵古傳〉云：

> 齊丘告歸九華，逾年不召，徵古使其僚謝仲宣諷景達言于元宗曰：「齊丘先帝布衣之舊，雖不用，不當棄之。」齊丘既得召，徵古遂與陳覺結爲朋黨，已而改樞密副使，同覺掌機樞，益相與挾齊丘以自用。

齊丘身爲國老，爵至三公，富貴已極，他的確也引進過不少的人才。《釣磯立談》稱：

〔註23〕馬書卷第十九、陸書列傳第四卷有〈李德明傳〉。

> 宋子嵩初佐烈祖，招來俊傑，布在班行，如孫晟、韓熙載
> 等，皆有特操，議論可聽。

可惜齊丘胸襟狹窄，不能容忍意見相異的人，陸游《南唐書》列傳第
一卷〈宋齊丘傳〉云：

> 人以比劉穆之之佐宋高祖。然齊丘資躁褊，或議不合，則
> 拂衣遽起，烈祖謝之而已。

對烈祖如此，何況是他人。因此孫晟、韓熙載日後都成爲敵對，而陳
覺、李徵古等人卻是吃定了他。齊丘得勢烈祖朝，後來因爲烈祖立儲
事，而見怨於元宗。〔註24〕元宗即位後，並未重用過他，幾次起用衹
不過是陳覺等人的傑作而已，因此李建勳笑他輕易出處。〔註25〕綜觀
齊丘爲人，正如陸游《南唐書》列傳第一卷〈宋齊丘傳〉云：

> 方齊丘敗時，年七十三，且無子，若謂窺伺謀竊，則過也，
> 特好權利詭譎，造虛譽，擅朋黨，矜功忌能，飾詐護前，
> 富貴滿溢，猶不知懼，狃於要君，闇于知人，釁隙遂成，
> 蒙大惡以死，悲夫！

說到馮延魯，並非出自齊丘門下，衹是一個汲汲於功名的趨進份
子，《江南別錄》云：

> 延魯急於趨進，欲以功名圖重位，乃興建州之役。延巳曰：
> 「士以文行飾身，忠信事上，何用行險以要祿。」延魯曰：
> 「兄自能如此，弟不能悟悟待循資宰相也。」

在元宗保大十四年（956）二月，周師南下時，自爲東都副留守的他，
竟是僞裝僧人逃走，雖能免于身死，卻不免被俘而爲天下人所笑。

至於孫晟、常夢錫、蕭儼、韓熙載、江文蔚等人，並無連成一氣
的痕跡，這輩人皆是就事論事的君子，其間僅僅見常夢錫幫助嚴續的

〔註24〕《資治通鑑》卷第二百八十三〈後晉紀〉四。
〔註25〕馬令《南唐書》卷第十〈李建勳傳〉云：先是宋齊丘退居青陽，號九
　　　　華先生。未幾，一徵而起，時論薄之，建勳年齒未衰，時期方重，或
　　　　謂曰：「公未及老，無大疾苦，遽有是命，欲復爲九華先生耶！」建勳
　　　　曰：「平生常笑宋公輕出處，吾豈敢違素心，自知非壽考者，欲求數年
　　　　閒適爾。」

記載，陸游《南唐書》列傳第十卷〈嚴續〉云：

> 宋齊丘專國，公卿多附之，惟續持正不爲屈。翰林學士常
> 夢錫嘗指言齊丘過咎，元宗語之曰：「大臣惟嚴續能自立，
> 然才短，恐不能勝其黨，卿宜助之。」夢錫退，諭旨于續，
> 續因與夢錫親厚，然不能盡用其言也，卒爲黨人所排。

持平的說，這般人秉心正直，並無結黨的趨勢。而常夢錫更是千古典範，夢錫始終是宋黨的最大剋星，馬令《南唐書》卷十〈常夢錫傳〉云：

> 其循公忘私，固亦古之遺直也。顯德五年卒，年六十一。
> 踰月，宋齊丘敗。元宗歎曰：「夢錫生平欲殺齊丘，恨不使
> 見之。」

再說到鍾謨、李德明正是騎牆人物，《十國春秋》卷二十六〈魏岑傳〉云：

> 時鍾謨、李德明亦用事，其趨向與岑異，而誤國則均。

顯然的，陳覺、李文徽、李徵古、魏岑等人，是出於齊丘門下。二馮、鍾、李當是出於自薦，其中二馮亦嘗出入韓熙載家門，可是他們皆不得不依附宋黨。這般人祇有李徵古是進士出身。這些人都染有縱橫習氣，學養不深。相反的，另輩人，除常夢錫外，都是科第出身，自有相當的門第可言，其世儒博學自是不在話下，而常夢錫雖非科第出身，卻是好學通書記，《十國春秋》卷二十三〈常夢錫傳〉云：

> 夢錫文章典雅，有承平之風，歌詩亦清麗，然絕不喜傳於
> 人。

由此可見夢錫亦非泛泛之輩。

其次，我們再從南唐的仕宦來看黨與人物的起伏，試列南唐將相大臣簡略表〔註26〕如下：

〔註26〕本表以萬斯同〈南唐將相大臣年表〉一文爲主，此文見於開明版《廿
五史補編》第六冊。

年　號	西元	官　名	人　　　名
烈　祖　昇　元			
元年	937	宰相	宋齊丘、徐玠 張延翰、張居詠 李建勳
		內樞使	周宗、周廷玉
二年	938	宰相	吉王景遂 宋齊丘（七月拜相，尋罷政） 張延翰、徐玠 張居詠、李建勳
		內樞使	周宗、周廷玉
三年	939	宰相	景遂 宋齊丘（不豫政） 張延翰、張居詠 李建勳
		內樞使	周宗
四年	940	宰相	景遂、宋齊丘 張延翰（十二月卒） 張居詠、李建勳
		內樞使	周宗、杜業（兵部尚書兼。）
五年	941	宰相	景遂、宋齊丘 張居詠 李建勳（七月罷）
		內樞使	周宗、杜業
六年	942	宰相	景遂（二月改領中書門下省。） 宋齊丘 張居詠、徐玠 李建勳
		內樞使	周宗、杜業

元 宗 保 大				
元年	943	宰相	景遂（七月拜兵馬元帥） 宋齊丘（十二月罷政） 張居詠 徐玠（五月卒） 李建勳（四月出爲昭武軍節度使。） 周宗（三月拜侍中）	
		內樞使	陳覺（十二月左遷少府監）	
		內樞副使	魏岑、查文徽	
		翰林學士	馮延巳、游簡言	
二年	944	宰相	周宗（正月出爲鎮南節度使。） 張居詠（正月出爲鎮海節度使。） 齊王景遂（正月總決庶政。）	
		內樞副使	魏岑 查文徽（十二月改江西安撫使。）	
		翰林學士	馮延巳、游簡言 常夢錫	
三年	945	宰相	周宗、張居詠 景遂	
		內樞副使	魏岑、陳覺	
四年	946	宰相	周宗（正月出爲鎮南節度使。） 張居詠（正月出爲鎮海節度使。） 宋齊丘（正月拜太傅中書令不豫政。） 景遂、李建勳 馮延巳、杜昌業	
		內樞副使	魏岑（八月安撫漳、泉二州） 陳覺（六月宣諭福州李弘義入朝。不克擅 自出兵）	
五年	947	宰相	宋齊丘（八月出爲鎮南節度使） 景遂（正月立爲皇太弟） 李建勳 馮延巳（四月罷爲太子太傅） 杜昌業	
		內樞副使	魏岑（四月罷爲太子洗馬旋復任） 陳覺（三月兵敗流蘄州）	

六年	948	宰相	李建勳、杜昌業
		內樞副使	陳覺
七年	949	宰相	李建勳、杜昌業
		內樞副使	陳覺
八年	950	宰相	李建勳
		內樞副使	陳覺
九年	951	宰相	李建勳、常夢錫
		內樞副使	陳覺
十年	952	宰相	李建勳（出爲鎮南節度使，秋卒） 常夢錫（貶饒州團練副使） 馮延巳（三月拜相，十一月罷） 徐景運（三月拜相，未幾罷） 孫晟（三月拜相，十一月罷）
		內樞副使	陳覺
		翰林學士	江文蔚
十一年	953	宰相	馮延巳（三月復拜相） 嚴續
		內樞副使	陳覺
十二年	954	宰相	馮延巳、嚴續
		內樞副使	陳覺
十三年	955	宰相	馮延巳、嚴續 游簡言
		內樞使	殷崇義
		內樞副使	陳覺
十四年	956	宰相	馮延巳、嚴續 游簡言
		內樞使	殷崇義
		內樞副使	陳覺
		翰林學士	鍾謨
十五年	957	宰相	馮延巳、嚴續 游簡言
		內樞使	殷崇義
		內樞副使	陳覺（三月敗還） 李徵古

交泰元年 三月去帝 號奉周朔	958	宰相	宋齊丘（十一月放歸九華山明年正月卒） 馮延巳（五月罷爲太子太傅） 嚴續（五月罷爲太子少傅） 太子弘翼（三月參決庶政）
		內樞使	殷崇義
		內樞副使	陳覺（五月罷爲兵部侍郎十一月賜死） 李徵古（三月出爲鎮南節度副使，十二月賜死）
		翰林學士	常夢錫（十一月卒）
周世宗顯 德六年 交泰二年	959	宰相	弘翼（九月卒） 從王從嘉（明年二月立爲皇太子，六月即位） 游簡言 鍾謨（十月流饒州，旋賜死）
		內樞使	殷崇義
		內樞副使	魏岑（兩年後卒） 唐鎬（明年三月卒）

　　由上可知宋黨的崛起是在元宗保大初年，而烈祖晚年是爲潛伏期。元宗一即位，宋黨即佔優勢，而所謂常夢錫一般人並沒有啥權勢可說，至於李建勳、徐鉉、張居詠、周宗等國戚、勳臣，但求明哲保身，並不想多管閒事，當然，宋黨這般人也不會魯莽到去侵犯這些國戚、勳臣。我們知道黨羽皆新進用事，他們所居官職又都是握有實權的軍職，重要的還有一張強可當十萬精兵的宋齊丘做擋箭王牌，另輩正直之士，既非國戚，也非功高的勳臣，衹是有股熱血而已，如孫晟，《十國春秋》卷二十七〈孫晟傳〉云：

　　　烈祖受禪，歷中書舍人，翰林學士，中書侍郎，元宗立，
　　　齊王景遂排之。

孫晟後來雖然拜過宰相，可是宋黨勢力已形成，再加上元宗本人的意向，因此孫晟更是無所作爲，這批正直之士所居的官位都是立法、監察之流的清職，當然，這是不能有所大作爲的。

　　其次，我們再從烈祖、元宗兩人身上來看黨爭的趨向：

　　烈祖本人深謀遠慮，不愧爲一代英主，他有揮師北定中原的抱負，可是卻主張以德服人，昇元五年（941）六月，吳越大火，宮室府庫焚毀殆盡，群臣勸請進兵討伐，烈祖則不以爲然，他主張：

> 今大敵在北，北方平則諸國可尺書召之，何以兵爲。輕舉者，兵之大忌，宜畜財養銳以俟時焉，使使唁越于武林，厚弊以覘其闕。〔註27〕

　　而元宗眉目若畫，天性儒懦，多才藝，即位後，銳意經營天下，有克復中原之志，祗是不明局勢，又取用內附群小，並且往往肆意貶殺進諫彈劾宋黨的正直人士，如馬令《南唐書》卷第十九〈王建封傳〉云：

> 時魏岑、鍾謨、李德明皆當清要，而岑詭佞尤甚，謨及德明亦輕脫，俱不協眾望，户部員外郎范沖敏頗耿介負氣，深疾岑等，而與王建封相善，以建封方被寵任，可去群黨，因勸建封上書，歷詆用事者，請盡去群小，進用正人。元宗大怒，以其武臣握禁兵，不當干預國政，流建封池州，賜死于路，沖敏棄市。

又馬令《南唐書》卷第十三〈江文蔚傳〉云：

> 時宋齊丘、陳覺、馮延巳、魏岑皆以容悦得用，人情不平。及宋齊丘拜爲諫議大夫，而延巳爲相，魏岑亦居近密，文蔚上表，其言曰：「二公移去，未稱民情，四罪盡除，方明國典。」表即上，而元宗惡其大言，黜爲江州司士。

結果國力虛耗，到了晚年才偃兵務農。

　　另外，南唐本身的立國政策，也是一件值得注意的問題，司馬光《資治通鑑》卷二八二〈後晉紀〉三云：

> 唐主自以專權取吳，尤忌宰相權重。以右僕射兼中書侍郎同平章事李建勳執政歲久，欲罷之，會建勳上疏言事，意其留中，既而唐主下有司施行，建勳自知事挾愛憎，密取所奏改之，秋，七月戊辰（初十日），罷建勳歸私第。

〔註27〕見馬令《南唐書》卷一〈先主書〉。馬書繫于昇元六年六月事。

南唐在宰相之上，又有所謂諸道元帥判六軍，這個職位即是由太子或是皇太弟擔任，烈祖時由李璟擔任。元宗時，保大五年（947）以前由齊王景遂擔任；六年（948）以後到交泰元年（958）由鄂王景達擔任，而景遂曾排斥孫晟，景達亦曾勸請元宗召用宋齊丘，可見這兩人皆不是宋黨的死對頭。〔註28〕

由上可知，南唐的立國政策，加上元宗本人的意向，正是促使宋黨專權的原動力，而在宋黨趾高氣昂之下，卻埋葬了史虛白（894～961）和韓熙載兩人的英才。

史、韓兩人在吳順義六年（926）歸吳，當時史虛白誇說可以取代齊丘，以「五可十必然」〔註29〕之論干求齊丘，而後由齊丘引見烈祖，虛白說中原紛亂，江淮富裕，正是揮師北定中原的時候，而烈祖以為國基初定，未便輕舉，因此沒有採用他的見解，虛白因此謝病隱居終身。保大元年（943），韓熙載嘗推薦虛白給元宗，元宗召問為政之道，虛白自稱草野之人，釣漁而已，怎識國家大計，而後便酒醉便溺于殿上，元宗衹好作罷。虛白甚至連兩個兒子也不讓他們出來做官，陸游《南唐書》列傳第四卷〈史虛白傳〉云：

> 徐鉉、高越謂之曰：「先生高不可屈，盍使二子仕乎？」虛白曰：「野人有子，賢則立功業，以道事明主；愚則負薪捕麋以養其母，僕未嘗介意也，不敢以累公。」鉉、越愧歎！卒年六十八。將終謂其子曰：「官賜吾美酒，飲之略盡，尚留一榼，吾死，置藜杖及此酒于棺中，四時勿用祭享，無益死者，吾亦不歆。」子皆從之。孫溫，天聖中仕為虞部

〔註28〕保大五年立景遂為皇太弟，固辭不得，於是取老子功成遂身退之意，易名退身，以示不處之志。同年景達因曲宴被辱，而後隱忍，景達雖剛毅，不歷軍容，因此受制於陳覺等人。參見馬、陸《南唐書·景遂、景達傳》。

〔註29〕《十國春秋》卷第廿九〈史虛白傳〉云：因說齊丘以五可十必然之論，多引湯武、伊、呂事，齊丘謝曰：「子道大，吾不能了此。」引見烈祖。
查考諸史，不見「五可十必然」之論的內容。

員外郎。

可仕則仕，不可仕則退而獨善其身，史氏其始進也狂放，而後退隱終生，豈能不悵然乎！

《論語·微子篇》云：「不仕無義，長幼之節，不可廢也。君臣之義，如之何其廢之。欲節其身，而亂大倫。君子之仕也，行其義也，道之不行，已知之矣。」韓熙載似乎即是這種人。，關於奏請北伐事，馬令《南唐書》卷三〈嗣主書〉云：

> 初（保大五年），契丹犯河南，晉帝北遷，韓熙載上書曰：「陛下有經營天下之志，當在今時，若戎主遁歸，中原有主，安輯稍定，則未可也。」時以連兵南閩。至此（保大九年），大議北征，熙載又上書曰：「郭氏姦雄，雖有國日淺，而爲理已固，兵若輕鉥，非獨無成，亦且有害。」

考熙載第一次上書是在保大五年（947）三月以前，當時正攻打福州，當然無暇北顧。直到保大九年（951）正月，羣臣又計議北征，而熙載卻上書勸請元宗不能輕意妄動。熙載前後見解不同，正是他的過人處，《新五代史記》卷第六十二〈南唐世家〉云：

> （熙載）初與李穀相善，明宗（後唐李嗣源）時，熙載南奔吳，穀送到正陽（河南今縣名），酒酣臨訣，熙載謂穀曰：「江左用吾爲相，當長驅以定中原。」穀曰：「中國用吾爲相，取江南如探囊中物爾。」及周師之征淮也，命穀爲將，以取淮南，而熙載不能有所爲也。

熙載以長驅北定中原自許，可是烈祖不用他，而元宗用的是內附群小，因此熙載祇好放浪形骸，而不肯入相，午夜夢醒，想到正陽別離時的誇言，能不悵然失望？

史、韓兩人對於用兵的見解，雖然不能和烈祖相提並論，可是在南唐中仍算是佼佼者，當然他們兩人的失誤處，即是沒有認清對方的情勢，同時也未能審查自己國家的處境。

說到馮延巳以一介文士入仕，爲圖求功名，自不能不依附權貴；宋齊丘胸襟窄狹，若不依附即遭排斥，延巳新進，自無能獨意孤行，

馬令《南唐書》卷第二十〈宋齊丘傳〉云：

> （齊丘）書札不工，亦自矜衒，而嗤鄙歐、虞之徒。馮延
> 巳亦工書，遠勝齊丘，而佯為師授以媚。齊丘謂之曰：「子
> 書非不善，然不能精，意往往似虞世南。」

馮延巳起初依附齊丘自是不爭的事實，可是他並不是由齊丘推薦而致
顯，延巳不隨宋黨墮敗，並且得到美諡，〔註30〕正是最好的見證，至
於救蕭儼和指責弟弟延魯行險要祿，尤其可見他的為人，李昉〈徐公
墓誌銘〉云：

> 公愛婿吳淑言：江南宰相馮延巳常語人曰：「凡人之為文，
> 皆事奇語，不爾則不足觀。惟徐公不然，率意而成，自造
> 精極。」

蕭、徐兩人都曾經彈劾過延巳，而延巳若此，豈不是強而有力的陪
證。

再說保大十年（952），延巳總攬庶政，馬令《南唐書》卷第廿一
〈馮延巳傳〉云：

> 延巳無才而好大言，及再入相，乃言己之智略足以經營天
> 下，而人主躬親庶務，宰相備位，何以致理。於是元宗悉
> 以庶政委之，奏可而已。延巳遲疑顧望，責成胥吏之手。

其實，宰相總攬政權，而責成屬吏之手，正是當然的道理，《資治通
鑑》卷二九○〈後周紀〉云：

> 延巳言於唐主曰：「陛下躬親庶務，故宰相不得盡其才，此
> 治道所以未成也。」唐主乃悉以政事委之，奏可而已，既
> 而延巳不能勤事，文書皆仰成胥吏，軍旅則委之邊將，頃
> 之，事益不治，唐主乃復攬之。

延巳責言宰相備位和元宗復自攬政，竊疑與前述南唐立國政策不無關
係。查考史實，並無延巳專權用事和陷害忠良的記載。才與不才，並
非批判好壞的惟一標準，延巳雖然幾度拜相，而其間並無有關治績的

〔註30〕馮延巳諡忠肅，考鄭樵《通志》卷四十六云：「右百卅一諡，用之君
親焉，用之君子焉。」考忠肅兩字，皆見於此百卅一字中。

記載，當然，這與黨爭自有關係，可是我們知道，延巳拜相之時，國老宋齊丘、國戚李建勳等人也在相位，論資望權勢，延巳不如他們甚遠，自然不可能大權獨攬，爲所欲爲，南唐在保大十一（953）以後，旱災蟲害，接踵而來，跟著又是外患，在這種內憂外患的國家裏拜相，又能有啥作爲？因此延巳祇好把一份執著寄意於詩詞裡。

不可否認，馮延巳熱中功名，恃才傲物，並不是一個出色的政治家，尤其是對於進討劉言事，更是貽禍不少。可是，我們知道，延巳能拜相國，得到元宗一世的寵信，主要是由於兩人早年從游與有相同的喜好，史載「何干卿事」，〔註31〕正是君臣相投無猜的寫照，《資治通鑑》卷二九○〈後周紀〉一云：

> 唐主好文學，故熙載與馮延巳、延魯、江文蔚、潘佑、徐鉉之徒皆至美官。

又卷二九二〈後周紀〉三云：

> 唐主性和柔，好文章，而喜人佞己，由是諂諛之臣多進用，政事日亂。

除外，《江表志》卷下云：

> 兄弟承恩者，馮延巳、延魯。

這當是持平可信的記載。

關於《釣磯立談》所以苛責延巳，夏氏承燾辨證上又說：

> 其後宋黨先敗。齊丘、陳覺、李微古皆蒙大惡誅。不如孫晟、李德明之能死國事。當時毀譽，已判低昂，又周師南侵，僨事者皆宋黨渠率。易代之後，遺民抱宗社之痛者，一以南唐之亡，歸獄宋黨。益之韓熙載、徐鉉皆享老壽，文采傾動一時。世士響慕，遂多阿孫、常而貶宋、陳。史某作《釣磯立談》，至斥正中爲賊臣，爲憸人小夫。所記尤多厚誣。如謂宋平李重進時，正中奉使，對宋祖失辭，足爲致討之因。而不考宋平重進，在正中卒後，奉使乃延魯而非正中。舉此一節，他可知矣。細稽《立談》所以致憾

〔註31〕並見馬、陸《南唐》，《唐餘紀傳》，《十國春秋·馮延巳傳》。

正中，蓋亦有故。《立談》史虛白之次子作。虛白與韓熙載
友善，順義間與熙載同自後唐南奔。旋以放言見拒於宋齊
丘，隱處以卒。故其子於宋黨諸人，斥貶至嚴。夫齊丘、
陳覺諸人之末節，固無所逭責，若并及正中，實爲深文。

三、《立談》剖析

試將《立談》中有關延巳的記載，逐條剖析如下：

一

《立談》：

唐祚中興，大臣議廣土宇，往往皆以爲當自潭、越始，烈祖
不以爲是。一旦，召齊丘、馮延巳等數人俱入，元宗侍側，
上曰：（略）。馮延巳越次而對曰：「河山居中以制四極，誠
如聖旨。然臣愚，以謂羽毛不備，不可以遠舉；旌麾黯闇，
不可以號召；輿賦不充，不可以興事。陛下撫封境之內，共
已靜默，所以自守者足矣，如將有志，必從跬步始，今王朝
餘孽，負固閩徼，井蛙跳梁，人不堪命，錢塘君臣，驕奢不
能自立，而又刮地重歛，下戶獘踣，荊楚之君，國小而夸，
以法論之，皆將肇亂，故其壤接地連，風馬相及。臣愚以爲
興王之功，當先事於三國。」上曰：「不然，（略）」於是孫
忌及宋齊丘同辭以對曰：「聖志遠大，誠非愚臣等所及也。」

案：潭即是荊楚，越即是錢塘與閩，當然所謂取代三國即是攻自
潭越。《立談》既說是大臣都以爲當自潭越始，而後又說延巳
越次伸說取代三國，似乎是認定馮延巳爲首倡者，綜觀記載
可疑之處有三：

（一）考《通鑑》、馬陸《南唐》、《十國春秋》等書，並沒有
延巳主張取代三國的記載。

（二）延巳當時官不過元帥府掌書記，稱不上是大官，同時有
齊丘、孫晟、齊王等人在，延巳縱使狂妄，是否敢越次而對，
乃是值得懷疑。

（三）考《通鑑》卷二八二所記，所謂「群臣爭言陛下中興」
乃是昇元五年（941）四月事，同年六月吳越大火，「唐人爭
勸唐主乘弊取之。」而《立談》云：「錢塘大火，宮室器械爲
之一空，宋齊丘乘閒進言曰：『夫越與我脣齒之國也，我有大
施，而越人背之，虔劉我邊陲，污濁我原泉，股不附髀，終
非我用，今天實棄之，我師晨出，而暮踐其庭，願勿失機爲
後世憂。』」由此可知，所謂攻自潭越若非齊丘首倡，亦當是
齊丘所認同的，相反的，不可能是延巳一個人的意見。

二

《立談》：

> 保大中，查文徽、馮延魯、陳覺等爭爲討閩之役。馮延巳
> 因侍宴爲嫚言曰：「先帝齪齪無大略，每日戢兵自善，邊鄙
> 偶殺一二百人，則必齎咨動色，竟日不怡，此殆田舍翁所
> 爲，不足以集大事也。今陛下暴師數萬。流血于野，而俳
> 優燕樂不輟於前，眞天下英雄主也。」元宗頗領其語。其
> 後閩土判渙，竟成遷延之兵，湖湘既定而復變，地不加闢，
> 財乏而不振。會耶律南入，中國大亂，邊地連表請歸命，
> 而南唐君臣束手無能延納者。韓熙載上疏，請乘釁北略，
> 而兵力頓匱，茫洋不可爲計，刮瘍裹創，曾未得稍完，而
> 周祖受命，世宗南征，全淮之地，再戰而失，元宗始自歎
> 恨，厭厭以至於棄代。

> 巳曰：國之將亡，反本塞源，元宗自在藩邸，仁孝播聞，
> 及怵於賊臣之諛言，至誣誷先烈以自聖，囁指顧命，忽如
> 風之過耳，天不祚唐，可爲傷心。吁！憸人小夫不足以共
> 謀國也如此，巳每置念於中，則不覺爲之墮睫。

《新五代史・南唐世家》、《資治通鑑》、馬、陸《南唐書》、《十國春
秋》都採信《立談》的說法。《立談》斥責延巳爲憸人小夫，甚至把
國家的滅亡，和元宗的拓宇都加在延巳身上，其實拓宇是元宗的本
意，當閩君告亂，延巳請伐，馬令《南唐書》卷二十一〈查文徽傳〉

云：「保大中，閩人連重遇、朱文進弒其君曦，遣使告亂。馮延巳請執其使以伐閩，俄以民疾，寢其議。文徽獨以爲可討，王延政首亂，宜攻自建州，議者多不從，唯馮延魯替之，翰林待詔臧循者，與文徽同閈，嘗賈於閩，具知山川險易，爲陳進兵之計，文徽因是決行。」元宗保大二年（944），查文徽官拜內樞副使，討伐建州即是他的策劃，當然也是元宗所同意的。至於《立談》說馮延巳嘲笑烈祖爲田舍翁，阿諛元宗，當不是持平的說法，元宗既然是以仁孝播聞，而延巳在侍宴場合裏公然嘲笑烈祖，卻不受責備，這豈不是怪事。再說延巳若眞是賊臣，而元宗也覺悟，何以延巳不隨宋黨俱墮，這就更是怪事。考馬陸《南唐》等書，一方面採信延巳是個憸人小夫的說法，另一方面卻又說延巳斥責延魯行險要功。考《立談》云：「會元老去位，新進後生用事，爭以事業自許，以謂盪定天下，可以指日而就，上意熒惑，移於多口，由是構怨連禍，蹙國之勢，遂如削肌，其後宋齊丘，復起於遷謫之中，謀爲自固，更相唱和，兵結而不得解矣，未及十年，國用耗半。」又云：「（齊丘）一旦復得政柄，內顧根柢失據，危而易搖，因隳其初心，而更思所以自完計，首開拓境之說，規以矜企動上心。於是南生楚隙，西結越釁，晚舉全國之力，而頓兵於甌閩，堅壁之下，飛輓芻粟，徵發徭戍，四境之內騷動。鍾山李公建勳爲賦詩，有『粟多未必爲全策，師老須防有伏兵』之句，蓋切中於當時之病。李宗坐是而不競，而子嵩之名亦因以隤，悲夫！」又云：「（齊丘）及晚年，惑於陳覺、馮延巳等，更疏薄平素所知獎者。」依《立談》的說法，齊丘本來就是主張拓域，後來因爲受陳覺、馮延巳等新進用事的刺激，爲求自完計，於是極力主張用兵。齊丘再拜相是元宗保大四年（946），此時宋黨勢力已形成，齊丘身爲國老，位至三公，本無可求，祗是好權利詭譎，其實齊丘拜相，正是陳覺等人的計議，這般群小，謀求自計，於是使出這張王牌。齊丘的失敗，是在於錯用陳覺這般小人，等到伐閩失敗，身爲宰相的馮延巳，上表待罪本是職內之事，決非含有拓域起自延巳的意思在內。因此《立談》把一批爛賬算在延巳

身上，對延巳來說，正是無妄之禍。

三

《立談》：

> 烈祖使馮延巳爲齊王賓佐，孫晟面數延巳曰：「君常輕我，我知之矣，文章不如君也，技藝不如君也，談諧不如君也，然上置君于親賢門下，期以道義相輔，不可以誤國朝大計也。」延巳失色，不對而起。

> 叟曰：叟聞長老說，馮延巳之爲人，亦有可喜處，其學問淵博、文章穎發、辯說縱橫，如傾懸河，暴而聽之，不覺膝席之屬前，使人忘寢與食，但所養不厚，急於功名，持頤豎頰，先意希旨，有如脂膩，其入人肌理也，習久而不自覺。卒使烈祖之業委靡而不立，夫然後知孫丞相可謂有先知之明，世之議者，乃指以爲由忮心而發，豈其然耶！

案：《資治通鑑》、馬、陸《南唐書》、《十國春秋》皆採其說。《資治通鑑》卷二八三〈後晉紀〉四云：「延巳嘗戲中書侍郎孫晟曰：『公有何能爲中書郎？』晟曰：『晟，山東鄙儒，文章不如公，詼諧不如公，諂詐不如公，然主上使公與齊王游處，蓋欲以仁義輔導也，豈但爲聲色狗馬之友邪？晟誠無能，公之能，適足爲國家之禍耳！』」陸游《南唐書》列傳第八〈馮延巳傳〉云：「延巳負其材藝，狎侮朝士，嘗誚孫忌曰：『君有何所解而爲丞郎？』忌憤然答曰：『僕山東書生，鴻筆麗藻，十生不及君；詼諧歌酒，百生不及君；諂媚險詐，累劫不及君。然上所以置君于王邸者，欲君以道義規益，非遣君爲聲色狗馬之友也？僕固無所解，君之所解適足以敗國家耳？』延巳慚不得對。」《十國春秋》卷廿六〈馮延巳傳〉與陸書所記同，馬書不增減《立談》文意，考《通鑑》、陸書、《十國春秋》加上「負其材藝，狎侮朝士。」和誇大十百，其用意無非是爲顯示延巳人格之卑鄙而已。其實，烈祖朝，延巳有

何膽量敢狎侮朝士，況且對方又是孫晟，《立談》云：「烈祖初造唐，勞心五十餘年，須髮爲之早白，其所以側席傾遲天下之士，蓋可謂無所不至者矣，然僅得宋齊丘、孫忌、李建勳等數人而已。」孫晟豈是延巳所能面責的人。再說，當時常夢錫屢次向烈祖說延巳是個小人，﹝註32﹞不可在左右，烈祖對延巳的印象並不好，難道說延巳狂妄不自量至此，而所謂斥責弟弟又當做何種解釋？愚意以爲馮延巳恃才傲物自是可能，喜歡批評或是諷刺同僚，因此招忌不少。馬令《南唐書》卷第十六〈孫晟傳〉云：「（孫晟）與馮延巳並相元宗（案即是保大十年），晟輕延巳爲人，嘗曰：『金碗玉杯而盛狗屎可乎！』晟事烈祖、元宗二十餘年，官至司空，家益富驕，每食不設几案，使眾妓各執一器，環立而侍，號肉台盤，時人多效之。」孫晟爲人如此，延巳當然看不起，甚至背地裏批評，因此孫晟才面斥延巳，後來孫晟使周前對延巳說出那種不平的話，可謂出自肺腑。《立談》叟曰：「世之議者，乃指以爲由忮心而發，豈其然耶！」可見當時就有人替延巳叫屈。陸書〈孫晟傳〉也說：「（孫晟）累遷左僕射，與延巳並相，每鄙延巳，侮誚之，卒先罷。」延巳多才且得寵，當然孫晟看不起他。由此可知孫晟面斥延巳乃是確然的事。《徐公文集》卷七〈駕部郎中馮延巳兼起居郎屯田郎中閣居常兼起居舍人制〉云：「某官馮延巳，君子之儒，多聞爲富，發之爲直氣，播之爲雄文。」至此可知所謂延巳面數孫晟乃是《通鑑》、陸書、《十國春秋》的增附。至於叟論稱「卒使烈祖之業委靡而不立。」這僅是使人有一種過份其辭的感覺而已。

﹝註32﹞馬令《南唐》卷第十〈常夢錫傳〉云：「又言宋齊丘、陳覺姦邪，馮延巳、魏岑並小人，不宜左右春宮。」同書卷第廿一〈馮延巳傳〉亦云：「烈祖晚年亦惡之（指馮延巳），復爲常夢錫彈劾，必欲斥去，未果，而烈祖殂。」

四

《立談》：

> 及宋子嵩用意一變，群憸人乘資以聘。二馮、查、陳遂有五鬼之目，望風塵而投款者，至不可以數計。彼正人端士，雖數路廣取，勞謙遲久，而不可以多得，僉訑詭隨之黨，順風一呼，而肩摩踵決，唯恐其不容，天意之不齊，乃至於是。

案：馬令《南唐書》卷第廿〈馮延巳傳〉云：「元宗即位，延巳喜形於色，未聽政，屢入白事，一日數見，元宗不悅曰：『書記自有常職，此各有所司，何其繁也！』由是少止，遂與宋齊丘更相推唱，拜諫議大夫、翰林學士，復與其弟延魯結魏岑、陳覺、查文徽，侵損時政，時人謂之五鬼。」五鬼之目，《新五代史記》、《資治通鑑》、《十國春秋》是指二馮、陳覺、查文徽、魏岑等五人，和《立談》稍有不同。考證史實，五鬼侵損時政，《通鑑》繫於元宗保大元年（943），《通鑑》卷二百八十三〈後晉紀〉四云：「宋齊丘待陳覺素厚，唐主亦以覺爲有才，遂委任之。馮延巳、延魯、魏岑雖齊邸舊僚，皆依附覺，與休寧人查文徽更相汲引，侵蠹政事，唐人謂覺等爲五鬼。」內附群小侵損時政，一直到宋黨覆敗才算絕迹。細考史書，所謂五鬼侵損時政，當是指保大三年左右的事，保大三年（945）以前，馮延巳官拜翰林學士，延魯爲中書舍人，而陳覺、魏岑、查文徽等人爲內樞副使，這三人都是握有實權，馬令《南唐書·嗣主書》卷第二云：「（元年）十有二月（《十國春秋》作保大二年春正月），下令中外無庶政，並委齊王景遂參決。文武百官，唯樞密副使魏岑、查文徽得白事，餘非召對不得見。」魏岑、查文徽隔絕中外事，後來因爲侍衛軍都虞侯賈崇叩閣切諫而作罷，可是保大二年（944），查文徽策劃攻打建州。保大四年（946），陳覺矯命討伐福州。所謂侵損時政是也。其中隔絕中外事，僅是曇花一現，所以《立談》的五鬼沒有魏岑。當時，

延巳兄弟頗得元宗的寵信，況且延魯又是一個急進份子，因此
兩人也被列入五鬼之目。考陳覺諸人，前前後後，相繼侵損時
政，直到覆敗為止，而延巳兄弟並無侵損時政的記載，夏氏承
燾〈馮正中年譜〉云：「五鬼之目，見於《釣磯立談》，而前蜀
歐陽炯、毛文錫等亦蒙此號，蓋皆出於忌者之口，不足憑也。」
〔註33〕考延巳所以蒙受五鬼的污名，主要是因為得寵而招惹，
同時又和宋齊丘、陳覺等人有交情所致。

五

《立談》：

> 太祖討李重進於揚州，南唐遣馮延巳受命，太祖召對，謂
> 延巳曰：「凡舉事不欲再籍；我遂欲朝服濟江，汝主何以相
> 待。」延巳對曰：「重進姦雄，聞於一時，尚且一戰就擒，
> 易如拉朽，蕞爾小國，誠不足仰煩神慮。但江南士庶，眷
> 戀主恩，各有必死之志，若天威暴臨，恐須少延晷刻，大
> 朝儻肯捐棄十萬卒與之血戰，何慮而不可。」太祖笑曰：「吾
> 與汝主大義已定，前言聊以戲卿耳！」

> 叟嘗謂延巳此言可以寒心，遭逢太祖聖德宏達，籠絡宇宙，
> 方且置江南於度外，是以延巳小夫，奉使失辭，曾不加質
> 責，聊答之以一笑也，向若褊量如魏祖，有忮心似隋文，
> 則延巳之斯言，乃為致討之因矣。

案：夏氏承燾〈馮正中年譜〉五十八歲譜云：「今案（陸書〈本紀〉
二）李重進叛宋在本年十月，宋平重進在十一月。而正中則
已于本年五月前卒矣。奉命使宋，蓋延魯事。陸書十一、馬
書廿一〈延魯傳〉及《江南別錄》，載之甚詳。《立談》乃以
為正中事而加誣焉。其書妄誣正中多類此。」

〔註33〕《十國春秋》卷第五十六〈鹿虔扆傳〉云：鹿虔扆，不知何地人，
歷官至檢校太尉，與歐陽炯、韓琮、閻選、毛文錫等俱以工小詞供
奉。後主時，人忌之者號曰五鬼。

六

《立談》：

> 丞相孫侯忌之在重位也，介獨自守，不接見賓客，生平所不
> 喜者，惡之不能忘，其與宋齊丘、馮延巳輩，幾如不同天之
> 讎。及將命周朝，自知不免，私謂副使王崇質曰：「吾思之
> 熟矣，終不忍負永陵一抔土，餘非所知也。」是時，鍾謨亦
> 拔自下位，預聞國事，銳意有爲，而不肯比數時輩，朝臣嫉
> 之，上下側目，及北使還朝，爲唐鎬所擠，卒以寃死。

> 叟嘗謂此二人者，志業不同，雖俱負許國之志，至死而不
> 變，乃如經濟庶務，位在百工之上，則似非叟之所聞。

案：《資治通鑑》、馬、陸《南唐書》、《十國春秋》皆載孫晟使周
　　事，馬令《南唐書》卷第十六〈孫晟傳〉不變《立談》文意。
　　陸游《南唐書》列傳第八〈孫忌傳〉云：「忌見延巳曰：『此
　　行當屬公，然忌若辭，則是負先帝也。』既行，知不免，中
　　夜歎息，語其副使禮部尙書王崇質曰：『吾思之熟矣，終不
　　忍負永陵一抔土，餘無所知。』」《資治通鑑》卷二百九十三
　　〈後周紀〉四云：「晟謂馮延巳曰：『此行當在左相，晟若辭
　　之，則負先帝。』既行，知不免，中夜歎息，謂崇質曰：『君
　　家百口，宜自爲謀，吾思之熟矣，終不負永陵一培土，餘無
　　所知。』」《十國春秋》卷廿七〈孫晟傳〉云：「晟見延巳曰：
　　『公今當國，此行當屬公，然晟若辭，是負先帝也。』既行，
　　中夜歎息，語其副禮部尙書王崇質曰：『吾行必不免，然終
　　不負永陵一抔土也。』」孫晟不滿之心，洋溢文辭，而後殉
　　國盡忠，不愧爲一代良臣。至於《立談》稱許鍾謨，眞不知
　　道從何說起？

　　《新五代史記》、《資治通鑑》、馬、陸《南唐書》、《唐餘紀傳》、
　《十國春秋》諸史，或以《立談》爲主，而後兼採陳彭年、龍袞等人
　的稗官野史。因此有關馮延巳的行跡，往往不如《立談》之一致。馬、

陸等人既採信馮延巳斥責弟弟，和營救蕭儼等事入史，因此最後袛好來個「延巳晚稍厲為平恕」的蛇尾，一者以承上；再者以結讞忠肅。其實，延巳真是如《立談》所說的那種賊臣，元宗朝臣豈肯讞個忠肅給他。

四、餘　論

《新五代史記》、《資治通鑑》、馬、陸《南唐》、《十國春秋》等書，兼採諸說，而惑於黨爭，未能詳究事實，其間不見《立談》等書，而又值得懷疑者，附記於此：

（1）關於保大元年（943），蕭儼上書彈劾「聽民買賣男女」事。馬令《南唐書》卷第廿二〈蕭儼傳〉以為這是延魯事，不涉及延巳，而《資治通鑑》卷二百八十三〈後晉紀〉四、陸書、《十國春秋》兩書〈蕭儼傳〉皆作延巳延魯兩人事。詳見夏著〈馮正中年譜〉保大元年（943）四十一歲條。

（2）關於保大二年（944），元宗以齊王景遂總庶政事，馬令《南唐書》卷第廿二〈蕭儼傳〉云：

> 元宗即位，委政齊王景遂，馮延巳、魏岑之徒，因以隔絕中外。

《資治通鑑》卷二百八十三〈後晉紀〉四云：

> 唐主決欲傳位於齊、燕二王，翰林學士馮延巳等因之欲隔絕中外以擅權，辛巳（初八日），敕齊王景遂參決庶政，百官惟樞密副使魏岑、查文徽得白事，餘非召對不得見，國人大駭。

陸游《南唐書‧本紀》卷二云：

> 詔齊王景遂總庶政，惟樞密副使魏岑、查文徽得奏事，餘非召對不得見。

考陸書〈蕭儼傳〉，馬書〈嗣主書〉第二，《新五代史‧南唐世家》，及《十國春秋‧元宗本紀》、〈蕭儼傳〉，都和陸書〈本紀〉卷二相同。案《新五代史》成書最早，並無延巳之記載，而《通鑑》成書在後，

雖說旁採稗官野史,可是查考所存野史並無延巳之記載。而後馬書〈蕭儼傳〉採其說,而同書〈嗣主書〉卻無延巳之記載,於此可見《通鑑》和馬書〈蕭儼傳〉之不可信。

（3）關於會宴時,延巳佯醉撫景達背事,馬令《南唐書》卷第七〈齊王景達傳〉云:

> 元宗多與宗戚近臣曲宴,如馮延巳、陳覺、魏岑之徒,喧笑無度,景達呵責之。嘗與延巳會飲,延巳欲以詭賣恩,佯醉撫景達背曰:「爾不得忘我!」景達大怒,入白元宗,請致之死。元宗慰諭而已。出謂所親曰:「吾悔不先斬以聞。」太子譜善、張易從容謂景達曰:「群小構扇,其禍不細,大王力未能去,自宜隱忍。」景達由是罕預曲宴。

其他《通鑑》、陸書、《十國春秋》所記同。《通鑑》繫此事於保大五年（947）,是時,景遂已立為皇太弟,而景達為齊王。夏氏承燾〈馮正中年譜〉保大四年四十四歲譜云:

> 案保大五年,正中方在相位,景達豈敢私斬宰輔。其事可疑。考保大五年江文蔚彈正中、魏岑疏,於魏岑有云:「善事延巳,遂當權要。而面欺人主,孩視親王。侍宴詬譁,遠近驚駭。」是侍宴無禮,醉語景達者,乃魏岑而非正中。文蔚疏并彈正中,《通鑑》、馬、陸書誤以屬正中耳。

學優則仕,千古文人奉為第一信條;讀書為經世濟民,而經世濟民的捷徑自是入仕,因此讀書即是為了做官,這種做官的「政治鬱結症」便是文人的悲劇所在。文人並非即是政治家,縱使是政治家,而時代又不一定允許他有所作為。持此,沒官也是鬱結,甚至還有沒有不做官的權利,這更是鬱結。屈原、阮籍、陶淵明、謝靈運、王維、孟浩然、賈島、韓愈、李白、杜甫、杜牧、柳永……皆是,這種鬱結,「非干病酒,不是悲秋。」多少文人如此,而延巳又如何能免?

第四章　馮延巳著作考

延巳多才多藝，其著作可考者如下：

一、詩　文

《釣磯立談》云：

馮延巳之為人，亦有可喜處，其學問淵博，文章穎發。

又陸游《南唐書》列傳第八〈馮延巳傳〉云：

延巳工詩，雖貴且老不廢。如宮瓦數行曉日，龍旗百尺春風。識者謂有元和詞人氣格，尤喜為樂府詞。

查考記載，延巳留傳後世之詩文很有限。文章僅見《全唐文》卷八七六〈開先禪院碑記〉〔註1〕一篇，署「保大十二年，歲次甲寅正月丙子朔十日乙酉馮延巳奉勅撰。」考之史實，此文當寫於保大九年（951）。〈開先禪院碑記〉云：「皇帝即位之九年，詔以廬山書堂舊基為寺，寺成，會昭義（當作昭武）軍節度使馮延巳肆覲于京師。」是時，馮延巳外放在撫州。除外，並曾為元宗序《楞嚴經》，馬令《南唐書》卷第廿六〈僧應之傳〉云：

元宗喜《楞嚴經》，命左僕射馮延巳為序，其略曰：「首《楞嚴經》者，自為菩薩密因。始破阿難之迷，終證菩提之悟。

〔註1〕《全唐文》作〈開先禪院碑記〉。《江西通志》作〈開先寺記〉。

> 然則，阿難古佛也，豈有迷哉。迷者悟之對也，迷尚不立，
> 悟亦何取，是故因迷以設問，憑悟而明解。皇上聰明文思，
> 探賾索隱，雲散日朗，塵開鏡明，以爲大賚四方，未爲盛
> 德，普濟一世，始曰至仁。或啓佛乘，必歸法要。勅應之
> 書鏤版，既成上之。」

既說左僕射，當是寫於保大十年（952）十一月，在盡失湖南，罷相
爲左僕射之後。延巳文章僅存〈開先禪院碑記〉和這篇殘而不全的〈序
楞嚴經〉。

至於詩，僅見一首和兩斷句，《全唐詩》第十一函第四冊錄馮延
巳詩如下：

〈早朝〉
> 銅壺滴漏初盡，高閣雞鳴半空。
> 催啓五門金鎖，猶垂三段簾櫳。
> 階前御柳搖綠，仗下宮花散紅。
> 鴛瓦數行曉日，鸞旗百尺春風。
> 侍臣舞蹈重拜，聖壽南山永同。

又句
> 青樓阿監應相笑，書記登壇又卻回。

二、《陽春集》的版本

延巳詩文之成就遠不及樂府詞，今有《陽春集》一卷傳世。宋張
侃《張氏拙軒集》卷五云：

> 《香奩集》，唐韓偓用此名所編詩。南唐馮延巳亦用此名所
> 製詞，又名《陽春》。

或云延巳詞原名《香奩集》，又名《陽春集》。而宋人引用或著錄，則
稱《陽春錄》。

《陽春集》最早的本子是宋仁宗嘉祐三年（1058），由延巳外孫
陳世修所刊行。南宋寧宗嘉定年（1211 年左右），除陳振孫《直齋書
錄解題》本外，另有長沙本。而後抄本不傳。明朝有吳訥《唐宋名賢

百家詞》傳抄本，清朝所見本子有：錢塘何氏藏本（見張德瀛《詞徵》卷四）、汲古閣舊鈔本、康熙蕭江聲抄本、錢叔寶鈔本、趙輯寧校鈔本、康熙己巳無錫侯文燦《十名家詞》本、光緒丁亥江陰金武祥《粟香室叢書》重刻侯本，後來王鵬運（1849～1904）在光緒十五年（1889）得到彭文勤所藏汲古閣舊鈔本，於是加以校勘刻印，並補遺七闋，是爲《四印齋刻詞》本。《四印齋刻詞》自王鵬運死後，曾在天津開印一次，直到民國廿四年多天，上海西藏路大慶里中國書店石印初刻本，縮爲袖珍小冊。另外有陳秋帆據四印齋本排印的《校箋本陽春集》一卷。再外有清康熙四十六年（1707）敕編的《全唐詩》，錄《陽春詞》七十八首。

現今流行本子有兩種，一種是林大椿所輯《全唐五代詞》本。列入楊家駱主編《增訂中國學術名著》第一輯《增補詞學叢書》第一集第一冊。另一種是《南唐二主詞陽春詞合印本》，列入《增補詞學叢書》第一集第三冊。兩本均由世界書局出版，兩本內容相同，其實都是《四印齋刻詞》本的翻版，只是《全唐五代詞》本附有〈校勘記〉。

三、《陽春集》辨僞

馬令《南唐書》卷第廿一〈馮延巳傳〉云：

> 著樂章百餘闋。其〈鶴沖天〉詞云：「曉月墮。宿雲披。銀燭錦屏幃。建章鐘動玉繩低。宮漏出花遲。」又〈歸國謠〉詞云：「江水碧。江上何人吹玉笛。扁舟遠送瀟湘客。蘆花千里霜月白。傷行色。明朝便是關山隔。」見稱於世。元宗樂府辭云：「小樓吹徹玉笙寒。」延巳有「風乍起，吹皺一池春水」之句，皆爲警冊。元宗嘗戲延巳曰：「吹皺一池春水。干卿何事？」延巳曰：「未如陛下小樓吹徹玉笙寒。」元宗悅。

《陽春集》一書，並非延巳自編，而是由後人編輯而成，其中摻雜有他人的作品，早在宋代即已發現這個問題，陳振孫《直齋書錄解題》卷二十一云：

> 《陽春錄》一卷：南唐馮延巳撰。高郵崔公度伯易題其後，

稱其家所藏爲最詳確，而《尊前》、《花間》諸集，往往謬
其姓氏。近傳歐陽永叔詞亦多有之，皆失其眞也。世言風
乍起爲延巳所作，或云成幼文也，今此無有，當是幼文作。
長沙本以寘此集中，殆非也。

今本《陽春集》有一百拾九首，再加補遺七首，合計一百廿六首，顯
然和百餘闋有出入。試就《全唐五代詞・校記》、〈馮正中年譜〉、唐圭
璋〈宋詞互見考〉諸文所考，把《陽春詞》和他人作品互見列表如下：

詞　牌	歌　詞　首　句	互　見　書　名
酒泉子	楚女不歸	
歸國謠	香玉。翠鳳寶釵垂簶黦	
更漏子	玉爐煙。紅燭淚。	以上三闋《花間集》並題溫庭筠作。
菩薩蠻	人人說盡江南好	
清平樂	春愁南陌	
應天長	綠槐陰裏黃鶯語	以上三闋《花間集》並題韋莊作。
江城子	曲闌干外小中庭	
	碧羅衫子鬱金裙	
浣溪沙	醉憶春山獨倚樓（案此闋後半闋同。）	以上三闋《花間集》並題張泌作。
謁金門	秋已暮。重疊關山岐路	《花間集》題牛希濟作。
浣溪沙	桃李相逢簾幕閑	《花間集》題孫光憲作。
	春色迷人恨正賒	《花間集》題顧敻作。
相見歡	羅幃繡袂香紅	《花間集》題薛昭蘊作。
拋球樂	盡日登高興未殘	別作和凝
鶴沖天	曉月墜。宿雲披	《尊前集》題和凝作。
醉桃源	東風吹水日銜山	《南唐後主詞》、《六一詞》並載此闋。
應天長	一鉤新月臨鸞鏡	《南唐中主詞》、《六一詞》並載此闋。
鵲踏枝	誰道閑情拋棄久	
	幾日行雲何處去	
	庭院深深深幾許	
	六曲闌干偎碧樹	

歸自謠	何處笛	
	寒山碧	
	春艷艷	
芳草渡	梧桐落。蓼華秋	
更漏子	風帶寒。秋正好	
醉桃源	南園春早踏青時	
	角聲吹斷隴梅枝	
清平樂	雨晴烟晚。綠水新池滿	
應天長	石城山下桃花綻	
玉樓春	雪雲乍變春雲簇	以上十四闋並見《六一詞》。
		玉樓春《尊前集》題作馮詞。
虞美人	畫堂新霽情蕭索	
	碧波簾幕垂朱戶	以上二闋並見疆村本《子野詞》。
鵲踏枝	籬落繁枝千萬片	見杜安世《壽域詞》。
思越人	酒醒情懷惡	見晁補之《琴趣外篇》

　　《陽春集》並見他人集中作品共有卅五闋，馬書所謂百餘闋，而沒有說一百二十餘闋，自有他的根據在。考《陽春詞》相混情形有二種：一種是和前人相混，主要集子是《花間集》；另一種是和後人相混，主要對象是《六一詞》。這兩種相混的辨偽，困惑千年之久。尤其是跟《六一詞》相混的部份更難分辨，無論在用字、意境、押韻等方面，兩人都很相似，這種相混難辨的情況，早在陳振孫時代便已存在，《直齋書錄解題》云：

　　　　《六一詞》：歐陽文忠公修撰，其間多有與《花間》、《陽春》
　　　　相混者，亦有鄙褻之詞一、二廁其間，當是仇人無名子所
　　　　為也。

又四部叢刊《歐陽文忠公文集》近體樂府（卷一百三十一～一百三十三）卷末羅泌校正云：

　　　　元豐中崔公度跋馮延巳《陽春錄》，謂皆延巳親筆，其間有
　　　　誤入《六一詞》者，近世《桐志》《新安志》亦記其事，今

觀延巳之詞，往往自與唐《花間集》、《尊前集》相混，而
柳三變詞亦雜《平山集》中，則此三卷，或甚浮艷者，殆
非公之少作，疑以傳疑可也。

歷來辨僞《陽春集》的人，皆缺少一種令人可信的事實，如夏氏
承燾在〈馮正中年譜〉昇元四年庚子（940）三十八歲譜裡云：

《花間集》中，互見于正中《陽春集》者，有韋莊〈酒泉
子〉「楚女不歸」一闋、〈清平樂〉「春愁南詞」一闋、〈應
天長〉「綠槐陰裏黃鶯語」一闋。牛希濟〈謁金門〉「秋已
暮」一闋。溫庭筠〈歸國遙〉「香玉。翠鳳寶釵垂簏簌」一
闋，〈更漏子〉「玉爐烟、紅燭淚」一闋。孫光憲〈浣溪沙〉
「桃李相逢幕簾閑」一闋。顧敻〈浣溪沙〉「春色迷人恨正
賒」一闋。薛昭蘊〈相見歡〉「羅帷繡袂香紅」一闋。張泌
〈江城子〉「曲闌干外小中庭」「碧羅衫子鬱金裙」二闋。
都十闋，以君說推之，當皆非正中詞。陳振孫《書錄解題》
云，「《陽春錄》一卷，崔公度跋稱其家所藏最爲詳確，《尊
前》《花間》往往謬其姓氏。」強板諸家之作以歸正中，亦
由未考《花間》結集年代也。〔註2〕

考龍君沐勛在《唐宋名家詞選》一書裡說：

案《花間集》多西蜀詞人，不采二主及正中詞，當由道里
隔絕，又年歲不相及有以致然，非由流派不同，遂爾遺置，
王說非是。

王國維《人間詞話》以馮中正詞「雖不失五代風格，而堂廡特大，開
北宋一代風氣。」而斷定「與中後主皆在《花間》範圍之外。」當然，
這是王氏不考史實的失誤，《花間集》結集於「廣政三年（940）夏四
月」，後主才四歲，延巳亦未顯達，他們的詞不可能收入《花間集》。
可是我們不禁要問，《花間》雖是西蜀詞集，是否便可由此斷定《陽
春集》的眞僞？

除外，唐圭璋〈宋詞互見考〉亦云：

〔註2〕案〈酒泉子〉「楚女不歸」一闋是與溫詞相重，和韋莊相重者又有〈菩
薩蠻〉「人人說盡江南好」一闋，此夏氏一時之失。

案此（指〈阮郎歸〉「東風吹水日銜山」一闋）李後主詞，
見《南唐二主詞》，題作呈鄭王，詞後有隸書東宮內府印，
當可確信，《六一》、《陽春》並收此詞，誤矣，蘭畹以爲晏
殊作亦非。

又：

案以上十三首（參見前表，其中〈玉樓春〉一闋不計。）
並馮延巳詞，見《陽春集》，但又見《六一詞》，非也。《陽
春集》編于嘉祐，既去南唐不遠，且編者陳世修，與馮爲
戚屬，所錄自可依據，元豐中，崔公度跋《陽春錄》，皆謂
延巳親筆，愈可信矣。至李易安亦引歐公庭院深深之詞，
蓋就歐公集引用，不知乃《陽春》誤入之詞也，《詞綜》錄
〈蝶戀花〉四首，亦歸之馮延巳，又六曲闌干一闋，毛本
《珠玉詞》收入〈南園春半〉一闋，或刻晏同叔詞，並誤。

我們知道，唐氏除〈阮郎歸〉一闋能提出証據外，其餘都是想當然耳
的年代直覺觀，況且所謂的証據又不爲人所信服，王國維在〈南唐二
主詞校勘記〉第廿四闋〈阮郎歸〉條裡云：

此闋別見《陽春集》、《六一詞》，唯草堂題後主作，呈鄭王
十二弟，後有隸書東宮書府印。案《五代史‧南唐世家》
從益封鄭王在後主即位之後，此既云呈鄭王，復有東宮書
府印，殊不可解，不知史誤，抑手跡僞也。

其後唐氏在《南唐二主詞彙箋》裡則疑此題或出於僞作，筆者從王次
聰《南唐二主詞校注》，定其爲馮詞。﹝註3﹞我們知道唐氏最重要的見

﹝註 3﹞ 案王氏次聰剖析明曉，因文長不便全引，今就其重點引錄如下：直
　　　齋所見《陽春錄》，長沙本以外，似另有一本馮乍起闋。今本《陽春
　　　集》載有馮乍起〈謁金門〉詞，殆爲長沙本。羅泌〈跋歐陽文忠公
　　　近體樂府〉，師引崔公度〈跋陽春錄〉之語，其校語所據之《陽春錄》，
　　　當與崔公度所跋者同一本。《歐陽文忠近體樂府》卷一載「東風臨水
　　　日銜山」等〈阮郎歸〉三首，羅泌校語云「〈阮郎歸〉三篇並載《陽
　　　春錄》，名〈醉桃源〉。」今本《陽春集》亦載此三首，與崔公度所
　　　跋，羅泌校語所據之《陽春錄》相同。〈阮郎歸〉既收入陽春詞，據
　　　崔跋當有延巳親筆。延巳卒時，後主當未嗣立。後主〈呈鄭王十二
　　　弟〉之作，延巳焉能書之。此詞殆爲延巳所作。後主曾錄之以遺鄭

証是崔公度，可是又有誰保存崔公度所題識的原本。崔公度稱「其家所藏最爲詳確。」這是元豐年間（1708～1085）的事，而最少早他二十年的編輯人陳世修則說：

> 公薨之後，吳王納土。舊帙散失，十無一二，今采獲所存，勒成一帙，藏之於家云。

由此可知陳本是出於雜庶而成，崔氏在陳氏之後，則崔氏題識的可靠性有多少？夏氏承燾於〈馮正中年譜〉卷末亦云：

> 今傳本名《陽春集》，陳世修編于宋嘉祐戊戌，其時距正中之辛巳九十餘年。詞共百二十闋，頗雜入溫、韋、歐公、李主之作。王鵬運又輯得補遺七闋，即四印齋所刊是。大理周泳先君謂世修序稱正中爲外舍祖，然以年代推之，不能連爲祖孫，疑陳編出於僞託。燾案此說可信，考李昇天祐九年（912）爲昇州刺史，時正中才十歲，武義元年參知政事，正中才十七歲，而世修序稱正中「與江南布衣舊」，語亦可疑。北宋崇寧間，馬令作《南唐書》，稱正中「著樂府百餘闋。」陳編殆據此數而雜庶歐、李諸詞入之。其書出於汲古閣舊鈔，或非《書錄解題》著錄之本。又《解題》載崔公度跋，謂其家所藏本最爲詳墂，《尊前》《花間》往往謬其姓氏，亦有誤入歐詞者，是《陽春集》之錯亂，自宋已然。陳編雖未必眞，或亦據宋時舊本耳。

由上可知，夏、唐二氏辨僞的方法，僅訴之於年代和題識而已，這是訴之於權威和直覺，並無實據可言，其立論之不足，自無待辯。

　　文學是屬於一種文字符號的藝術，文學惟有形之於文字，方能有其價值。其間有關用字、用韻與風格，皆因時因人而異。因此對於《陽春集》的辨僞，筆者企圖以風格或用字爲主，而以各種題識和年代爲輔，用以輔証夏、唐二氏的不足，這是個大膽的嘗試，也是個吃力不討好的工作，所得結論不能保証一定可靠；但是比起全憑直覺，毫無依據的猜測總是靠得住一點，能這樣，筆者的努力也就沒有白費了。

王，後人遽據墨跡以爲煜作。

1、以風格為主的辨偽

早期詞人，大多皆少一種屬於自己的風格，讀者惟有深加思索始能感覺其間的一點不同，關於溫、韋、馮三家的風格，王國維在《人間詞話》上說：

> 畫屏金鷓鴣，飛卿詞也，其詞品似之。絃上黃鶯語，端己語也，其詞品亦似之。正中詞品欲于其詞句中求之，則和淚試嚴妝，殆近之歟。

蓋溫詞多用客觀表現手法，韋詞多用主觀表現手法：溫詞以鋪陳穠麗取勝，韋詞以簡勁清淡取勝。而馮詞則兼有兩人之長，且堂廡特大。觀馮詞濃麗悲涼，有一種執著之勇氣。至於歐詞所表現的較為豪宕，對悲苦之人生有一種賞玩的意興，持此，王鵬運所補前六闋自非馮詞可知，就其情思而言，實與《陽春集》頗有出入，如：

> 紅滿枝。綠滿枝。宿雨厭厭睡起遲。閑庭花影移。憶舊期。
> 數歸期。夢見雖多相見稀、相逢知幾時？（〈長相思〉）
> 莫惜黃金貴、日日須教貰酒嘗。（〈莫思歸〉）
> 人生樂事知多少、且酌金杯。（〈采桑子〉）
> 春光堪賞還堪玩，惱煞東風誤少年。（〈金錯刀〉之一）
> 身外功名任有無。（〈金錯刀〉之二）
> 尊前百計得春歸、莫為傷春眉黛蹙。（〈玉樓春〉）

以上詞句，顯然不是《陽春集》的筆觸，若〈玉樓春〉分明是歐公詞。至於王氏所補第七闋〈壽山曲〉，則從陸游《南唐書》信其為詩。再說陳既不收此七闋，則其非馮詞可知。

在此重見的卅五闋中，〈更漏子〉「玉爐煙」一闋，葉師嘉瑩在〈從人間詞話看溫韋馮李四家詞的風格〉一文裡，把此闋作為解說溫詞三種類型裡第三類的代表，葉師云：

> 至於第三類，則如「玉爐煙」一首〈更漏子〉，前半闋雖與第二類頗為相似，然而後半闋自「梧桐樹，三更雨，不道離情最苦」以下，卻忽然變濃麗為清淡，純用白描作主觀

抒情，這在溫詞中是較易爲大多數讀者所了解賞愛的一
類，然而這一類作品卻並不能代表飛卿之特殊風格，有時
且不免有淺率之失。所以一般說來，飛卿之風格的特色乃
是精美及客觀，極濃麗而卻並無生動的感情及生命可見。

持此可知，〈更漏子〉「玉爐煙」一闋當是溫詞無疑。

〈菩薩蠻〉「人人盡說江南好。遊人只合江南老。春水碧於天。
畫船聽雨眠。爐邊人似月，皓腕凝霜。此去幾時還。綠窗離別難。」
與韋詞〈菩薩蠻〉五闋之二相重。考韋詞〈菩薩蠻〉五闋，鄭師因百
《詞選》云：

> 此五章一氣流轉，語意聯貫，選家每任意割裂，殊有未安，
> 今全錄之。

韋詞第二闋作「人人盡說江南好，春水碧于天，畫船聽雨眠。爐邊人
似月，皓腕凝霜雪，未老莫還鄉，還鄉須斷腸。」與馮延巳〈菩薩蠻〉
相比，僅是後兩句不同，而面目風格自異，但仍不免有盜改之疑，考
延巳既富才藝，善詞章，當不至竊取韋莊詞，稍加改變以爲己作。竊
以爲是後人改動後混入《陽春集》者，故此闋亦非馮詞。

〈鵲踏枝〉托喻深遠，自非歐公筆致，鄭師因百《詞選》云：

> 右三首（案指誰道閒情拋棄久，幾日行雲何處去，六曲欄
> 干偎碧樹等三首。）一作歐陽修詞。馮歐兩家互見之作甚
> 多，無從確定。若以風格論，則馮詞深婉者多，筆致較輕，
> 歐詞豪宕者多，筆致較重：此三詞似馮而不似歐也。

至於「庭院深深深幾許」一闋，則爲歐詞，鄭師《詞選》又云：

> 此詞亦見馮延巳《陽春集》，但宋本歐集載之，李清照亦云
> 是歐作，見第五編清照〈臨江仙詞序〉（案其序云：歐陽公
> 作〈蝶戀花〉，有深深深幾許之句，余酷愛之，用其語作庭
> 院深深數闋。）觀其筆致意境，似歐而不似馮。馮歐兩家
> 作風雖云相近，究有不同：馮較剛，歐較柔，淚眼問花之
> 語馮不肯道。

〈拋球樂〉「盡日登高興未殘」一闋，或作和凝詞，考《花間集》

和凝不載此闋，且馮詞八闋情致同，鄭師《詞選》云：

> 此首一作和凝詞，非是，《陽春集》〈拋球樂〉八首風格一
> 致，高華俊朗，非和凝所能到。

〈浣溪沙〉「桃李相逢簾幕閑」一闋，當是孫光憲詞，鄭師《詞選》云：

> 此詞亦見馮延巳《陽春集》，字句小異，觀其風格，應是孫
> 作。

〈浣溪沙〉「春色迷人恨正賒」一闋，亦非馮詞，當是顧敻詞，鄭師《詞選》云：

> 此詞又見馮延巳《陽春集》。風格字句與前〈虞美人〉諸詞
> 極相似（案指〈虞美人〉「深閨春色勞思想。」〈河傳〉「曲
> 檻，春晚，碧流紋細。」「棹舉，舟去，波光渺渺。」等三
> 闋。）應是顧詞無疑。

〈應天長〉「綠槐陰裏黃鸝語。深院無人春晝午。繡簾垂、金鳳舞。寂寞曉屏山一柱。碧雲凝、人何處。空復夢魂來去。昨夜綠窗風雨。斷腸君信否。」（案《全唐五代詞》本章詞作：綠槐陰裏黃鶯語。深院無人春晝午。畫簾垂、金鳳舞。寂寞繡屏香一炷。碧天雲，無定處。空有夢魂來去。夜夜綠窗風雨。斷腸君信否。）此闋時地分明，且情直。同時在句型上也是和韋詞相同，相反的，卻與《陽春詞》其餘〈應天長〉不同，持此，自是韋詞無疑。

2、以用字為主的辨偽

從風格上來辨偽，仍有不盡可行之處，因此筆者再從用字上來辨偽，因為詞人每每有異於他人的用語，考歐陽修、韋莊兩人的詞絕無用笛字，而馮詞除相混外，另有用笛字如下：

> 蠟燭淚流羌笛怨（〈鵲踏枝〉之十）
>
> 水調何人吹笛聲（〈采桑子〉之六）
>
> 隔江何處吹橫笛（〈臨江仙〉之一）
>
> 愛君吹玉笛（〈謁金門〉之二）

　　　吹在誰家玉笛中（〈拋球樂〉之五）

　　　梅花吹入誰家笛（〈菩薩蠻〉之四）

由此我們可以斷定〈清平樂〉「春愁南陌」、〈芳草渡〉「羌笛怨」、〈歸自謠〉「何處笛」「寒山碧」等四闋是馮詞。同時〈歸自謠〉三闋一組，因此「春艷艷」一闋，亦當是馮詞無疑。

　　〈歸國謠〉「香玉、翠鳳寶釵垂簏䫰」一闋，其中有「謝孃無限心曲」一句，考馮詞別無作謝孃等字樣，而溫詞除相重的〈歸國謠〉「香玉」一闋外，另有謝娘者如左：

　　　謝娘惆悵倚蘭撓（〈河瀆神〉之二）

　　　謝娘翠娥愁不銷（〈河傳〉之二）

徐渭《南詞敘錄》云：

　　　謝娘，本謂文女，如謝道蘊是也，今以指妓。

溫詞所指即是歌伎，又《說文》孃字下段注云：

　　　案《廣韻》孃，女良切。母稱娘，亦女良切，少女之號。

　　　唐人此二字分用畫然，故耶孃字，斷無有作娘者，今人乃

　　　罕知之矣。

唐以後，娘孃通用，各本溫詞皆作「謝娘無限心曲。」持此，〈歸國謠〉「香玉」一闋當是溫詞。

　　〈應天長〉「石城山下桃花綻」一闋，亦是馮詞。考石城，即今江蘇江寧縣之石頭城，亦稱石城。左思〈吳都賦〉云：「戎車盈於石城。」注：「石城，石頭隖也。在建業西，臨江。」可知石城即是在南京附近，馮詞另有：

　　　石城花落江樓雨（〈應天長〉之四）

　　　石城花雨倚江樓（〈喜遷鶯〉）

考歐公詞無作石城字樣，自是馮詞無疑。

3、以各種題識和年代為輔的辨偽

　　馮詞是屬於早期歌者的詞，因此並不是每闋都可以用風格和用字來分辨，於是祇好求助於各種題識和直覺的年代觀。

〈鶴沖天〉一首，馬令《南唐書》說是馮詞，觀其筆致，非公莫屬，和凝絕無此筆。

〈應天長〉「一鉤新月臨鸞鏡」一闋，當屬南唐中主詞，陳振孫《直齋書錄解題》卷廿一云：

> 《南唐二主詞》一卷：中主李璟後主李煜撰。卷首四闋，〈應天長〉、〈望遠行〉各一，〈浣溪沙〉二，中主所作。重光嘗書之，墨跡在旴江晁氏，題云：「先皇御製歌詞。」余嘗見之，於麥光紙上作撥鐙書，有晁景迁題字。今不知何在矣，餘詞皆重光作。

陳氏所記和《南唐二主詞》注相合。

〈江城子〉「曲闌干外小中庭」一闋，李良年《詞學辨證》和葉申薌《本事詞》卷上皆作張泌〔註4〕詞，《詞學辨證》云：

> 張泌南唐人，有〈江城子〉二，其一云：「碧闌干外小中庭，雨放晴。曉鶯聲，飛絮花落時節近清明。睡起卷簾無一事，勻面了，沒心情。」其二云：「浣花溪上見卿卿。臉波秋水明。黛眉輕。綠雲高綰，金簇小蜻蜓。好是問他來得麼、和笑道、莫多情。」

另外〈江城子〉「碧羅衫子鬱金裙」一闋，風格和「碧闌干外小中庭」

相似，且自年代觀點上看來，自是屬於張泌詞。

馮詞和他人相混部份，能辨僞者已如上述，餘者無跡象可以判斷，因此僅就年代觀點上來辨其眞僞。就年代觀點來說，《陽春詞》和前人相混部份什九不是馮詞；相反的，和後人相混部份什九是馮詞。

馮詞和前人相混部份，以年代觀點判其定歸如下：

〈酒泉子〉「楚女不歸」屬溫詞

〈謁金門〉「秋已暮」屬牛希濟

〈相見歡〉「羅幃繡袂香紅」屬薛昭蘊

除外〈浣溪沙〉「醉憶春山獨倚樓」一闋後半闋和張泌〈浣溪沙〉第二闋同，相混情形當與〈菩薩蠻〉「人人說盡江南好」同，亦非馮詞。

至於和歐陽修相混部份，也有難以分辨的，僅就年代觀點歸定爲馮詞，他人亦同。

綜上所述，《陽春詞》相混卅五闋，其中和前人相混部份，僅〈清平樂〉「南愁南陌」、〈拋球樂〉「盡日登高興未殘」和〈鶴冲天〉「曉月墮」三闋是馮詞，外加〈菩薩蠻〉「人人說盡江南好」和〈浣溪沙〉「醉憶春山獨倚樓」，則爲五闋。至於和後人相混部份，僅〈玉樓春〉「雪雲乍變春雲簇」和〈鵲踏枝〉「庭院深深深幾許」兩闋不是馮詞。總計卅五闋中，有十三闋不是馮詞，外加補遺六闋，凡十九闋，《陽春集》除此十九闋不計外，剩下一百零七闋，此當爲較可信數目，若再除〈菩薩蠻〉「人人說盡江南好」和〈浣溪沙〉「醉憶春山獨倚樓」二闋不計，則爲一百零五首。

第五章 陽春詞的探討

一、前 言

《文學之原理》（*Theory of Literature,* by Rene Welk and Austin Warren）第四部份〈文學本質之研究〉的前言裏說：

> 切實而聰明的文學研究工作，該由解說並分析文學作品本身
> 著手。關於作者的生活、作者的社會環境，以及整個文學的
> 程序，亦唯有作品本身保證我們的興趣。然而很奇怪，文學
> 史總是那樣偏重文學作品的背景；對於作品本身的分析，與
> 那費大力於環境的研究，相形之下便微不足道了。〔註1〕

華倫兩人強調作品本身之研究，在今日說來，雖然是屬於相當警惕的說法，但是仍不無商討的餘地。文學研究若拋開作者生活與環境研究之印證，則其所剩幾何？當然，文學研究當以作品本身為主，而以作者生平事蹟為輔，如此相輔相成，方能使文學研究更深入更貼切。

我們知道詩詞的要素，「就骨子裏說，它是表現一種情趣；就表面說，它有意象，有聲音。我們可以說，詩以情趣為主，情趣見於聲音，寓於意象。」〔註2〕情趣、意象、聲音三者息息相關。因此對於

〔註 1〕見《文學之原理》第四部份（Part IV）〈文學本質之研究〉（The intrinsic study of literature）之前言（introduction）。所引譯文採自《文學季刊》第四期梁宗之所譯〈詩的本質研究〉。

〔註 2〕見朱光潛《詩論·詩的隱與顯》一文。

陽春詞我們衹好做一種全面性的剖析，方能得其奧秘。

二、聲律與體製

《文學之原理》第十三章云：

> 任何文藝作品，第一衹是那意思所由發出之聲音的連綴。
> 雖然有些文學作品，聲音這一層的重要性已降至最低限
> 度，尤其是小說，這一情況更顯得非常明白。但是聲音一
> 層終爲意思之存在必要的前提。要區別一個短篇小說，一
> 首詩：例如德來塞（Dreiser）的短篇和愛侖坡的〈鐘〉（The
> Bell）；倘僅就份量這一面，就無法判定它是文學上兩個對
> 峙的種類：小說與詩。在許多藝術作品中，當然包括散文，
> 「聲音層」（Sound Stratum）之引人注意，且已構成了審美
> 效果的重要部份。這是許多經過修飾的散文和一切韻文的
> 眞相，倘加以定義，那就是説：修飾的散文和一切韻文都
> 是一種語言上聲音系統（Sound System）的組織。〔註3〕

持此，所謂的詩詞韻文，其本身與聲音更有密切的關係，《古今詞論》
引俞仲茅云：

> 詞全以調爲主，調以字之音爲主，音有平仄，多必不可移
> 者，間有可移者，仄有上去入，多可移者，間有必不可移
> 者，倘必不可移者，任意出入，則歌時有棘喉澀舌之病。

又《詞源》卷下云：

> 詞以協音爲先，音者何？譜是也。古人按律製譜以定聲，
> 此正聲依永律和聲之遺意。

從歷史的觀點上來說，詩、樂、舞原是三位同源的混合藝術，聲音、
姿態、意義三者互相應和，互相闡明，三者都不離節奏，這是三者的
共同命脈。其後，三種藝術雖然分道揚鑣，嚴格說來，詞是因詩脫離
音樂而產生的，詞作韻文，其始皆是應樂而成，而後始流爲應社的純

〔註 3〕見《文學之原理》第四部份第十三章〈諧音、律與律格〉（Euphony,
　　　　Rhythm, and Meter）。所引譯文採自《文學季刊》第五期梁宗之所譯
　　　　〈文學的諧音與韻律〉。

格律之作，〔註4〕詞之爲文學，其所馳騁之範圍，乃是在於聲律之中而已，早期的詞與音樂有相當之關係，胡適在〈詞選序〉裏說：

> 東坡以前，是教坊樂工與娼家妓女歌唱的詞；東坡到稼軒、後村，是詩人的詞；白石以後，直到宋末元初，是詞匠的詞。

詩詞與樂的基本類似點是在它們都有聲音，而其相異處，則是音樂祇用聲音，而聲音僅具節奏與和諧兩種純形式成份而已，而詩詞所用的聲音是語言的聲音，語言的聲音都必伴有意義，詩詞不能無意義，而音樂除了較低級的「節目音樂」（programme music）以外，皆無意義可言，持此，《陽春詞》是屬於歌者的詞，當然，其聲律自不如後人的嚴整，一般說來，詞作的聲律有體製、音律、用韻與平仄四部份。其間音律失傳已久，各書所載宮調已無從證實，而平仄之歸納與統計，亦無可述，讀者若有興趣可參閱王力《漢語詩律學》和王師忠林《中國文學聲律之研究》，因此這兩部份祇好闕而不論，至於用韻部份，據筆者研究的結果，陽春詞的用韻以正韻通押和轉韻爲主，所謂的正韻通押，即是指整闋押同一部詞韻而說，考陽春詞正韻通押者有六十四首，其中平聲韻三十三首，仄聲韻三十一首。除外，在陽春詞裏上去以通押爲主，〔註5〕在押韻上亦較後來爲密。嚴格說來，陽春詞在用韻上並無多大出入，因此筆者亦不擬在正文裏討論。餘下的是體製一項，大致說來，詞作以體製爲先，因體製而有音律、仄平與用韻之不同。

從體製上來說，詞先有小令，而後才有中、長調，這是一種自然演變的現象，宋翔鳳《樂府餘論》云：

> 詩之餘先有小令。

又云：

〔註4〕《介存齋論詞雜著》云：「北宋有無謂之詞以應歌，南宋有無謂之詞以應社。」本文取周氏語而活用之。

〔註5〕以正韻通押而論，其間僅〈長命女〉一闋押去聲韻。

> 按詞自南唐以後，但有小令，其慢詞蓋起宋仁宗朝，中原
> 息兵，汴京繁庶，歌台舞席，競賭新聲，耆卿失意無俚，
> 流連坊曲，遂盡收俚俗語言編入詞中，以便伎人傳習，一
> 時動聽，散播四方。其後東坡、少游、山谷輩相繼有作，
> 慢詞遂盛。

考《陽春集》所填詞牌凡卅二，從歷史的觀點上來看，這顯然是比韋莊的廿二調，溫庭筠的廿調多。

《陽春詞》卅二調，其中見於崔令欽《教坊記》所載三百廿五曲調者有：〈鵲踏枝〉、〈采桑子〉、〈酒泉子〉、〈臨江仙〉、〈清平樂〉、〈醉花間〉、〈謁金門〉、〈虞美人〉、〈春光好〉、〈舞春風〉、〈歸國謠〉、〈南鄉子〉、〈長命女〉、〈拋球樂〉、〈菩薩蠻〉、〈浣溪沙〉、〈相見歡〉、〈三台令〉、〈上行杯〉、〈賀聖朝〉、〈憶江南〉（案《教坊記》作〈夢江南〉）等廿一調；不見《教坊記》者有〈應天長〉、〈歸自謠〉、〈喜遷鶯〉、〈芳草渡〉、〈更漏子〉、〈鶴沖天〉、〈醉桃源〉、〈點絳脣〉、〈憶仙姿〉、〈憶秦娥〉、〈思越人〉等十一調。而〈鶴沖天〉又名〈喜遷鶯令〉、〈鶴沖霄〉、〈燕歸來〉、〈早梅芳〉、〈早梅芳近〉、〈春光好〉、〈烘春桃李〉等。所謂〈喜遷鶯〉有小令長調兩種，小令起於唐人。《教坊記》載有〈春光好〉，推其原名或為〈春光好〉，其後因韋莊有「爭看鶴沖天」句，由是又名〈鶴沖天〉，考《陽春集》有〈春光好〉、〈喜遷鶯〉、〈鶴沖天〉各一闋，抄錄如下：

〈春光好〉

霧濛濛、風淅淅、楊柳帶疏烟。飄飄輕絮滿南園。牆下草芊眠。　燕初飛、鶯已老。拂面春風長好。相逢攜手且高歌。人生得幾何。

〈喜遷鶯〉

宿鶯啼、鄉夢斷、春樹曉矇矓。殘燈吹燼閉朱櫳。人語隔屏風。　香已寒、燈已絕。忽憶去年離別。石城花雨倚江樓。波上木蘭舟。

〈鶴沖天〉

　　曉月墮、宿雲披。銀燭錦屏幃。建章鐘動玉繩低。宮漏出
　　花遲。　春態淺、來雙燕。紅日初長一綫。嚴妝欲罷囀黃
　　鸝。飛上萬年枝。

以上三首句型相同，所押韻腳形式也相同。《歷代詩餘》卷一百十二
引沈際飛云：

　　唐詞多述本意，有調無題，如〈臨江仙〉賦水媛江妃也；〈天
　　仙子〉賦天台仙子；〈何瀆神〉賦祠廟也；〈小重山〉賦宮
　　詞也；〈思越人〉賦西子也；有謂此亦詞之末端者，唐人因
　　調而製詞，故命名多屬本意，後人填詞以從調，故賦詠可
　　離原唱也。

陽春詞一調三名，疑是因本意命名所致。

　　《教坊記》所錄曲調是開元中教坊所唱的曲調（其曲調非如後世
之詞），馮廷巳去天寶年間約有兩百年之久，其間新增曲調又不知凡
幾，如溫庭筠有〈河傳〉、〈怨王孫〉、〈小重山〉三調、韋莊有〈番女
怨〉、〈玉胡蝶〉、〈新添聲楊柳枝〉三調，俱不見於《教坊記》。

　　考陽春詞所填詞調不見於《教坊記》，而見於前人者如下：

　〈喜遷鶯〉　　即〈鶴沖天〉，已見上述。

　〈應天長〉　　顧敻、牛嶠、韋莊等人已填此調。

　〈更漏子〉　　溫庭筠已填此調。

　〈憶仙姿〉　　又名〈如夢令〉，爲後唐莊宗自度曲。

　〈憶秦娥〉　　李白有〈憶秦娥〉二闋，明清人或以爲此二首出後
　　　　　　　　人僞托，然觀其氣格，亦不得晚於晚唐、五代之
　　　　　　　　際。

　〈思越人〉　　鹿虔扆、孫光憲塡有此調。

　　除外，不見於《教坊記》和前人作品者有：〈歸自謠〉、〈醉桃源〉、
〈點絳脣〉、〈芳草渡〉四調。《教坊記》有〈芳草洞〉，或爲〈芳草渡〉
之誤。考諸史記載，雖無馮氏有自度新聲之記載，其間僅見陳世修〈陽

春詞序〉云：

> 公以金陵盛時，内外無事，朋儕親舊，或當燕集，多運藻
> 思，爲樂府新詞，俾歌者倚絲竹而歌之，所以娛賓而遣興，
> 日月漸久，錄而成編，觀其思深辭麗，均律調新，眞清奇
> 飄逸之才也。

早期詞人屬於歌者之詞，皆是由選詞以配音，而後再依聲以定辭，因
此早期詞人皆解音律，吳衡照《蓮子居詞話》卷一云：

> 家西林先生（穎芳）言詞之興也，先有文字，從而宛轉其聲，
> 以腔就辭者也，洎乎傳播通久，音律確然。繼起詞人不得不
> 以辭就腔，於是必遵前詞，字腳之多寡，字面之平仄，號曰
> 填詞，或變易前詞仄字而平，或變易前詞平字而仄，要於音
> 律無礙，或前字少而今多之，則融洽其多字於腔中，或前詞
> 字多而今少之，則引伸其少字於腔外，亦仍與音律無礙。蓋
> 當時作者述著皆善歌，故製辭度腔，而字之多寡平仄參焉。
> 今則歌法已失其傳，音律之故不明，變易融洽引伸之技何由
> 而施，操觚家按腔運辭，兢兢尺寸不易之道也。

從詞學歷史演進的觀點來看，馮延巳參照舊調而自製新聲，乃是必然
的事，甚且亦有自度新曲調之可能。

三、陽春詞的語言世界

　　一般說來，語言具有認知上的指示性的「意義」和情緒上的展示
性的「音響」等兩種機能。前者屬於邏輯語言；後者屬於情感語言，
嚴格說來，韻文的創作，就語言本身來說，乃是一種（paradox）的
矛盾，作者必須揉合意義和音響而成爲一種新的諧合。文學的語言，
不是語言的彙集，而是一個語言持有的意義之廣泛與深奧，亦是即所
持有的正確意義的機能和豐富的情緒的機能的領域，且盡可能以平凡
的語言，表現出超越平凡的日常的意識的世界，關於語言和文學之關
係，傅孟眞在《中國古代文學史講義》裏說：

> 文辭是藝術，文辭之學是一種藝術之學。一種藝術因其所
> 憑之材料（或曰「介物」Medium），而和別一種藝術不同。

例如音樂所憑是「金石絲竹匏土革木」等等，以及喉腔所
出之聲音；造像所憑是金屬、石、石膏、膠泥等等，所能
表現出來的形體；繪畫所憑是兩積空間上光和色所能襯出
之三積的乃至四積的（如云飛動即是四積）境界；建築所
憑乃是土木金石堆積起來所能表示的體式。文詞所憑當是
語言所可表示的一切藝術性。我們現在界說文學之業（或
曰文詞之業）為語言的藝術，而文學即是藝術的語言，以
語言為憑藉，為介物，而發揮一切的藝術作用，即是文學
的發展。把語言純粹當作了工具的，即是出於文學範圍。
例如，一切自然科學未嘗不是語言，然而全是工具，遂不
是文學；若當作工具時，依然還據有若干藝術性者，仍不
失為文學，例如說理之文，敘事之書，因其藝術之多寡定
其與文學關係之深淺。這個假定的界說，似乎可以包括文
學所應包括的，而不添上些不相干的。〔註6〕

詞是屬於韻體文學，詞之語言與他種文體有分別，《古今詞論》
云：夜闌更秉燭，相對如夢寐。叔原則云：

今宵剩把銀釭照，猶恐相逢是夢中，此詩與詞之分疆也。

又

或問詩詞、詞曲分界，予曰：無可奈何花落去，似曾相識
燕歸來，定非香奩詩。良辰美景奈何天，賞心樂事誰家院，
定非草堂詞也。

或云詩之腔調宜古雅；曲之腔調宜近俗；詞之腔調則在雅俗相和之
間。要言之，詞的語言，當以自然為主。李漁《窺詞管見》第七則
云：

琢句鍊字，雖貴新奇，亦須新而妥，奇而確，妥與確總不
越一理字。

又《古今詞論》引彭駿孫云：

詞以自然為宗，但自然不從追琢中來，便率易荼味，如所
云：絢爛之極，乃造乎平淡耳。若使語意淡遠者，稍加刻

_____

〔註 6〕見《傅孟真先生集》中編第二冊。

　　盡，鏤金錯繡者漸天然，則爲絕唱矣。

李、彭兩人的論點，簡單的說，就是要求文學語言的功能，一方面
「必能狀難寫之景如在目前」，另一方面又要「含不盡之意見於言
外」。〔註7〕這是屬於技術性的表達問題，陽春詞是否符合這個要求，
於此闕而不論。僅就詞句來說，陽春詞是清新的。

　　孔子認爲讀《詩經》可以多識草木鳥獸之名。固然，我們不必爲
了多識草木鳥獸而讀《詩經》，但是注意《詩經》中的草木鳥獸有助
於了解《詩經》，則是不爭的事實。現在我們不妨從《陽春集》中有
關植物、動物、人名和地名等來作一番觀察，疊字雖是屬於文字運用
的技巧，但卻是《陽春詞》的一種重要語言單位，一併在此討論。

1、植　物

　　馮延巳引植物入詞者，凡梅、柳、楊、楊柳、蕉、桐、竹、夜合、
櫻桃、小桃、梨、菊、瑤草、蓼、蕙蘭、蘭、金鳳、李、杏、丹桂、
蘺葭、海棠、蓮、丁香結、茱萸、蘆、桃等廿七名，其中以梅用十次，
柳用七次，楊用七次，楊柳合用六次爲最多。而梅、柳、楊皆是舉目
可見的植物，並且所舉用植物大多以本義爲主，其有例外者如下：

　　心如垂楊千萬縷（〈拋球樂〉之七）

　　梅花吹入誰家笛（〈菩薩蠻〉之四）

　　溶溶春水楊花夢（〈菩薩蠻〉之六）

　　蘭燭爐（〈酒泉子〉之一）

　　蘭燭焰（〈酒泉子〉之三）

　　蘭燭炧（〈酒泉子〉之六）

　　杳杳蘭舟西去（〈應天長〉之四）

　　宴罷蘭堂腸斷處（〈應天長〉之五）

　　蘭房一宿還歸去（〈應天長〉之六）

〔註7〕見魏慶之《詩人玉屑》卷六引梅堯臣之語曰：「詩家雖率意造語，亦
　　　　難。若意新語工，得前人所未道者，斯爲善也。必能狀難寫之景，
　　　　如在目前；含不盡之意，見于言外。」

　　腸斷丁香結（〈醉花間〉之一）

其中蘭字皆作形容詞用。

　　再考韋莊引植物入詞者有：柳、楊、桃、杏、梧桐、梅、竹、梨、槐、金鳳、牡丹等十一名。其中以柳用十二次最多。又溫庭筠引植物入詞者有：柳、楊、楊柳、杏、牡丹、芙蓉、桃、梧桐、梅、麥、萱草、金鳳、紅豆、金粟、琪樹、梨、海棠、蓮、合歡等廿名，其中以柳用十九次為最多。

2、動　物

　　考馮延巳引動物入詞者，凡鴻、雁、鵲、絡緯、鴛鴦、雞、蟬、雀、鴨、鶯、螢、蝴蝶、黃鸝、蟋蟀、青鳥、鳳、蛾、鸚鵡、燕、馬等廿名。其中以燕用十四次最多，其次是鸚鵡用七次。而鳳除作形容詞的鳳樓外，皆作無生命的釵鳳，如：

　　膩鬟偏垂鳳（〈虞美人〉之三）

　　嬌鬟堆枕釵橫鳳（〈菩薩蠻〉之六）

　　寶釵橫翠鳳（〈菩薩蠻〉之八）

　　春山顛倒釵橫鳳（〈上行杯〉）

韋莊引動物入詞者有：杜鵑、鴛鴦、燕、子規、鶯、鸚鵡、翡翠、蝶、黃鸝、鴻、鳳、龍、雀、蠶、馬、蟬、蜂等十八名，以馬用七次最多。而溫庭筠引動物入詞者有：鸚鵡、鳳凰、鴛鴦、翡翠、鶯、龍、黃鸝、梟、燕、雀、雁、蝶、鴨、馬、子規、蟬、鷓鴣、鸂鶒、雞、蛾、烏、杜鵑、鵲等廿三名。以鶯用十一次最多，其中，鸚鵡、翡翠、黃鸝、雀、鴨、鷓鴣、鸂鶒、鵲皆是作無生命的圖案裝飾，而蟬皆作鬢解，蛾作眉解。

3、人　物

　　陽春詞所見人名有玉娥、翠娥、阿瓊等三人。韋莊詞則有玉郎、潘郎、檀郎、玉華君、謝娘、翠娥、宋玉、嫦娥、劉、阮等十人。溫庭筠詞有小娘、楚女、蘇小、阮郎、翠娥、青娥等六人，皆是比喻美

男子和歌妓之流。其中阿瓊可能實有其人。

4、地　名

　　陽春詞所見地名有章台、昭陽殿、隴頭、桃源、碧山、稜陵、金陵、石城、長洲、巫峽、巫山、寒山、瀟湘、秦樓、鳳城、謝家東、澄江、清江、昭華、南浦、青門、南園、西園、橘州。其中石城、稜陵、金陵、長洲、寒山、澄江在江蘇，清江在江西，橘洲在湖南，碧山在安徽，或爲馮延巳所遊之地。韋莊詞所見地名有灞陵、謝家池館、博山、洛陽、魏王堤、蜀國、巫山、玉關、昭陽，其中韋氏所遊之地有博山、洛陽、蜀國。溫詞所見地名有南浦、白蘋洲、宜春苑、館娃宮、鄴城、景陽、遼陽、玉關、越溪、吳山、南園、吳宮、長安、謝家池閣、西陵、楚山、南苑、雁門、磧南。其中磧南、雁門、遼陽皆屬邊塞地。

5、疊　字

　　陽春詞所見疊字如下：

　　何事年年有（〈菩薩蠻〉之二）

　　歷歷前歡無處説（〈菩薩蠻〉之三）

　　憑仗深深酌（〈菩薩蠻〉之五）

　　悄悄重門閉（〈菩薩蠻〉之六）

　　懊恨年年秋不管（〈菩薩蠻〉之八）

　　絃管泠泠（〈菩薩蠻〉之九）

　　悠悠夢裏無尋處（〈菩薩蠻〉之十一）

　　樓上重檐山隱隱（〈菩薩蠻〉之十三）

　　片片花飛（〈采桑子〉之一）

　　芳草綿綿（〈采桑子〉之二）

　　禁漏丁丁（〈采桑子〉之六）

　　處處新愁（〈采桑子〉之七）

　　風雨淒淒（〈采桑子〉之十）

　　滿袖猩猩血又垂（〈采桑子〉之十一）

簾幕重重（〈采桑子〉之十二）

各自雙雙（〈采桑子〉之十三）

夜沉沉（〈酒泉子〉之二）

夢遙遙（〈酒泉子〉之三）

春色融融（〈酒泉子〉之五）

萋萋愁煞王孫（〈臨江仙〉之二）

簾捲蕭蕭雨（〈醉花間〉之四）

恨沉沉（〈虞美人〉之一）

簾下鶯鶯語、恨重重（〈虞美人〉之二）

春山拂拂橫秋水　楊花零落月溶溶（〈虞美人〉之五）

霧濛濛、風淅淅　飄飄輕絮滿南圍（〈春光好〉）

燕燕巢時簾幕捲　鶯鶯啼處鳳樓空（〈舞春風〉）

春豔豔、香閨寂寂門半掩（〈歸自謠〉）

芳草年年與恨長……茫茫（〈南鄉子〉）

歲歲長相見（〈長命女〉）

渺渺澄江一片（〈芳草渡〉）

雲杳杳、樹依依（〈更漏子〉）

白雲天遠重重恨　黃葉煙深淅淅風（〈拋球樂〉之五）

金爐煙裊裊（〈菩薩蠻〉之三）

風淅淅、夜雨連雲黑　滴滴……憶憶（〈憶秦娥〉）

韋莊所用疊字有迢迢、呵呵、寂寂、紛紛、日日、重重、群群、豔豔、濛濛、依依、辭辭、萋萋。而溫詞有脈脈、悠悠、毿毿、兩兩、霏霏、蕭蕭、依依、葉葉、聲聲。

　　以上所列除疊字外，皆是屬於習常可見的名目，這些名目乃是語言的材料，雖說巧妙人各有之，但是巧婦難為無米炊，語言材料的多寡，正是詞人變把戲的本錢，由上所列，我們可以看出馮、韋、溫三家在語言材料上的異同。我們知道詞在初期，祇不過是供人在歌筵裡

席之間演唱的樂曲而已，用一些華美的詞藻，寫些香豔的歌曲交給歌妓，胡適在〈詞選序〉裏說：

> 《花間集》五百首，全是爲倡家歌者作的，這是無可疑的。不但〈花間集序〉明明如此說，即看其中許多科舉的鄙詞，如〈喜遷鶯〉，〈鶴沖天〉之類，便可明白。此風直到北宋盛時，還不曾衰歇。柳耆卿是住在娼家，專替妓女樂工作詞的。晏小山的詞集自序也明明說他的詞是作了就交與幾個歌妓去唱的。這是詞史的第一段落。這個時代的詞有一個特徵：就是這二百年的詞都是無題的，內容很簡單，不是相思，便是離別，不是綺語，便是醉歌，所以用不著標題；題底也許別有寄託，但題面仍不出男女的豔歌，所以也不用特別標出題目。

　　早期的詞內容，不離相思別離，背景不離樓台園亭，所用字眼不離情、淚等傷感字眼，甚且在草木鳥獸人地等名目也展不開，溫、韋、馮是早期傑出的詞人，而其內容仍極狹窄。從上所列我們明白，溫詞用柳最多，這是所謂花間內容，動物皆是無生命的圖畫裝飾，缺少一種躍動的生命，而人物盡屬歌妓之流，並且地名也不是有確然的本義，由此我們知道溫詞所寫的是屬于一種客觀的烘托。再說韋詞則不像溫詞那樣的堆砌和烘托，而是一種以人爲主的主觀筆調，因此他的人物多，可是仍不離意象化，仍缺乏一種現世人物的影子，因此仍是屬於花間內容。至於馮詞，就語言材料上來說，確實是比溫、韋兩人開展的多，尤其值得注意的是有當時地理的影子，和大量疊字的應用。

　　地理影子顯示出時代的風格，並且也加濃了個人的風格。而疊字的應用，一方面表示出對語言的捕捉能力；再一方面顯示對感情的盪漾與纏綿。從陽春詞的部份語言，我們可以看出所謂「不失五代風格而堂廡特大」的意義。

四、陽春詞的感情境界

　　張炎《詞源》卷下云：

　　　　詞以意趣爲主，要不蹈襲前人語意。

所謂的意趣，當是指意象和情趣而言，意象是形成情趣的媒介物，同時也是詞人在語言上所下的功夫。因此欣賞詩詞，除了直覺的作用外，第二步還得訴諸知覺，而作一番理智的分析，惟有透過直覺的感受和知覺的分析，方能領悟其意念（Idea）。

　　關於意念的表達層次，新批評把他分成四種：意象（image）、隱喻（metaphor）、象徵（symbol）和神話（myth）套用我們的文學術語，前者屬於賦，中間二者屬於比，後者屬於興。嚴格說來，其目的皆是在於烘托出意念。

　　意象一辭，本是屬于心理學的術語，他的意思是指對於透過感情，或知覺經驗的一種心神再生，也是一種記憶，而不必是眞實可見。用在文學上，意象非僅是爲圖畫之代表，同時也是呈現出在瞬間智慧和情感的情意結（complex）。因此，我們可以知道，意象是一種具體的概念，因其具體可觸，是以能給人一種可感的形象，意象乃是意念表達的基本要素，所謂新批評的層次說，其實也就是意象的不同表達方式而已。或直述、或間接、或繼起，則因人因時因地而置宜。

　　詩詞意念的完成，有賴意象協調，意象與意象之間若不能傳達出統一而整體的意念，則雖有新語亦無用武之地，李漁《窺詞管見》第十六則云：

　　　　雙詞雖分二股，前後意思必須聯屬，若判然兩截，則是兩
　　　　首單調，非一首雙調。大約前段布景，後半說情者居多，
　　　　即毛詩之興比二體，若首尾皆述情事，則賦體也。即使判
　　　　然兩事，亦必於頭尾相續處用一、二語，或一、二字作過
　　　　文，與作帖括中搭題文字同是一法。

文學是屬於有機性，作者所蘊藏的意念，惟有透過藝術的形式傳達，亦即是必須依附在一個完整的意象上，意象與主旨是相互依存的，有了完整的意象便有一個意念，就作者來說，他首先建立的是他的意象，而非意念。

　　早期的詞，是屬於遣情的玩意，根本和「詩言志」拉不上關係，本文所謂的意念並無涉及目的與批判的成份，而是指作者所表達出來的思想或主旨。胡適說馮延巳、李煜抬高了詞的意境，〔註8〕所謂的意境，便是指他們的意念境界而言，李漁《窺詞管見》第八則云：

　　　　作詞之料，不過情景二字，非對眼前寫景，即據心上說情，說得情出，寫得景明，即是好詞。情景都是現在事，舍現在不求，而求諸千里之外，百世之上，是舍易求難路，頭先左，安得復有好詞。

詞不離情景，更確切的說是不離情，這是詞的本色，也因此詞不登大雅之堂。因此所謂的詞旨要不離情（言志之詞是蘇軾以後的事），馮延巳是早期詞人，他的內容更是不離情，因此本文循此探討馮延巳對感情的處理。

　　首先，我們必須對陽春詞是否有託喻這個問題做個說明。馮煦〈陽春集序〉云：

　　　　南唐起於江左，祖尚聲律，二主倡於上，翁和於下，遂為詞家淵叢。翁俯仰身世，所懷萬端，繆悠其辭，若顯若晦，揆之六義，比興為多。若〈三台令〉、〈歸國謠〉、〈蝶戀花〉諸作，其旨隱，其詞微，類勞人思婦，羈臣屏子，鬱伊愴怳之所為。

張惠言《詞選》評正中〈蝶戀花〉云：

　　　　忠愛纏綿，宛然騷辨之義。

《白雨齋詞話》卷第一云：

　　　　正中〈蝶戀花〉首章云：濃睡覺來鶯亂語，驚殘好夢無尋處。憂讒畏譏，思深意苦。次章云：誰道閒情拋棄久，每到春來惆悵還依舊，日日花前常病酒，不辭鏡裏朱顏瘦。始終不渝其志，亦可謂自信而不疑，果毅而有守矣。三章云：淚眼倚樓頻獨語，雙燕來時陌上相逢否？忠厚惻怛，藹然動人。四章云：淚眼問花花不語，亂紅飛過秋千去。

─────────────

〔註8〕見胡適〈詞選序〉。

> 詞意殊怨，然怨之深，亦厚之至。蓋三章猶望其離而復合，
> 四章則絕望矣。作詞解如此用筆，一切叫囂纖冶之失，自
> 無從犯其筆端。

自來談論陽春詞的人，大都承認馮氏有所託喻。從意念表達層次的觀點來看，比興皆不免有託喻的成份，作者可以自無情無意識之實物中，得無窮之意象，生無窮之聯想，則讀者更可自有情感有意識之作者所表現之意象中，更生無窮之聯想，而得無窮之意象，由此詩詞無往而不可生託喻之意，所以〈復堂詞錄序〉云：

> 觸類之感，充類以盡，甚且作者之用心未必然，而讀者之
> 用心何必不然。

再從「詩言志」的觀點來看，詩詞當為有所託喻又是必然的事實，查考文學史，所謂文學著作幾乎盡是言志之作。

　　就馮延巳部份作品和生平事蹟的立場來看，我們承認他的部份作品是有所指涉而作，可是在缺少作者自註和明確的歷史記載之下，又有誰能做一種確定性的解說。其實，文學研究本身並非斤斤計較於那種史實的辨證和附會，我們也由此得知，所謂部份有指涉的作品，便是胡適所說的「抬高了詞的意境，加濃了詞的內容。」〔註9〕

　　今就意念表達層次的觀點來看，試拈一、二所謂有所託喻的詞句如下：

> 祇喜牆頭靈鵲語，不知青鳥全相語（〈鵲踏枝〉之七）
> 幾日行雲何處去（〈鵲踏枝〉之十一）
> 樓高不見章台路（〈鵲踏枝〉之十二）
> 楊柳風輕、展盡黃金縷，誰把鈿箏移玉桂、滿眼游絲兼落絮（〈鵲踏枝〉之十四）
> 風雨淒淒，林鵲爭棲（〈采桑子〉之一）
> 林雀歸栖撩亂語（〈醉花間〉之四）
> 誰信東風吹散綠霞（〈虞美人〉之五）

〔註9〕　見胡適〈詞選序〉。

蕙蘭有根枝猶綠，桃李無言花自紅。(〈舞春風〉之一)

多病、多病，自是行雲無定。(〈憶仙姿〉)

　　從意念表達層次上來說，我們實在不能把陽春詞做一種明確的畫分，馮煦所謂「撥之六義，比興為多。」也是一種相同於託喻的說法，我們相信陽春詞多少有所託喻，也就是說陽春詞的章法並非平舖直敘，可是從現代術語上來說，我們也無法承認它是已進入象徵，或是神話的階段，嚴格說來，馮氏表達之層次當是屬於「比」的階段。比即是比喻，用修辭學的名詞來說，比有明喻（Simile）和隱喻（Metophor）兩種，明喻最高境界是物我打成一片，因此使在表面的意義之外，另生一層意義，所以是雙關的，亦即是言簡而意賅，從最經濟的詞句裡透露出精細微妙而複雜的內蘊，《陽春集》可見明喻詞句如左：

愁腸學盡丁香結 (〈鵲踏枝〉之三)

心若垂楊千萬縷 (〈鵲踏枝〉之七)

矇矓如夢空腸斷 (〈鵲踏枝〉之八)

窈窕人家顏如玉 (〈鵲踏枝〉之九)

撩亂春愁如柳絮 (〈鵲踏枝〉之十一)

愁心似醉兼如病 (〈采桑子〉之五)

愁顏恰似燒殘燭 (〈采桑子〉之九)

南園池館花如雪 (〈臨江仙〉之三)

流蘇亂結愁腸 (〈清平樂〉之一)

枕上夜長祇如歲 (〈應天長〉之三)

柳絲如翦花如染 (〈歸自謠〉之二)

芳草年年與恨長 (〈南鄉子〉之一)

挹恨還同歲月深 (〈南鄉子〉之二)

山如黛、月如鉤 (〈芳草渡〉)

誰信閒愁如醉 (〈更漏子〉之四)

青梅如豆柳如眉 (〈醉桃源〉)

　　再說隱喻，是由於被喻的對象沒有點明，因此不如明喻顯明，所以必須透過它的表面而進入其內在，因為自表面觀之，它是在抒寫外界事物，沒有作者的自我存在，或是說自我的存在不如明喻顯著。但是在所抒寫的事物中必有所指，只要稍經思索便可了解，可是我們所了解的不若明喻之肯定，也就是說對於作者所表達的情感和意念，不能有一種具體事實之肯定，如：

〈上行杯〉
　　落梅著雨淡殘粉。雲重煙深寒食近。羅幕遮香。柳外秋千
　　出畫牆。春山顛倒釵橫鳳。飛絮入簾春睡重。夢裏佳期。
　　祇許庭花與月知。

這闋每人都能領悟和體會他的情感，可是他真正的指涉是什麼？而庭花與月知道的夢裏佳期又是什麼？又有誰能明確的指出，我們知道這種手法是建立在一種人類共同的心理基礎上，亦即是由此達到以有限喻無限的無盡聯想。

　　我們知道「比」得經過理智的營造，因此其內省深思乃是必然的事實，嚴格說來，「比」，即無「賦」格的客觀，亦無「興」的主觀，比僅是一種經過內省後物我交融的現象，因此它能令人做一種附會的解說，所謂託喻由此而生，可是在沒有明確史實的記載之下，我們何苦從事那種畫蛇添足的蠢舉，特此我們拋開比附託喻之說而不論，僅從純文學的觀點來看陽春詞的情感。

　　陽春詞可見情字如下：

　　不語含情（〈采桑子〉之六）

　　爭奈相逢情萬般（〈采桑子〉之九）

　　年光往事如流水，休說情迷。（〈采桑子〉之十）

　　兩條玉箸為君垂，此宵情，誰共說。（〈醉花間〉）

　　倚樓情緒懶（〈應天長〉之二）

　　一夜萬般情緒（〈應天長〉之五）

　　畫堂新霽情蕭索（〈虞美人〉之一）

多情不覺酒醒遲（〈虞美人〉之三）

深夜夢回情脈脈（〈歸自謠〉）

閑蹙黛眉慵不語，情緒（〈南鄉子〉之二）

此情千萬里（〈更漏子〉之一）

誰是當筵最有情（〈拋球樂〉之二）

眼前風物可無情（〈拋球樂〉之三）

情厚重斟琥珀杯（〈拋球樂〉之四）

行到關情處（〈點絳脣〉）

酒醒情懷惡（〈思越人〉）

猶自多情，學雪隨風轉（〈鵲踏枝〉之一）

誰道閒情拋擲久（〈鵲踏枝〉之二）

一晌關情，憶遍江南路（〈鵲踏枝〉之四）

叵耐爲人情太薄　休向尊前情索寞（〈鵲踏枝〉之五）

偷整羅衣，欲唱情猶懶（〈鵲踏枝〉之十）

以上是爲可見的情，至於其內涵的情感若何？試以和溫、韋做一比較：

溫庭筠〈更漏子〉

　柳絲長、春雨細。花外漏聲迢遞。驚塞寒、起城烏。畫屏
　金鷓鴣。香霧薄。透簾幕。惆悵謝家池閣。紅燭背、繡簾
　垂。夢長君不知。

韋莊〈菩薩蠻〉

　如今卻憶江南樂，當時年少春衫薄。騎馬倚斜橋。滿樓紅袖
　招。翠屏金屈曲。醉入花叢宿。此度見花枝。白頭誓不歸。

馮延巳〈采桑子〉

　昭陽記得神仙侶、獨自承恩。水殿燈昏。羅幕輕寒夜正春。
　如今別館添蕭索、滿面啼痕。舊約猶存。忍把金環別與人。

由上三首，再參照前述陽春詞的語言世界，我們可以看出三人的差異。
溫氏多用客觀筆法，以烘托出他的一片深藏的情感，所謂寫物即是以表

情爲主；而韋氏多用主觀筆法，時地分明，一語道出一種朗爽的情感；至於馮氏則依違于溫韋之間。所表現的是一種經過內省而承擔的熱情。正中詞一方面比溫飛卿主觀且個性鮮明；另一方面卻又不像韋氏的主觀和拘囿於一種有限的時空裡，讀正中詞使人覺得他所寫的情意境界眞切感人，可是並不爲有限時空所拘制。相反的，能令人產生一種較深廣的聯想，這是因爲正中詞是一種經過內省的深思，這種思索使正中跳脫出現實的時空拘限，而達到一種屬於心靈所認知之純感情的境界，因此他所執著的是一種舊約猶存的自縛，艾略特（T. S. Eliot）說：

> 詩不是情緒的放縱，而是情緒的逃避；詩不是個性的表現，
> 而是個性的逃避。然而，當然，只有那些具有個性和情緒
> 的人才明白逃避個性和情緒是什麼意思。〔註10〕

所謂的明白，即是一種深思的過程，讀者由逃避的個性和情緒裡，尋求出作者的原個性和情緒。

　　關於三家情感之差異，我們再以對「馬」意象之營造做爲說明：

溫庭筠

　　不知征馬幾時歸（〈遐方怨〉）

　　送君聞馬嘶（〈菩薩蠻〉之八）

　　上馬爭勸離觴（〈清平樂〉之二）

　　不聞郎馬嘶（〈河傳〉之二）

溫氏第一句征馬是喻含著郎君，第四句郎馬即是指郎君，二、三句皆屬賦格。

韋 莊

　　白馬玉鞭金轡，少年郎（〈上行杯〉之二）

　　繡鞍驄馬一聲嘶（〈浣溪沙〉之四）

　　騎馬倚斜橋（〈菩薩蠻〉之三）

〔註10〕見艾略特（T. S. Eliot）〈傳統和個人的才能〉（Tradition and the individual talent）一文，所引譯文見杜國清所譯《艾略特文學評論選集》。

　　門外馬嘶欲別（〈清平樂〉之四）

　　騎馬上虛空（〈喜遷鶯〉之一）

　　一夜滿城車馬（〈喜遷鶯〉之二）

　　人欲別，馬頻嘶。（〈望遠行〉）

其中第一句是屬解釋性的判斷句，所謂「白馬玉鞭金轡者，少年郎是也。」第四句「馬嘶」相等「欲別」，當然，欲別的仍是郎君。第六句「車馬」喻「人多」，屬類比手法，餘者皆為賦格。

馮延巳

　　馬嘶人語春風岸（〈采桑子〉之三）

　　路遙人去馬嘶沉（〈臨江仙〉之一）

　　寶馬嘶空無跡（〈謁金門〉之二）

　　風和聞馬嘶（〈醉桃源〉之一）

　　何時聞馬嘶（〈醉桃源〉之二）

其中除第二句外「人去」類比「馬嘶沉」外，皆寓有「不見故人來」之意。〈孔雀東南飛〉有「未至二三里，摧藏馬悲哀。新婦識馬聲，躡履相逢迎。悵然遙相望，知是故人來。」從意念表達層次上來說，這是正中與溫、韋不同的地方，正中更能揉合情景為一。

　　由此可知，溫氏對於情感的捕捉，乃是屬於一種「情深」，而韋莊則是「情直」，至於馮正中是所謂的「情迷」（〈采桑子〉之十句），這種情迷，亦即是情痴，想也想過，明知道是得不到，卻是情迷心竅，無法擺脫，於是淪為一種無可解脫的承擔，這便是馮氏的感情境界。這種感情正是一種「舊約猶存，忍把金環別與人」的執著和自我負責。王國維所謂「溫韋之精豔，所以不如正中者，意境有深淺也。」王氏所說的意境當是指其「忍把金環別與人」的那種執著和自我負責而說，《人間詞話》云：

　　　　終日馳車走，不見所問津。詩人之憂世也：「百草千花寒食
　　　　路，香車繫在誰家樹」似之。

溫韋安能有此情懷，馮氏付情感給營造的意象，這種營造後的意象，

喻含著一種對人生體悟後的執著，因此我們說正中詞所寫的已不再是限拘於個人感情事跡，而是意蘊著一種更為豐美且有綜合性認知的感情之境界。試列其情迷詞句如下：

　　一晌憑闌人不見，鮫綃掩淚思量遍（〈鵲踏枝〉之一）

　　日日花前常病酒，敢辭鏡裡朱顏瘦（〈鵲踏枝〉之二）

　　夜夜夢魂休謾語，已知前事無尋處（〈鵲踏枝〉之四）

　　新結同心香未落，怎生負得當初約（〈鵲踏枝〉之五）

　　低語前歡頻轉面。……欲唱情猶懶，醉裏不辭金盞滿（〈鵲踏枝〉之十）

　　徘徊一晌幾般心，天長煙遠、凝恨猶沾襟（〈臨江仙〉之一）

　　說盡從來兩心素，同心牢記取（〈應天長〉之六）

　　少年薄倖知何處，每夜歸來春夢中（〈舞春風〉）

這種感情境界，超脫了時空，是屬於一種無可理會的執著，也是一種永遠落空的等待。

五、陽春詞的風格

　　所謂風格，乃是一個時代的一般性或社會意識，與一個藝術家的特殊性或個人意識，透過藝術品的形式與品質，而形成的那一藝術家的世界。〔註11〕

　　關於馮延巳的風格，陸游《南唐書》列傳第八卷〈馮延巳傳〉云：

　　延巳工詩，雖貴且老不廢，如宮瓦數行曉日，龍旗百尺春風，識者謂有元和詞人氣格。

陸游所謂元和氣格並非單指馮氏而言。考元和乃是唐憲宗李純（806～820）在位十五年間的年號，元和的政治，號稱中興，《新唐書》本紀第七卷〈憲宗皇帝本紀〉云：

　　憲宗剛明果斷，自初即位，慨然發憤，志平僭叛，能用忠謀，不惑群議，卒收成功。自吳元濟誅，彊藩悍將，皆欲

〔註11〕見姚一葦《藝術的奧秘》第十章〈論風格〉一文。姚氏原文無標點。

悔過而效順，當此之時，唐之威令幾於復振，則其為優劣
不待較而可知也，及其晚節，信用非人，不終其業，而身
罹不測之禍。

政治影響文學，所以元和時代的詩風也隨著政治重振起來，詩風重振
的中堅，以元稹、白居易兩人為主，韓愈亦獨樹一職，隱然各成宗派。
不過《南唐書》所謂的元和風采，不過用來比喻盛世之音。馬令《南
唐書》卷十三〈儒者傳序論〉云：

西晉之亡也，左袒比肩，雕題接武，而衣冠典禮會于南史，
五代之亂也，禮樂崩壞，文獻俱亡，而儒衣書服盛于南唐，
豈斯文之未喪，而天將有所寓歟！不然，則聖王之大典掃
地盡矣！南唐累世好儒，而儒者之盛見于載籍燦然可觀，
如韓熙載之不羈，江文蔚之高才，徐鍇之典贍，高越之華
藻，潘佑之清逸，皆能壇價于一時，而徐鉉、湯悅、張洎
之徒又足以爭名于天下，其餘落落不可勝數，故曰江左三
十年間，文物有元和之風，豈虛言乎！

因此所謂的元和氣格，並非說延巳風格似元白或似韓愈。

　　歷來對於馮延巳風格說得最詳確的莫過於王國維，《人間詞話》云：

張皋文謂飛卿之詞深美閎約，余謂此四字唯馮正中足以當
之，劉融齋謂飛卿精豔絕人，差近之耳。

又云：

「畫屏金鷓鴣」飛卿語也，其詞品亦似之；「絃上黃鶯語」
端己詞也，其詞品亦似之；正中詞品若欲於其詞句中求之，
則「和淚試嚴妝」殆近之歟。

又云：

正中詞除〈鵲踏枝〉、〈菩薩蠻〉十數闋最煊赫外，如〈醉
花間〉之「高樹鵲銜巢，斜月明寒草。」余謂韋蘇州之「流
螢渡高閣」，孟襄陽「疏雨滴梧桐」，不能過也。

王國維由「深美閎約」，推演為「和淚試嚴妝」和韋孟「流螢渡高閣」
「疏雨滴梧桐」不能過也等兩種風格的特色，葉師嘉瑩在〈從人間詞
話看溫韋馮李四家詞的風格〉裡說：

　　《人間詞話》以「和淚試嚴妝」一句評正中之詞品，確是非
常有見地。除此以外，《人間詞話》又說正中之中的某些句
子雖韋蘇州孟襄陽不能過，而且舉韋之「流螢渡高閣」與孟
之「疏雨滴梧桐」與正中之「高樹鵲銜巢，斜月明寒草」相
比較。說到韋孟之風格，二家原各有其精微繁複的多方面之
成就，非本文所暇詳論，而如果僅就《詞話》所舉的二句詩
例來看，則不過只是他們俊朗高遠一類的作品而已，這一類
風格與前面所說的「和淚試嚴妝」之濃麗中見悲涼的風格當
然不同，可是正中詞卻往往於其一貫之濃麗而哀傷的風格
中，有時忽然流露出一二句俊朗高遠的神致來，如其〈拋球
樂〉詞之「坐對高樓千萬山，雁飛秋色滿闌干。」及「霜積
秋山萬樹紅，倚巖樓上掛朱櫳」諸句，便都極有俊朗高遠之
致。總之正中在情意方面自有其哀傷執著深厚的一面，可是
發而為詞卻又有其濃麗的色澤與俊朗的風致。

要解釋這兩種特色，首先我們要明白馮氏的感情境界，其次再參照他
個人的生平處境與遭遇。持言之，馮氏自情迷始，發之深者為「和淚
試嚴妝」；發之淺者為「俊朗高遠」，〔註12〕今就多方面探討如下：

1、自時代到個人

　　從時代政治的觀點來說，南唐雖能偏安於一時，但終免不了要走
上敗亡的道路，這是時代趨勢使然。而馮延巳不幸生於必亡之國，仕於
必亡之朝廷，且身居宰相之高位，這豈不是命定的悲劇。再從文學演進
的觀點上來看，早期的詞仍是屬於歌筵里席之間的應酬，而延巳把時代
投射給他的一份徬徨迷亂的心情寄託在詞上，並且洋溢著一種寂寞的悲
涼與執著的熱情，這種特色，正是馮氏整個命運整個性格與他周圍的環
境遭遇所凝結成的一種意境，這種意境當然會有深美閎約的內涵，既不

〔註12〕本文「和淚試嚴妝」「俊朗高遠」乃沿用葉師嘉瑩語。而馮沅君《中
　　　　國詩史》則謂「一種是纏綿的；一種是沉摯的，決絕的。」馮氏並
　　　　謂「纏綿委婉的詞在馮詞中約居十分之九而強。最足代表這種詞的，
　　　　當推〈采桑子〉，〈清平樂〉，〈酒泉子〉諸首。」又謂「沉摯、決絕
　　　　的詞只佔馮詞的一小部份。這類詞以〈蝶戀花〉諸首為主體。」

同於飛卿之徒供歌唱而不具個性的豔曲，也不同於端己之拘於某一人某一事的個人情詩。正中所寫的乃是一種以全心靈及全生命的感受和經歷所凝聚成的一種感情境界，這種境界已非任何事物所能拘限。

2、自內省到非內省

張臬文《詞選》云：

> 延巳爲人專蔽固嫉，而其言忠愛纏綿，此其君所以深信而不疑也。

另外，陳廷焯在稱贊「情辭悱側，可群可怨」之餘也說：

> 然其人殊無足取…。詩詞不盡能定人品，信矣。〔註13〕

認爲馮氏的人格和詞風不能一致。其實這是張、陳不能領悟馮氏那種感情境界和過份迷信攻訐之言，至於說詩詞不盡能定人品，這是一種缺少心理基礎的短見。一般說來，詩詞皆以言情爲主，因此都帶有個人面目。考陽春詞，乃是表現出一種執著的情迷之熱忱，而發之於作品的面目有「和淚試嚴妝」和「俊朗高遠」。總之，正中詞雖以主觀態度寫詞，而卻又超乎一己現實之情事以外的某一種對人生有綜合性體認的感情境界，這種境界既不是現實的感情事跡，也不是一時的感情衝動，而是曾經過醞釀提煉後的一種帶有濃厚的「比」意。是一種更具有普遍性和永恆性的觸及到某種悲哀之本體的境界。

3、自寫實到反寫實

《詞概》云：

> 詞之妙，莫妙以不言言之，非不言也，寄言之，如寄深於淺，寄厚於輕，寄直於曲，寄實於虛，寄正於餘者是。

又《古今詞論》云：

> 吟物固不可不似，尤忌刻意太深，取形不如取神，用事不若用意。

要言之，詩詞文學沒有什麼絕對不絕對的寫實或反寫實，從語言的立場上來看，陽春詞對於各種名物很少作寫實的本義，陽春詞大都是揉

〔註13〕見《白雨齋詞話》卷五。

合情景為一，而常常有濃厚的情感傾向，絕少做平實冷靜之言。亦即是以寫實出發，而達到一種超越時空的非寫實境界。

4、自古典到浪漫

詞的本質以情致為主，因此詞乃是近於浪漫氣氛的文學，《古今詞話》引《柳塘詞話》云：

《陽春集》為言情之作。

又陳世修〈陽春集序〉云：

觀其思深辭麗，均律調新，真清奇飄逸之才。

所謂言情，所謂辭麗，自是近於浪漫無疑，王國維所謂「不出五代風格」，即是指那種《花間》的浪漫氣息而言。

綜觀上述，馮延巳以天生情迷，再加上時代文學趨勢和政治環境，因此發之於詞有「和淚試嚴妝」，「俊朗高遠」的兩種不同風貌。

和淚是哀傷，嚴妝是指妝束整齊。〈孔雀東南飛〉「雞鳴外欲曙，新婦起嚴妝」即是。所謂「和淚試嚴妝」，即是說透過濃鬱的色彩，而表現出悲傷來，這種濃鬱的色彩，由深豔之色和景物烘托而成。考陽春詞用色有：金、玉、紅、朱、青、綠、碧、白、黃、珠、銀等色。一般說來，紅綠主富貴，金、玉、銀、珠亦主富貴，而朱碧主堂皇，至於青、黃、白本是淡遠的著色，可是在陽春詞中並不盡然。陽春詞由濃麗色彩造成一種禁不住的壓力，由玉的冷鬱形成一種淒涼心境，由淡遠彩成俊朗。試列其「和淚試嚴妝」，句如下：

獨立花前，更聽笙歌滿畫船（〈采桑子〉之二）

惆悵牆東，一樹櫻桃帶雨紅（〈采桑子〉之五）

玉笛纔吹，滿袖猩猩血又垂（〈采桑子〉之十一）

斜月矇矓，雨過殘花落地紅（〈采桑子〉之十二）

忍更思量，綠樹青苔半夕陽（〈南鄉子〉）

玉箏和淚彈（〈菩薩蠻〉之三）

寶箏悲斷弦（〈菩薩蠻〉之五）

至於「俊朗高遠」，當是以早期作品為主，他如後期發之淺者，

亦有在悲戚中偶露出「俊朗高遠」的詞句，而其情迷和「和淚試嚴妝」
同，在這類作品裡，時有洒脫的情致，其中以〈拋球樂〉最具情致，
試拈其一二詞句如下：

　　莫作等閒相鬥作，與君保取長娛樂（〈鵲踏枝〉之五）

　　閒想閒思到曉鐘（〈采桑子〉之十二）

　　且上高樓望，相共憑闌看月生（〈拋球樂〉之三）

　　霜積秋山萬樹紅，倚簾樓上掛朱櫳（〈拋球樂〉之五）

　　坐對高樓千萬山，雁飛秋色滿闌干（〈拋球樂〉之八）

六、陽春詞的分類問題

　　從上節風格部份裡，我們說陽春詞有「和淚試嚴妝」和「俊朗高
遠」兩種特色，從這兩種特色便牽涉到內容和分類的問題，從各方面
的探討，我們相信陽春詞本身有許多不盡相同的觸覺。如：

　　〈虞美人〉

　　　金籠鸚鵡天將曙。驚起分飛處。夜來潛與玉郎期。多情不
　　　覺酒醒遲。失歸期。　映花避月遙相送。膩髻偏垂鳳。卻
　　　回嬌步入香閨。倚屏無語撚雲篦。翠眉低。

　　〈鵲踏枝〉

　　　誰道閒情拋擲久。每到春來、惆悵還依舊。日日花前常病
　　　酒。敢辭鏡裏朱顏瘦。河畔青蕪堤上柳。為問新愁、何事
　　　年年有。獨立小樓風滿袖。平林新月人歸後。

顯然〈鵲踏枝〉一闋更能帶給人一種深遠的聯想。在意境上顯然比〈虞
美人〉深遠。

　　這種不同，當如王國維所說的「不失五代風格」和「堂廡特大」
兩類，這是本人沿用王氏語，並非說王氏有此分類，可是我們從王氏
說到馮氏風格時，當可相信王氏也是承認陽春詞有兩種不同的分類。
這兩種不同，或許可以用「和淚試嚴妝」和「俊朗高遠」。可是在缺
乏明確史實的記載下，我們不能明白的指出每一闋的歸屬，本文祇是

企圖從有限的記載裡，指出陽春詞是有不同的內容。

陳世修〈陽春集序〉云：

> 公以金陵盛時，內外無事，朋僚親舊，或當燕集，多運藻
> 思，爲樂府新詞，俾歌者倚絲竹而歌之，所以娛賓而遣興
> 也。日月寖久，錄而成編。觀其思深辭麗，均律調新，真
> 清奇飄逸之才也。

案五代中原屢經喪亂，民生凋弊，典章殘闕，經濟文化，薈蔚於南唐，
馮延巳早年從元宗遊處，當時烈祖致力於養民，因此所謂賦新詞，以
供歌者倚絲竹，乃是可能的事實。這時期的作品脫離不了傷春怨別的
格調，所謂五代風格，其中如〈拋球樂〉、〈長命女〉、〈虞美人〉、〈謁
金門〉、〈鵲沖天〉皆是有名的代表作，試錄三闋如下：

〈長命女〉

> 春日宴。綠酒一杯歌一遍。再拜陳三願。一願郎君千歲、
> 二願妾身常健。三願如同梁上燕。歲歲長相見。

〈拋球樂〉

> 年少王孫有俊才。登高歡醉夜忘回。歌闌賞盡珊瑚杯。但
> 願千千歲、金菊年年秋解開。

〈謁金門〉

> 風乍起。吹縐一池春水。閒引鴛鴦香徑裏。手接紅杏蕊。　關
> 鴨闌干獨倚。碧玉搔頭斜墮。終日望君君不至。舉頭聞鵲喜。

陳世修〈陽春集序〉又云：

> 噫！公以遠圖長策翊李氏，辛令有江介地，而居鼎輔之任，
> 磊磊乎才業，何其壯也！及乎國已寧，家已成，又能不矜
> 不伐，以清商自娛，爲之歌詩，以吟咏情性，飄飄乎才思，
> 何其清也！戲是之美，萃於一身，何其賢也！

參證史實，陳氏這段話顯然是錯誤。案南唐自元宗李璟即位後，致力
於開拓疆域，直到保大十年（953），盡失湖南等地時，南唐已開始走
敗亡的道路，馮氏生在一個必亡的偏朝小國，又身居宰相高位，再加
上朋黨的詆毀攻訐，怎能不感慨萬端。馮煦〈陽春集序〉云：

> 周師南侵，國勢岌岌。中主既昧本圖，汶闇不自強，強鄰
> 又鷹瞵而鶚睨之，而務高拱，溺浮采；芒乎芴乎，不知其
> 將及也。翁負其才略，不能有所匡救，危苦煩亂之中，鬱
> 不自達者，一於詞發之。其憂生念亂意，意內而言外，迹
> 之唐五季之交，韓致堯之於詩，翁之於詞，其義一也。世
> 亶以靡曼目之，誣巳！善乎劉融齋先生曰：「流連光景，惆
> 悵自憐，蓋亦易飄颺於風雨者！」

當然，馮氏寫作的動機是否有如馮煦所說，這是值得懷疑。但是我們
可以確信在這種環境之下，所寫出來的詞是比前期來得有份量的多，
也惟有這類作品才能誇越溫、韋等人，而奠定他在詞史上的地位。代
表作品有〈蝶戀花〉、〈采桑子〉，試錄二首爲例：

> 〈鵲踏枝〉
> 花外寒鷄天欲曙。香印成灰、起坐渾無緒。簷際高桐凝宿
> 霧。捲簾雙鵲驚飛去。　屏上羅衣閑繡縷。一晌關情、憶
> 遍江南路。夜夜夢魂休謾語。已知前事無尋處。

> 〈采桑子〉
> 馬嘶人語春風岸、芳草綿綿。楊柳橋邊。落日高樓酒旆懸。
> 舊愁新恨知多少、目斷遙天。獨立花前。更聽笙歌滿畫船。

　　前後兩期的作品，若以年代來分別，當以元宗保大四年（946）
首次拜相爲限，這時延巳四十四歲。大致說來，前期屬於花間風格；
後期有自己的面目。若以風格來說，前期以「俊朗高遠」爲多；而後
期則以「和淚試嚴妝」居多。這種所謂前後分期，和風格特色的配合，
祇是一種原則性的說法，文學本是屬於有機性，非有定性可尋，況且
在無可證實的條件之下，又有誰能明確指出其歸屬而不誤。

七、陽春詞在詞史上的地位和對後世之影響

況周頤《蕙風詞話》云：

> 唐五代詞並不易學，……其錚錚佼佼者，如李重光之性靈，
> 韋端己之風度，馮正中之堂廡，豈操觚之士能方其萬一。

後來王國維在《人間詞話》也說：

> 馮正中詞，雖不失五代風格，而堂廡特大，開北宋一代風氣。

堂廡特大是陽春詞在詞史上的貢獻，而開北宋一代風氣則是指他的影響。所謂堂廡特大，即是指他的開展性來說，這種開展有賴本身的體悟，而開展的第一原則是語言世界的寬廣。語言能夠開展，而後才能談到意境的加深，王氏所說的特大，即是指其意境的加深，胡適《詞選》：

> 南唐李後主與馮延巳出來之後，悲哀的境遇與深刻感情自
> 然抬高了詞的意境，加濃了詞的內容。

又《白雨齋詞話》卷八云：

> 唐宋名家，流派不同，本原則一，論其派別，大約溫飛卿
> 為一體，韋端己為一體，馮正中為一體，張子野為一體，
> 秦淮海為一體，蘇東坡為一體，史梅溪為一體，吳夢窗為
> 一體，王碧山為一體，張玉田為一體。其間惟飛卿、端己、
> 正中、淮海、美成、梅溪、碧山七家，殊塗同歸，餘則各
> 樹一幟，而皆不失其正，東坡、白石尤為矯矯。〔註14〕

這兒所說的一體，當是指其風格說，或是兼指其體製。從體製的觀點來說，馮氏當時所填的詞牌，到後來皆成為一體，這祇要參閱《詞律》和《詞範》便能明白。

至於開北宋一代風氣，這是指他啟後的地位，《詞苑萃編》引《劉貢父詩話》云：

> 晏元獻尤喜馮延巳歌詞，其所作亦不減延巳樂府。〈木蘭詞〉
> 云：重頭歌咏響瓏琤，入破舞腰紅亂旋。重頭入破皆管絃
> 家語也。

又馮照《蒿庵論詞》云：

> 詞至南唐，二主作於上，正中和於下，詣微造極，得未曾
> 有，宋初諸家，靡不祖述二主，憲章正中，譬之歐、虞、
> 褚、薛之書，皆成於逸少，晏同叔去五代未遠，馨烈所扇，

〔註14〕案陳氏原文每一體之下附有多家。馮正中為一體之下有「唐五代諸
人以曁北宋晏、歐、小山等附之」字樣。

得之最先，故左宮右徵，和婉而明麗，爲北宋倚聲初祖，
劉攽《中山詩話》謂元獻喜延巳歌詞，其所自作，亦不減
延巳，信耶！

劉貢父、馮煦兩人明確指出在開北宋一代風氣裡，有晏元獻學陽春
詞，又況周頤《蕙風詞話續編》云：

《陽春》一集爲臨川珠玉所宗，愈瑰麗愈醇樸。南宋名家
雲丐膏馥，輒臻上乘。

後來馮煦在〈唐五代詞選序〉裡又說：

吾家正中翁，鼓吹南唐，上翼二主，下啓歐、晏，實正變
之樞紐，短長之流別。

在這兒又多出了一個歐陽修來，至於是如何的學法仍沒有下文，《白
雨齋詞話》卷一云：

晏、歐詞雅近正中，然貌合神離，所失甚遠。蓋正中意餘
於詞，體用兼備，不當作豔詞讀，若晏、歐不過極力爲豔
詞耳，尚安足重。

陳氏認爲晏、歐僅是學到馮氏的皮毛而已，其實陳氏仍沒有明白指出
晏、歐和馮氏的關係，劉熙載在《詞概》裡說：

馮延巳詞，晏同叔得其俊；歐陽永叔得其深。

所謂俊、深仍是太抽象，我們祇有多讀他們的作品，方能領悟所謂的
俊和深。大致說來，晏同叔的詞以俊朗的風神取勝；而歐陽修的詞則
以深婉的意致取勝，他們所得的正都是延巳的一體。同時，晏、歐兩
人雖然風格不同，可是他們在意境方面所表現的亦是不拘於現實的感
情，並且有某種啓發聯想的感情境界，試錄歐、晏詞各一闋如下：

〈踏莎行〉　歐陽修

候館梅殘，溪橋柳細，草薰風暖搖征轡，離愁漸遠漸無窮，
迢迢不斷如春水。　　寸寸柔腸，盈盈粉淚，樓高莫近危闌
倚，平蕪盡處是春山，行人更在春山外。

〈踏莎行〉　晏殊

小徑紅稀，芳郊綠徧，高台樹色陰陰見，春色不解禁楊花，

濛濛亂撲行人面。　翠葉藏鶯，朱簾隔燕，爐香靜送游絲
轉，一場愁夢酒醒時，斜陽欲照深深院。

讀晏、歐詞，亦能使人體會到一種深廣的意蘊，這點是和陽春詞相同。
總之，晏元獻所得到的是馮氏「俊朗高遠」的一面；而歐陽修所得到
的是「和淚試嚴妝」的一面。

晏歐以後，似乎沒有人再學陽春詞，〔註15〕冒廣生《小三吾亭
詞話》卷一云：

道希論本朝人詞，謂曹珂雪有俊爽之致，蔣鹿潭有沉深之
思，成容若學陽春之作，而筆意稍輕。〔註16〕

納蘭性德（1654～1685），原名成德，後人因避世宗胤禛嫌名，改為
性德。名容若，滿洲正黃旗人，為一個多愁善感的天才詞人，其詞有
花間、南唐遺風，〔註17〕有《飲水集》傳世。〔註18〕試錄詞作一闋：

長記碧紗窗外語，秋風吹送歸鴉。片帆從此寄天涯。一燈
新睡覺，思夢月初斜。　便是欲歸歸未得，不如燕子還家。
春雲春水帶輕霞，畫船人似月，細雨落楊花。（〈臨江仙〉）

納蘭性德以後，欣賞陽春詞的人倒是不少，其中以王鵬運最為傾
倒。王鵬運（1894～1904），字佑遐，一作幼霞，自號半塘老人，晚
號半塘僧鶩，廣西臨桂人。有《半塘定稿》傳世。〔註19〕王氏曾經和

〔註15〕馮沅君《中國詩史》謂「劉熙載論馮詞道：『馮延巳詞，晏同叔得其
俊，歐陽修得其深。』我們可能續一句道：賀鑄、晏幾道得其華贍。」
馮氏此語前人未明說，此或由「開北宋一代風氣」而演出。

〔註16〕文廷式（1856～1904），字道希，號芸閣，江西萍鄉人。有《純常子
枝語》、《雲起軒詞》。
曹貞吉（1634～？），字升六，號實菴，又號珂雪、康熙進士，官室
禮部郎中。著有《實菴詩略》，《珂雪詩詞》。
蔣春霖（1818～1868），字鹿潭，江陰人。有《水雲樓詞》。

〔註17〕朱彊邨〈題飲水集〉云：「蘭錡貴，肯作稱家兒？解道紅羅亭上語，
人間寧獨小山詞？冷暖自家知。」又楊芳燦〈納蘭詞序〉云：「先生
之詞則真花間也。」

〔註18〕早年名側帽，亡妻後易名飲水。後人或謂納蘭詞。

〔註19〕王氏詞集有乙、丙、丁、戊、庚、辛等稿，晚年刪定曰《半塘定稿》
二卷，《賸稿》一卷。

過陽春詞〈鵲踏枝〉十四闋，[註20] 並有小序云：

> 馮正中〈鵲踏枝〉十四闋，鬱伊倘怳，義兼比興，蒙嗜誦
> 焉，春日端居，依次屬和，憶雲生云：「不爲無益之事，何
> 以遣有涯之生。」[註21] 三復前言，我懷如揭矣。

[註20]《人間詞話》云「《半塘定稿》中，和馮正中〈鵲踏枝〉十闋，乃鶩
翁詞之最精者，望遠愁多休縱目等闋，鬱伊倘怳，令人不能爲懷，
定稿只存六闋，殊未爲允也。」鄭師因百曾持有王氏《丁稿鶩翁集》
和正中〈鵲踏枝〉十四闋，旅台後不知所終。半塘和正中詞，各選
本皆不載，今從陳乃乾所編《清名家詞》所載《半塘定稿・鶩翁集》
和正中詞六闋如下：
落蕊殘陽紅片片。懊恨比鄰。盡日流鶯轉。似雪楊花吹又散。東風
無力將春限。　慵把香羅裁便面。換到輕衫。懊意垂垂淺。襟上淚
痕猶隱見。笛聲催按梁州遍。
斜日危闌凝佇久。問訊花枝。可是年時舊。濃睡朝朝如中酒。誰憐
夢裏人消瘦。　香閣簾櫳煙閣柳。片靄氤氳。不信尋常有。休遣歌
筵回舞袖。好懷珍重春三夜。
風蕩春雲羅樣薄。難得輕陰。芳事休閒卻。幾日啼鵑花又落。綠牋
莫忘深深約。　老去吟情渾寂寞。細雨檐花。空憶燈前酌。隔院玉
蕭聲乍作。眼前何物供哀樂。
漫說目成心便許。無據楊花。風裏頻來去。悵望朱樓難寄語。傷春
誰念司勳誤。　柱把游絲牽弱縷。幾片閒雲。迷卻相思路。錦帳珠
簾歌舞處。舊懷新恨思量否。
誰遣春詔隨水去。醉倒芳尊。忘卻朝和暮。換盡大隄芳草路。倡條
都是相思樹。　蠟燭有心燈解語。淚盡脣焦。此恨銷沈否。坐對東
風憐弱絮。萍飄後日知何盡。
幾見花飛能上樹。難繫流光。枉費垂楊縷。箏雁斜飛排錦柱。只伊
不解春將去。　漫許心情黏地絮。容易飄颺。那不驚風雨。倚徧闌
干誰與語。思量有恨無人處。
[註21]見項鴻祥〈憶雲詞丙稿自序〉。項鴻祥（1798～1835），字蓮
生，錢塘人，有《憶雲詞》甲、乙、丙、丁稿行於世。

參考書目

一

1. 《釣磯立談》，史虛白次子著，知不足齋叢書。

2. 《江南野史》，龍袞著，豫章叢書。

3. 《江表志》，鄭文寶著，學海類編。

4. 《江南別錄》，陳彭年著，學海類編。

5. 《九國志》，路振著，粵雅堂叢書。

6. 《南唐近事》，叢書集成初編（304）。

7. 《江南餘載》，龍威秘書。

8. 《五國故事》，學海類編。

9. 《舊唐書》，劉昫等著，商務百衲本。

10. 《新唐書》，歐陽修等著，商務百衲本。

11. 《新五代史》，歐陽修著，商務百衲本。

12. 《資治通鑑》，司馬光等著，四部備要本。

13. 《南唐書》，馬令著，商務四部叢刊本。

14. 《南唐書》，陸游著，商務四部叢刊本。

15. 《唐餘紀傳》，陳霆著，學生書局影印本。

16. 《南唐拾遺記》，毛先舒著，學海類編。

17. 《南唐書注》（陸本），周在浚著，嘉業堂叢書。

18. 《十國春秋》，吳任臣著，國光書局本。

19. 《重校訂紀元編》，羅振玉編，藝文版。

20. 《唐宋詞人年譜》，夏承燾著，上海古典文學社版。

21. 《廿五史補編》，開明版。

22. 《五代史》，林瑞翰著，民智社版。

23. 《資治通鑑今註》，李宗桐夏德儀等註，商務版。

24. 《唐宋五代史研究論集》，大陸雜誌社版。

25. 《歷代人物年里通譜》，世界版。

二

1. 《陽春詞及補遺一卷》，四印齋刻詞第七冊。

2. 《徐公文集》，徐鉉著，四部叢刊本。

3. 《花間集三種》，世界版。

4. 《全唐文》，復興版。

5. 《全唐詩》，復興版。

6. 《納蘭詞憶雲詞》，藝文版。

7. 《詞綜》，朱彝尊編，世界版。

8. 《南唐雜事詩》，顧宗泰著，讀畫齋叢書。

9. 《宋四家詞·詞解》，周濟編著，廣文版。

10. 《彊村叢書》，朱祖謀輯，廣文影印本。

11. 《王觀堂先生全集》（15），文華版。

12. 《唐五代詞選》，成肇麐編，商務版。

13. 《詞選續詞選校讀》，李次九編著，復興版。

14. 《全唐五代詞》，林大椿輯，世界版。

15. 《唐五代宋詞選》，龍沐勛編，自力出版社版。

16. 《唐宋名家詞選》，龍沐勛編，開明版。

17. 《傅孟真先生集》。

18. 《詞選》，胡適編，商務版。

19. 《詞選》，鄭師因百編注，中華文化出版事業社版。

20. 《隋唐五代文彙》，中華叢書委員會印版。

21. 《六一詞校注》，蔡豐茂注，嘉新水泥文化基金會印。

三

1. 《唐教坊記》，崔令欽著，世界版。

2. 《詩人玉屑》，魏慶之著，世界版。

3. 《筆乘》，焦竑著，廣文版。

4. 《廣韻》，陳彭年等，藝文版。

5. 《詞律》，萬樹編訂，世界版。

6. 《詞林正韻》，戈載編訂，藝文版。

7. 《詞壇記事》，李良年著，學海類編。

8. 《詞學辨證》，李良年著，學海類編。

9. 《惠風詞話》，況周頤著，世界版。

10. 《詞苑叢談》，徐釚編著，廣文版。

11. 《校注人間詞話》，開明版。

12. 《歷代詩話》，何文煥訂，藝文版。

13. 《續歷代詩話》，丁仲祜訂，藝文版。

14. 《清詩話》，丁仲祜訂，藝文版。

15. 《詞學通論》，吳梅著，商務版。

16. 《詞曲史》，王易著，廣文版。

17. 《中國歷代詩詞史》，嵇哲著。

18. 《中國韻文史》，龍沐勛著，普天出版社版。

19. 《詞話叢編》，唐圭璋編，廣文版。

20. 《中國文學發展史》，劉大杰著，中華版。

21. 《中國文學史》，鄭振鐸著，明倫出版社。

22. 《中國詩史》，馮沅君著，明倫出版社。

23. 《詞範》，嚴賓虹編訂，中華叢書委員會印。

24. 《詞籍考》，饒宗頤著，香港大學出版社。

25. 《宋詞通論》，薛礪若著，開明版。

26. 《從詩到曲》，鄭師因百著，科學出版社。

27. 《迦陵談詞》，葉師嘉瑩著，純文學社版。

28. 《清詞金荃》，汪中著，學生書局版。

29. 《詞學新論》，蔡德安著，正中版。

30. 《詞學通論》，王淑美著，自印版。

31. 《詞曲研究》，盧冀野編，中華版。

32. 《詞牌與大曲》，梅應運著，新亞研究所版。

33. 《中國韻文通論》，陳鍾凡著，中華版。

34. 《中國文學史》，葉師慶炳著，自印本。

35. 《實用詞譜》，蕭繼宗編訂。

四

1. 《漢語詩律學》，王力著。

2. 《文藝心理學》，朱光潛著，開明版。

3. 《詩論》，朱光潛著，開明版。

4. 《詩學》，朱光潛著，開明版。

5. 《美學原理》，朱光潛譯，正中版。

6. 《文學概論》，王夢鷗著，帕米爾書店版。

7. 《中國文學之聲律研究》，王忠林著，師範大學版。

8. 《文學原論》，程大城著，半月文藝社版。

9. 《中國文學研究》，錢用和著，華岡出版社。

10. 《批評的透視》，李英豪著，文星版。

11. 《中國現代詩論選》，大業書店版。

12. 《文學的玄思》，顏元叔著，驚聲文庫。

13. 《文學批評散論》，顏元叔著，驚聲文庫。

14. 《藝術的奧秘》，姚一葦著，開明版。

15. 《現代詩論》，曹葆華譯，商務人人文庫。

16. 《詩學》，西脇順三郎著，田園出版社版。

17. 《現代詩的探求》，村野四郎著，田園出版社版。

18. 《艾略特文學評論選集》，杜國清譯，田園出版社版。

19. *Theory of Literature*, by Rene Welk and Austin Warren.

20. *Modern American criticism*, by Walter Sutton.

五

1. 《詞學季刊》

2. 《現代文學》第卅三期。

3. 《文學季刊》第四期、第五期。